小説 言の葉の庭

新海 誠

目次

第一話　雨、靴擦れ、なるかみの。

——秋月孝雄

こういうことを、高校に入るまで俺は知らなかった——と秋月孝雄《あきづきたかお》は思う。

制服の裾《すそ》を濡《ぬ》らす他人の傘、誰かのスーツに染みこんだナフタリンの匂い、背中に押しつけられる体温、顔を遠慮なく吹きつけるエアコンの不快な風。

朝の満員電車に乗るようになって二ヵ月が経つけれど、この苦痛がこの先も三年続くのだと思うと心底絶望的な気持ちになる。なるべく他人に体重を預けてしまわぬよう両足をぐっと踏みしめ、指先が痺《しび》れるくらいの強さで孝雄は吊革《つりかわ》を握る。


こんなところにいるべきじゃない。


苛々《いらいら》とそう思う。

以前兄の漫画で読んだ殺人鬼のように、マシンガンで周りの人間を皆殺しにできたらどんなにすっきりするだろう。思うだけならば自由だ。でもそんな時はきっと、と孝雄はすぐに思い直す。俺は殺されるエキストラの側だ。なにも特別なもののない十五歳のガキ。

むっつりと黙り込んだいくつもの頭越しの狭い車窓、その向こうを雨に濡れた街が流れている。分厚い雨雲にくすんだ風景の中で、マンションや雑居ビルの電灯だけがくっきりと明るい。テレビの情報番組を映した食卓や、給湯室を動くタイトスカート、壁の色褪《いろあ》せたポスターや、駐輪場から駆け出す傘。そういう誰かの生活が細切れにちらちらと視界をよぎり続け、その圧倒的な未知に気圧《けお》されている自分に気づく。そのことでさらに苛つく。

まだなにも知らない、十五のガキ。

やがて車体がゆったりと右にカーブし、雑居ビルの隙間に立ちならぶ高層ビル群が見えはじめたところで、孝雄は待ちかねていたように目をつむる。一、二、三、四……。胸のうちでゆっくりと八まで数えたところでゴオッという低音が響き、車輛《しやりよう》全体が一瞬の風圧に震える。目を開くと、車窓のすぐ脇をすれ違う中央《ちゆうおう》線の窓がまるでフィルムのコマの連なりのように高速で流れている。

いつものタイミング。

この地獄みたいな箱から解放されるまであと二分だ、と焦《じ》れるように彼は思う。

新宿《しんじゅく》ー、新宿ー。

アナウンスと同時にプラットフォームに吐き出され、孝雄は大きく息継ぎをするように五月の雨の冷気を吸い込む。階段に向かって無心に流れていく人波に押されながら、ここだ、と顔を上げる。

ホームの屋根に細長く切り取られた空の向こうに――まるで未踏の主峰のように、代々木《よよぎ》に立つドコモの電波塔が雨に霞《かす》んでそびえている。

歩くスピードを急に緩めた孝雄の背中に次々と人がぶつかる。サラリーマンの舌打ちを無視してあと二秒、孝雄はその場で雨と塔を見つめる。

遥《はる》か届かないあの空の匂いを、雨は連れてきてくれる。

こんな日に地下鉄になんか乗れっこない、そう思い定めると、先ほどまでの苛立ちがするするとほどけていく。

総武《そうぶ》線の階段を降り、丸《まる》ノ内《うち》線の乗り換え口とは反対方向に足を向け、JR中央東口の改札を足早に通り抜け、うきうきとした気持ちでルミネエスト側の階段を駆け上がった。ビニールの透明傘を勢いよく開き、雨の中に踏みだす。とたん、傘が全天のスピーカーとなって雨音を奏ではじめる。

ぱらぱらぱら、という気持ちのよい音を聴きながら東南口の雑踏を歩く。朝の新宿には通勤の会社員に混じって様々な人種がいる。ついさっきまで飲んでいたのであろう水商売風の男女、パチンコの開店を待つ一ダースほどの行列、全員親戚《しんせき》なのではないかと疑うほど似た風貌《ふうぼう》だらけのアジア人の団体観光客、年齢も職種も知れないコスプレ風制服を着た奇妙なカップル。

不思議だな、と彼は思う。もし今日が晴れだったらあいつらすべてに俺は苛つくはずなのに。けっ、とか、シネ、とか、ほとんど自動的に思うのに。

きっと全員が傘を差しているからだ。平等に雨に降られているからだ。雨の日のこの街の中だと、高校の制服姿で一人歩く自分の姿も風景の一部でしかない。電車の中で抱えていた呪詛《じゅそ》のような気分はいつの間にかきれいに霧散している。

唐突に黒くこんもりとした森が視界に飛び込んでくるのは、渋滞の甲州《こうしゅう》街道を横切り、いつまでも完成する気配のない環状5号線の工事現場を過ぎたあたりだ。新宿区と渋谷《しぶや》区にまたがる巨大な国定公園。雨の午前中は人影もほとんどなく、ここがほとんど自分のためだけの場所のように思えるのだ。

ガチャン、という自動ゲートが開く音が、がらんとした公園に妙に大きく響く。

二百円の入園チケットが改札に飲み込まれた。次回こそ年間パスポートを作ろうと思いながら公園に足を踏み入れる。毎回の二百円はいいかげんバカにならない金額だし、次こそ証明写真を撮ってきて千円を払いパスを作らなければ。でも申請時に制服姿を見咎《とが》められたら面倒だという懸念もあって、どうもぐずぐずと迷ってしまうのだ。

そんなことを考えつつ、ヒマラヤ杉とレバノン杉の立ちならぶ薄暗い一画を通り過ぎる頃、突然に空気と匂いと音が変わる。

気温は一度ほども下がり、あたりには水と新緑の匂いが満ち、雨なのに様々な野鳥が気持ち良さげにさえずっている。

メタセコイヤとクヌギの雑木林を抜けると、そこは池が横たわる日本庭園。無数の雨粒と無数の波紋、その音が神秘の囁《ささや》きのように水面から湧きあがっている。

――本当に、なんて。

と、今まで何度も繰り返してきた感慨があらためて浮かぶ。

なんてこの世界は複雑なんだろう。陶然と呆然《ぼうぜん》とそう思う。数億の雨粒、数兆の波紋、すべてが絡み合っていて、いつどこに目を向けても綻《ほころ》びのひとつもない。いったいどんな技の果てに、これほどの完璧《かんぺき》が叶《かな》うのだろう。

それに比べて。

池に架かるアーチ橋を歩いている足元に目を落とす。孝雄の履いたモカシンシューズは縫い口の隙間からたっぷりと水を吸ってぐっしょりと重くなり、がぽがぽと不格好な音を立てている。

週末から新しい靴を作りはじめなきゃなと、それでも弾む心持ちで孝雄は考える。防水加工をそれなりにしたはずの手作りのモカシンだけど、雨が多くなるこの季節はやっぱり長くは保《も》たない。次のバージョンでは二ヵ月は保たせようと心に決め、アーチ橋の頂きから西側に大きく開けた雨空を見上げる。

ここからだと一層に巨大に、代々木の電波塔が見える。微細な雨のカーテンの向こうで、塔の先端を雨雲の中にゆるやかに溶かしながら、高空からのしかかるようにして孝雄を見おろしている。

そうだ。

あの時も。明治神宮《めいじじんぐう》の冷たい芝生から、この塔は見えていた。

あの瞬間の喜びと痛み、あの時の決心――もう二年以上前のことなのに、一つひとつの感情が解凍されたみたいにみるみる胸によみがえってくる。ぎりぎりとひりつくようだったはずのあの頃の感情はしかし、今ではほろ苦く甘やかなものに変化していることにも気づく。俺は今でも相変わらずの子供だけれど、すくなくとも。

すくなくとも、自分がなにが好きで、どこを目指しているのかを、俺は分かりはじめている。

そう思う。

雷が、まるでその気持ちに応《こた》えるかのように遠くでかすかに響く。

＊　＊　＊

秋月孝雄は、中学に入った時点では藤沢孝雄だった。

中学一年になって三ヵ月ほど経ったある初夏の夜、珍しく帰宅の早かった母親と二人で夕食を終え、母の晩酌がビールから焼酎《しょうちゅう》に切り替わったあたりでこう訊《き》かれた。

「孝雄、あなた彼女いるの？」

「はあ？　……いないけど」

怪訝《けげん》に思い母の顔を見ると目が赤く充血している。タチの悪い酔い方だなと思いつつ、氷水を入れたグラスを差し出す。母はそれを無視して、陶器のタンブラーに焼酎とお湯をどぼどぼと注ぎマドラーでかき混ぜている。……めんどくせえな、まだ飲む気だ。

「母さん、豆腐でも出そうか？」

「いいから。ね、孝雄もちょっと飲む？」

とんでもねえ親だよなと呆《あき》れながら「いらない」と答える。

「真面目だよねあなたは。私は彼氏もお酒も中一からだったな」

なにを言い出すのかと思えば、その後母が語りはじめたのは中学時代の恋愛遍歴だった。中学生になってすぐに隣の席の野球部員と付き合いはじめ、しかし数ヵ月後にサッカー部の先輩から告白されてしまい、どちらに決めることもできずに別れることとなり、その後は通学電車で見かける高校生に憧《あこが》れ、駅で待ち伏せて思いきってラブレターを渡したら奇跡的に彼がOKしてくれて、その彼とは時々家にも遊びに来る親公認の間柄となり、最初のキスも自分の部屋でその瞬間のしあわせは今でも忘れられないほどで、しかし今度は逆に他校の男子から駅でラブレターをもらってしまい……。

「ちょっと待って」と孝雄は思わず声を上げる。

「なによ」

「あのさ、普通の子供は母親のキスの話とか聞きたくない。父さんが帰ったら聞いてもらいなよ。それからちゃんと水飲んで。じゃないと明日《あした》の仕事辛《つら》くなるよ。母さん今日、ちょっと飲み過ぎてる」

　そこまで一気に言って椅子から立ち上がり自室に逃げ戻ろうとすると、母はじっと黙り込んでうつむいている。目が赤いのは酒のせいじゃないと、孝雄はそこで気づく。ごめんね、と呟《つぶや》く母の声が湿り気を帯びていることにもまた気づく。

「中学生ってもう大人だよねって言いたかったの。大人っていろいろあるでしょって言いたかったの」

　嫌な予感を覚えつつ、孝雄はあらためて母を見おろす。まだ四十をいくつか越えたばかりで、緩いウェーブの髪をふわりと頰に垂らしピンク色のノースリーブのブラウスを着て、大きな目に涙を溜《た》めた彼女は息子の目にもずいぶん若く見える。

「離婚することにしたの、お父さんとお母さん」


　結局その夜、孝雄は初めて酒を飲んだ。

　深夜の台所に黄色い豆電球だけを点《つ》けて、マジかよ、とか、勘弁してくれよ、とかぶつぶつ呟きながら母親の缶ビールを一人で開けた。お兄ちゃんが就職して孝雄が中学生になるのを待ってたの、と母は言う。二人とももう大人だから、分かってくれるよね。

――マジかよ。

ごくごくごく、と喉《のど》を鳴らして一気にビールを飲んだ。アルコールの強い臭みに吐き出しそうになったけれど、涙を浮かべて無理矢理胃に収める。なんだこりゃ、すげえまずい。それでも続けて口をつける。兄ちゃんはそりゃ大人だろうよ、とむかつきながら思う。俺たちは十一歳も違うんだから。でも俺は――中一は大人じゃない。

「なんなんだよいったい。せめて三年待ってくれよ」

特に根拠はないけれど、高一ならば大人だろう。だからもし三年後だったならば。早くも痛みはじめた頭でそう考える。でも中一は子供だろう、普通。

死にそうな思いでそれでも缶ビールを二本空け、そのうえ焼酎も水で割って飲んだ。ビールよりもさらに臭かった。しかしともかくも、アルコールはその夜孝雄を眠らせてくれた。翌朝はもちろん猛烈な二日酔いで、学校をサボったのもその日が初めてとなった。

なんだかひどく自分が汚れてしまったような気が、孝雄はする。

「じゃあ、藤沢くんは本当は秋月くんなの？」

「らしいね。親権は母親のはずだから」

中一の十二月。隣を歩く春日美帆《かすがみほ》は、ようやく百六十センチを超えたばかりの孝雄よりも頭半分ほど背が低い。休日にもかかわらず律儀に学校指定のダッフルコートにくるまった彼女は、二つに結んだ髪型とも相まってまだ小学生のようにも見える。孝雄は兄の着古しのネイビーブルーのダウンジャケット。でも足元は、自分で吟味しまくって買ったレザーのスニーカーだ。焦げ茶色のローカットで、中古だが元の持ち主の手入れが良かったのか、革には上品な光沢がある。

「でも学校だと藤沢くんだよね」

「中一の途中で名字が変わるんじゃさすがに気の毒だと思ったんだろ。卒業までは名簿も藤沢でいいことになったって得意げに話してたよ、うちの母親が」

実際母がしてくれたことはそれだけだ、と苦々しく思う。

「お兄さんは？」

「兄貴もこっち。就職してからはあまり顔合わせてないけどね。帰りは遅いし、朝は俺がずっと寝てるから、その間に出勤してくし」

美帆の表情が曇ったことが気配で分かる。孝雄はそれに気づかないふりをして、わざと明るく声を上げる。

「ほら、あれが明治神宮だろ？　新宿からだと結構歩くよね」
両脇にビルの建ち並んだ四車線道路の先、首都高速の重々しい高架の向こうに、まるで下手くそな合成画像のように突然に森が見えている。

春日美帆とのデートは決まって公園巡りだった。もっともお互いに告白して付き合っているというわけでもないからデートとは呼べないのかもしれないけれど、とにかく二人は休日によく一緒に出かけた。井《い》の頭《かしら》公園、石神井《しゃくじい》公園、小金井《こがねい》公園、武蔵野《むさしの》公園、昭和記念《しょうわきねん》公園、自分たちの沿線はだいたい行き尽くして、今度からは都心の公園にも行ってみようと美帆が提案した。孝雄としては最初は公園になど特に興味はなかったけれど、かといって出かけるたびに映画館だの水族館だのに金が使えるわけではなかったし、花や木々に嬉《うれ》しそうに駆け寄る美帆を眺めるのは楽しかった。彼女のおかげで鳥や植物の名をずいぶん覚えた。それに杉並《すぎなみ》の殺風景な公団住宅で育った孝雄にとって、東京都内にこれほど多くの緑に囲まれた場所があるというのは単純に今でも驚きだった。家でも学校でも図書館でもない、ただ木々があるだけのどこでもない場所。そういう場所が好きなのだと屈託なく笑う美帆を、孝雄は口には出せずとも自分より大人だと感じている。なにが好きなのかを知っているということ。そういう人間は学校には実はあまりいないと思う。自分も含めて。

「あったかいねー」と、プラスティックのコップを両手で挟んで美帆が言う。

広大な明治神宮内を二人でぐるぐると歩き回り、大鳥居の前で並んで写真を撮り、本殿に並んだ絵馬の願い事をはしゃぎながら読み歩き、行列に並んでまで清正《きよまさ》の井戸も見学した。騒ぎ疲れ歩き疲れて、今は孝雄が水筒に入れてきたミルクコーヒーを飲みながら枯れた芝生に並んで座り込んでいる。きん、と音がするくらい冷たく澄んだ冬の空気に、熱いミルクコーヒーの糖分が心地好《よ》い。

この数ヵ月、常に迷子でいるような不安や心細さに取り憑《つ》かれているのに、美帆と過ごす間だけは魔法のようにそれが消える。十二月の午後の空には雲ひとつなく、天球そのものが青く透明に輝いている。葉を落とした木々のかなたに、代々木のドコモの電波塔が空を切り抜いたように白くまっすぐに立っている。芝生から腰に昇ってくる冬の土の冷気は、まばゆい太陽の暖かさと腕に軽く触れている美帆の体温にちょうど打ち消されている。

——柔らかいんだな、女の子って。

そう意識した瞬間、美帆へのすがるような想いが全身に満ちた。

そして気づけば考えるよりも前に、孝雄は美帆の唇に口づけていた。触れあっていたのはきっと一秒もなかった。信じられないほどしあわせだ、と全身が歓喜したその直後にしかし、母親の言葉を思い出して体がいきなり冷たくなった。――中一の最初のキスのしあわせは今でも忘れられなくて……。

「――帰ろう」

自分でも驚くくらい突然に気持ちがささくれ立って、ほとんど考える間もなくそう言い放ち孝雄は逃げるように歩き出した。座り込んだまま呆気《あっけ》にとられている美帆の顔が視界の隅にちらりと見える。構わず大股《おおまた》で歩き続ける。

「え、ねえ、ちょっと待ってよ藤沢くん！」

今、ごめんと言えば。立ち止まれば。頭ではそう思うのに、それが体に伝わらない。孝雄が置き去りにした水筒を慌てて摑《つか》んで駆け寄ってきた、美帆の頭が肩に並ぶ。

「ね、どうしたの、急に」心配そうに下から顔を覗《のぞ》き込んでくる。それでさらに表情が硬くなってしまう。

早足で公園を抜け、来た道を新宿駅に向かって無言で歩く。小柄な美帆はほとんど駆け足になって必死についてくる。足音でそれが分かる。彼女が泣きそうな表情をしているだろうことも、振り返らずとも孝雄には痛いほど分かる。輪郭のぼやけた街路樹の影が、足元をいくつも流れていく。いつの間にか空には黒い雲が立ちこめ、太陽はビルの後ろに沈み街灯が光りはじめ、気温は徐々に下がっていく。

行きの半分の時間もかからずに、二人は新宿駅の南口に到着してしまう。孝雄はそこまで来てようやく美帆に向きあう。はい、と水筒を差し出され、気まずくそれを受け取る。

「……ありがとう。……ごめん」彼女の足元の床を見つめながら声を絞った。

「うん……」吐息のような声で美帆が答える。リボンのついたローヒールを彼女が履いていたことに、孝雄はそこで初めて気づく。片足のかかとを不自然に浮かせている。靴擦れを作らせてしまったかもしれない。額にうっすらと汗を浮かばせ呼吸を整えながら、美帆はすこしだけ力を増した声で言う。

「今日は藤沢くんに会えて嬉しかった。……ちょっと久しぶりだったから」

改札前は夕刻になってさらに混みはじめたように見える。何千人もの会話と靴音に二人は囲まれている。

「ね、明日《あした》は学校に来る？」どこか挑むような調子を滲《にじ》ませて美帆が訊《き》く。

どう答えていいか分からず孝雄は床を見続ける。先ほどよりもまたすこし気温が下がっている。つま先が冷たい。美帆のつま先はきっともっと冷たいだろう。

「……そんなふうにさ、自分だけが特別にかわいそうって思ってる人って、みっともないよ」

驚いて思わず顔を上げた。どこかの誰かが通り過ぎざまに言った言葉なのではと一瞬疑う。でも、美帆が泣きそうな顔で自分を睨《にら》みつけている。なにか言わなきゃ。孝雄は考える。なにか言うことが。テスト終了一分前のように必死で考える。思いつきをとにかく口にする。

「春日には関係ないだろ」

震える声が出て、自分の言葉の幼稚さに自分で驚く。美帆は怯《ひる》まずに続ける。

「確かに私には関係ないけど。でもさ、親が離婚してる子なんて学年にきっと十人はいるよ。ぜんぜん特別なことじゃないのに、そんなんで拗《す》ねてるなんてばかみたい」

恥ずかしいと自覚するより先に顔が真っ赤になった。孝雄は信じられない気持ちで美帆を見る。目の前のこの小さな女の子はいったい誰なんだろうと。

「学校なんて来たくなければ好きなだけサボればいいけど、藤沢くんはそれでなにかを言ってるつもりなわけ？　私藤沢くんって大人っぽいって思ってたけどぜんぜん違ってた。せめて人とは普通に接しなさいよ！」

孝雄は美帆の目から落ちる涙を呆然《ぼうぜん》と見つめる。俺の知っている美帆は、今まで何十キロもの距離を一緒に歩いた美帆は、こんなに強い言葉を言う人じゃなかった。そう思っていた。俺の気持ちはこれほど透明に見透かされていたのに、俺は彼女のなにを見ていたんだろう。

美帆は顔を伏せ、孝雄を置き去りに歩き出しながら最後に小さく言う。

「――キスする勇気はあるくせに」

改札をくぐっていく彼女の小さな背中は、すぐに人混みに見えなくなる。

二時間かけて新宿から自宅まで歩いた。混んだ下りの電車に乗る気にはとてもなれなかった。歩きはじめてすぐに小雨が降りはじめ中野《なかの》を過ぎる頃には本降りになったが、孝雄はうつむいたままひたすらに歩き続けた。雪に変わる直前の雨が体を痛いほど冷やし続け、まだ馴染《なじ》まないスニーカーが足に靴擦れを作る。その痛みが奇妙な甘やかさを連れてくることに孝雄は戸惑う。こんなことが罰になるはずもないのにと考えながら、いっそ本当に迷子になることを願う。それでも街灯に照らされた公団住宅が雨の向こうに見えはじめた時、孝雄は泣き出しそうになるくらい安心もするのだった。

休日にもかかわらず、帰宅した家には誰もいなかった。

最近ではいつもそうだ。兄は土日も遅くまで仕事だし、母親はどうせ俺の知らないどこかのオヤジとデートかなにかだ。

濡《ぬ》れた体を簡単にバスタオルで拭《ふ》き服を着替え、どうしようもない気持ちを抱えたままに、孝雄は凍えながら玄関にうずくまりシューズラックを開けた。

薄暗い照明の下、博物館に陳列された不思議な形の貝殻のように、色とりどりの女性靴が鈍く光を反射している。オーソドックスな茶色のミュール、ドレッシィなオープントゥの黒いヒール、ショートブーツにニーハイブーツ、歳に似合わぬ厚底のスニーカー、芥子色《からしいろ》のウェッジソール、深紫色のハイヒール。ラックにあるのは母が今の季節に頻繁に履くものばかりで、廊下の収納には軽くこの五倍の数の靴が箱に入れられ積まれている。孝雄はラックの端から手に取り、シューキーパーの入っていないものにはそれを入れ、寒さに震える手でブラシで埃《ほこり》を落とし、必要な靴には乳化クリームを塗り、木綿の布で磨いていく。やり慣れた作業に気持ちがすこしずつ落ちついていく。ヒーターにようやく部屋が暖まりはじめ、震えが徐々に収まっていく。

靴道楽の母親のために靴の整理をするのは、幼い頃から孝雄の役目だった。たとえば同年代の子供が列車やロボットの模型を愛《め》でるように、小学生の孝雄は多様な女性靴に魅了された。母に抱く気持ちはあの頃とはまるで変わってしまったが、それでも染みついた習慣は彼をリラックスさせてくれる。靴に集中すると無心でいることができる。

だから、ガチャン、と重い金属音を響かせドアが開くまで、孝雄は兄の帰宅の足音に気づかなかった。

ステンカラーコート姿の兄は驚いたように孝雄を見おろし、ただいま、とぶっきらぼうに呟《つぶや》きながら傘をたたみ革靴を脱ぐ。傘から落ちた雪がぱらぱらと目の前に落ちる。体を壁に寄せ目を伏せながら、ああ、と孝雄はもごもごと言う。お疲れさま、今日は早いねというような、以前ならば苦もなく言えた言葉が出てこない。

「お前まだそんなことやってんの？」と吐き捨てるように兄に言われたのは、靴を磨き終えてシューズラックを閉める時だった。スーツを脱いでパーカー姿になった兄は缶ビールを片手に、玄関の孝雄に冷めた視線を向けている。他人の家に勝手に上がり込んでいたかのような気まずさで、孝雄は答える。

「別に……なんとなくだよ」

「気持ちわりいんだよ、お前」

聞いた瞬間に怒鳴りつけたい暴力的な衝動が湧きあがり、しかし誰になにを怒鳴るべきか分からず、孝雄は気持ちと言葉を飲み込む。まるでビールの時のように、飲み込んだものの代わりに涙が滲む。リビングに戻っていく兄の背中が、改札に消えていく美帆、ドアを出ていく父の背に重なる。誰も彼もが皆、俺とは他人になってしまう。

――そういうのが甘え…………わないのかよ！

痛む頭、ふやけたような脳の片隅に、言い争いのような声が切れぎれに届く。

……たは面倒から逃げ……こいつはまだ子供………

だって私だって………

俺だって泣きてえよ！

ドスドスドス、と大股《おおまた》に歩く足音。バン！　と乱暴に襖《ふすま》が閉められる音。

重いまぶたを薄く開くと、流れ込む光量に比例して頭痛が強くなった。滲む視界に見えるのはテーブルの差し向かいに座っている母の姿だ。肘《ひじ》をついた手のひらに顔を埋め、肩を震わせている。

「……泣いてるの？」

孝雄は小さく声をかける。母親が顔を上げ、化粧の崩れた目元で笑う。

「あなただって泣いてるじゃない」

そう言われ、孝雄は自分の頬が濡れていることに気づく。……そうだ。兄と共有の部屋に戻るのが嫌で、台所で母の焼酎《しょうちゅう》を飲んでいるうちに眠ってしまったのだ。

「あなた、もういい加減やめなさい。これ以上私のお酒飲むならお金払いなさいよ」

ははは、と笑うと頭がずきずきと痛む。最初はあんたが飲むかって言ったんじゃねえか。孝雄はぼんやりと、俺はこの人に言わなきゃいけないことがあったんだと考える。

「……母さん」

「ん？」

「三年早いよ、母さんたちの離婚。俺、まだ子供だ」

それを聞いた母の両目にみるみる大粒の涙が盛り上がり、彼女はそれを隠すようにうつむきながら泣き笑いに言う。

「うん、知ってた。ごめんね孝雄」

自分の頬も涙で熱くなるのをどこか心地好《よ》く感じながら、孝雄は再び酔いのまどろみに落ちていく。

彼の心配をよそに、二週間ぶりに登校した孝雄を奇異な目で見るクラスメイトは誰もいなかった。お、来たなと挨拶《あいさつ》してくる男友達や、あれ藤沢久しぶりじゃね？　と笑う女子がせいぜいで、教師でさえも出欠の際に明日《あした》からはサボるなよとひとこと言うだけだった。そういうことに、安心よりも気恥ずかしさを孝雄は覚える。

昼休みに三年生の教室に行き、春日美帆を探した。見つけられず、放課後にもう一度探した。それでもどこにもおらず、風邪をひかせてしまったのかなと考える。

美帆に会って言うことは決めていた。まずは公園でのことを謝ること。それから——今すぐには無理だろうけれど、藤沢から秋月になるまでに、つまりは中学を卒業するまでには大人になると決めたこと。具体的には、拗《す》ねて誰かに構ってほしくて酒を飲んだり学校をサボったりするようなことはもうやめるということ。自分がなにを求めているのか、誰になにを言いたいのか、そういうことを美帆のように知っている人間になること。そしてできれば、また一緒に公園を歩きたいと伝えること。

見覚えのある女子生徒とすれ違ったのは、あきらめてまた明日探そうと校門に向かう途中だった。何度か美帆と一緒にいる姿を見た覚えのある、三年生の女子だ。

「あの、ちょっとすみません」

「あれ、藤沢くんだよね」

「え、なんで俺のこと」

「時々美帆と話してたでしょ。美帆からも聞いてたし」

「……そうですか。あの、今日、春日先輩来てませんか？」

そう尋ねると、彼女は不思議そうな顔で孝雄を見た。その表情が憐《あわ》れむようなものに、次第に変わる。

「もしかして、きみ美帆からなにも聞いてないの？」


両親の離婚によって美帆は引っ越したのだと、孝雄はその時になって初めて知る。

携帯電話を持っていなかった当時の孝雄には、それきり美帆に連絡を取る手段がなかった。二歳年上の美帆が自分になにを求めていたのかも、今となってはもう分からない。ただその後、孝雄は美帆の友人に頼んで一言だけメールを送ってもらった。

〝大人になることを決めました〟と。

友人経由で返答の文面が届いたのは数週間も経ってからだった。

〝がんばりなさい、秋月孝雄くん〟

＊　＊　＊

橋を渡り終え、雨の音がまたすこし変わる。

雨粒が水面を叩《たた》く音よりも葉を揺らす音のほうが強くなる。モカシンがゆっくりと土を踏む音に、メジロの澄んださえずりが絡む。クロマツ越しに見える水面、そこに映るツツジのピンク色、多行松《たぎょうしょう》の樹皮の赤さ、カエデの葉のまばゆい緑。ハシブトガラスが遠くで力強く鳴いている。こういうものの多くをそういえば自分はかつて美帆に教わったのだと、遠い光に目を細めるように孝雄は懐かしく思い出す。

空のずっと向こうから、ふたたび遠雷が響く。

――なるかみの。

そういう言葉がふいに孝雄の頭に浮かび、すぐに消える。

なんだろう、どこで聞いた言葉だったか。今思い浮かんだその単語自体も、もう思い出せない。しかし予感のようなものが静かに身に満ちる。

濡《ぬ》れたカエデの葉の奥に、いつも雨宿りをする東屋《あずまや》が見えてくる。そこにはしかし人影が座っている。あるはずのないものを見るような心持ちで、そのまま孝雄は東屋に近づいていく。葉群れを過ぎて東屋の全体が目に入る。

スーツを着た、女性だ。

孝雄は立ち止まる。

缶ビールを口の位置に持ち、柔らかそうな髪を肩より上で切り揃えた女性が、ふわりと彼を見る。

一瞬だけ目が合う。

この雨はもうすぐやむのかもしれないと、その瞬間に理由もなく、孝雄は思う。

うらさぶる　心さまねし　ひさかたの　天《あめ》の時雨《しぐれ》の　流らふ見れば　（万葉集一・八二）

訳：うら寂しい思いが　胸いっぱいに広がる　はてしなく広がる大空から時雨が　はらはらと流れ落ちるのを見ると

状況：和銅《わどう》五年（七一二）の四月に、長田王が伊勢《いせ》の斎宮に派遣された時に、山辺の泉で作った歌三首のうちの一首。斎宮とは、伊勢神宮に奉仕するために派遣された未婚の内親王が居住する宮。本来「時雨」は、秋から初冬にかけて降る冷たい雨で、詠まれた季節とは合わない。伊勢への旅路で出会った冷たい「時雨」と、胸中のさめざめとした思いとを重ね合わせている。

第二話

柔らかな足音、千年たっても変わらないこと、
人間なんてみんなどこかおかしい。——雪野

柔らかな足音に顔を上げると、ビニール傘を差した少年が立っていた。

一瞬だけ目が合ってしまった。誰かがこんなに近づくまで気づかなかったなんてと、雪野《ゆきの》は不思議に思いながら目を伏せる。雨の音を聴いていたからかな。

雪野が雨宿りをしていたその小さな東屋に、少年はためらいがちに入ってくる。こんな平日の朝に公園に来るなんて珍しい。制服を着た一見真面目そうな——高校生、だろうか。学校をサボった先が有料の日本庭園だなんてなかなか渋いかも。場所を空けるために立ち上がって東屋の奥に移動する。少年は律儀に頭を下げ、傘を閉じ端に座る。ギィ、と木造りのベンチがかすかな音を立てる。

五月の強い雨がまっすぐに降っている。気持ちよさそうに鳴いている涼しげな鳥の声と、屋根を叩く雨音と軒先からの雨だれと、さらさらさら、という鉛筆がノートを滑るかすかで優しげな音と。少年がさっきからノートになにかを書いているのだ。教科書を広げているわけじゃないから勉強じゃないんだろうけど——とにかく音楽を聴き出したりするような子じゃなくて良かったと、雪野はなんとなくホッとしている。

二メートル四方ほどしかないL字型の狭いベンチ、その端と端に二人でいても不思議と気に障らず、別にいいや、という気持ちで飲みかけの缶ビールを口に運ぶ。飲酒禁止の公園だけど、まあ、別に。たぶんこの子は気にしないだろう。お互いにサボりだし。

突然、あ、という小さな声を出して少年が消しゴムを落とし、それはバウンドして雪野の足元に転がる。

「どうぞ」拾った消しゴムを少年に差し出すと、

「ああ、すみません！」少年は慌てて腰を浮かして受け取る。

焦った声が十代の若さでなんだか好ましい。思わず笑顔になってしまう。

少年は再びノートになにやら書きつける作業に入り、雪野はずいぶん久しぶりに弾んだ気持ちになりつつある自分に気づく。こんなことで。これほどどうしようもない毎日が続いているのに。へんなの、とビールを口に含み、あらためて雨の庭園を眺める。

さっきから雨はずっと変わらぬ強さで降り続いている。いろいろな形の松の木をじっと見ていると、それらが巨大な野菜とか未知の動物のシルエットみたいに見えてくる。灰色一色の空は、誰かが東京にぴったりと蓋《ふた》をしたみたい。池に次々と広がる波紋はひっきりなしのお喋《しゃべ》りのよう。屋根を叩く雨音は下手くそな木琴みたい、リズムが取れそうで取れなくて。――そう、私もそう。私には本当にリズム感がない。お母さんはピアノを弾く人だったし歌も上手だったのに、私がひどく音楽が苦手なのはなぜだろう。子供の頃は自分以外のクラスの全員が、見とれるくらい滑らかに木琴を叩いていた。リコーダーの指使いも魔法みたいだった。そういえば世の中の誰も彼も、なぜあんなにカラオケが上手なんだろう。どうしてみんなあんなにたくさんの曲を知っていて、あんなふうに躊躇《ちゅうちょ》せずにぐんぐんと歌えるんだろう。カラオケなんて学校で習いもしなければ教習所もないのに。もしかしてみんな密《ひそ》かに一人で自主練でもしているんだろうか。あの人にも時々カラオケに連れていかれたけれど――

「あの」

唐突に少年に声をかけられて、へ、という間抜けな息が出てしまった。

「どこかで、お会いしましたっけ」

「え？　……いいえ」なになに急に、この子こんなカオしてもしかしてナンパ？　思わず硬い声を出してしまう。

「ああ、すみません。人違いです」

気まずいような声でそう言って少年は恥ずかしそうにうつむく。その様子を見て雪野は安心する。いいえ、と今度は笑みを含んだ優しい声が出た。本気で誰かと間違えたんだ。

もう一口ビールを飲む。遠くで雷が小さく柔らかく響く。なんとなく導かれるようにして、缶を口につけたまま雪野は少年をちらりと盗み見る。

短く刈った髪、利発そうな額にちょっと頑固そうな眉《まゆ》と目。さっきのやりとりが恥ずかしかったのか、頬がまだちょっと赤い。耳から首筋にかけての薄い肉付きが妙に大人っぽい。ほっそりした体に眩《まぶ》しいくらいの白いYシャツとグレイのベスト……。

――あれ、と雪野は思う。

ちょっと驚いて、え、と小さく息が漏れる。そうか、なるほどね。水面に水彩絵の具を落としたみたいに、カラフルないたずら心が広がってくる。

「――会ってるかも」

「え？」

驚いて少年が雪野を見る。間を埋めるかのように遠雷が再び響く。鳴《な》る神《かみ》、という文字がふわりと頭に浮かぶ。微笑しながら呟《つぶや》くように雪野は言う。

「……なるかみの」

傘と鞄《かばん》を手に取りながら立ち上がる。少年を見おろす形になる。

すこしとよみて　さしくもり　あめもふらんか　きみをとどめん

言い終わらぬうちに歩き出した。傘を差しながら東屋《あずまや》を出て、雨の中に足を踏みだす。とたん、傘が全天のスピーカーとなって雨音を耳に運ぶ。少年のぽかんとした視線を背中に感じながら、構わず歩く。あの子、これで気づいてくれたかな。くすくすと考えながら小さな石橋を渡って、庭園の出口に向かう。木立にさえぎられて、私の姿はもう彼には見えなくなっているだろう。今日はなんだか楽しかったな——そう雪野は考える。そう考えながらも、ああ、でも一日はまだ始まったばかりなんだ、とすとんと思い至る。鮮やかだった気持ちが、再びじわじわと灰色の中に沈んでいく。

＊　＊　＊

それは雪野が中学生の時、古典の授業中の出来事だった。

和歌の紹介として、万葉、古今、新古今からそれぞれ一首ずつが教科書に載っていた。そのうちの万葉の一首が、理由も分からぬまま十三歳の雪野の目を吸い寄せた。

ひむがしの　野にかげろひの立つ見えて　かへり見すれば　月かたぶきぬ

歌の意味を考えるより先に教科書の黒い活字が溶けて、草原のかなたに紫色の朝焼けが浮かんだ。その風景の中でくるりと反対を向くと、群青の空の山際に、描き足したような白い月がぽつんとかかっている。文字からこんなにくっきりと情景が浮かぶなんて雪野には初めての経験で、いったいなにごと！　と呆然《ぼうぜん》としていると、

「それはきっと、こんな眺めやったんかもしれんね」

と優しい声で陽菜子《ひなこ》先生がそう言って、チョークを手に黒板に楽しそうに絵を描き始めた。馬に乗った男の小さなシルエット。それを取り囲むようにして、ピンク、黄色、水色、青を重ねたグラデーションの空。最後に白のチョークで小さな月を描き足す。ぞくり、と雪野の全身に鳥肌が立った。私が見たのと同じ風景！

放課後の美術室でそのことを陽菜子先生に話すと、彼女は少女のような声をあげてはしゃいでくれた。

「えええ、ウソ！　それってすごい、人麻呂《ひとまろ》が私たちに同時に憑依《ひょうい》したんかもねえ！」

「げー、オカルト」と美術部の男子生徒。「陽菜子先生がアブないのは知っとったけど、ゆきのんもそっち系？」とからかうように女子生徒。

「違う違う、びっくりしたってだけの話よお」と思わず唇を尖《とが》らせて雪野は言う。雪野の表情にその場の全員が見とれ、一瞬後に敵意のような気配がかすかに立ち上がる。ああ、また、と雪野が絶望的に思ったその直後に、陽菜子先生の教師らしく整えた声が差し込まれる。

「千年たっても人間の心は変わらんわいねえ。古典って素敵じゃろ？」

まあそうかも、とか、でもちょっと難しいわい、とか生徒たちは答え、陽菜子先生はふふふ、と優しく笑う。その場は和やかに回る。窓からの低い夕日が、陽菜子先生のふっくらとした輪郭と、制服姿の生徒たちの姿を絵画のように浮き上がらせている。ホッとする心持ちで、その通りだと雪野は思う。また私を助けてくれた上に、そんなふうに言える陽菜子先生は本当にホントにほんとうに素敵。世界と自分との間の空白にまたひとつ、カチン、という音を立てて歯車が差し込まれたような気がする。陽菜子先生のおかげで、私はすごく救われている。

愛媛での子供時代を通じて、雪野は周囲の誰よりも美しい少女であり、そしてその美しさは彼女をおおむね不幸にしていた。

非現実的なくらい、異様なくらい、雪野は美しかった。山と海と田んぼと貯水池とみかん畑に囲まれた小さな町の中で、どこにいても彼女は嫌というほど目についた。誰かとすれ違うたびに皆が例外なく驚いた顔で雪野を見つめ、そのたびに雪野の心は傷ついた。自分はそんなに奇妙な顔をしているのだろうかと、幼い彼女は真剣に悩んだ。


過疎化の進む小学校の中で、雪野の苦悩はなおさら深刻だった。頭はクラスメイトと並ぶと不自然なほど小さく華奢《きゃしゃ》で、手足は折れそうに細く長く白く、顔は作りものめいた精巧さで、二重の誰よりも大きな瞳《ひとみ》は黒く神秘的に濡《ぬ》れていて、思慮深い長い睫毛《まつげ》には鉛筆だって乗りそうだった。おどおどと怯《おび》えたような態度は、幼さとは釣り合わぬ異様な色気となって逆に雪野を目立たせた。灰色の海原に浮かぶ真っ白な帆船みたいに、誰の目にも明らかな眩しい光のようなものを——彼女自身はちっとも望まなかったにもかかわらず、雪野は放っていた。

雪野がいると、とにかくその場の空気が変わるのだ。男子はどことなく落ちつかなくなるし、女子たちはそのせいで機嫌が悪くなる。雪野は消しゴムをかけていても給食を配膳《はいぜん》していても牛乳を飲んでいても解答を間違えても凄《すさ》まじく絵になるから、教師は皆無意識のうちに彼女に頻繁に声をかけたし、そのことが彼女をさらに周囲から孤立させた。その上、常に緊張もしていたせいかあまり器用ではなく、体育や音楽は苦手だった。平均台さえまっすぐ歩けなかったし、カスタネットでさえ上手に叩《たた》けない。そういう他の子供であれば誰も気にしないような失敗も、雪野がすると全員の印象にどうしようもなく刻まれるのだ。そして異物を排する正当な理由を得たとでもいうように、子供たちは皆堂々とひそひそと囁《ささや》くのだ。あの子、ちいとおかしいよねと。すこしでも目につかぬよう、息を潜めるようにして雪野は生きた。

だから中学生になって初めて陽菜子先生に会った時から、雪野は彼女が羨《うらや》ましくて仕方なかった。彼女は二十代半ばの国語教師で、雪野にないものをすべて持っていた。鋭さとは無縁のふくよかな優しい顔も、思わず抱きつきたくなるような柔らかく丸みを帯びた体つきも、誰のことも緊張させない穏やかな物腰も。小川先生ではなく皆が自然に陽菜子先生と呼んでしまう、その素朴で親密な存在感も。

先生は世界とぴったりくっついている、と雪野は思った。自分の容姿は私を世界から遠ざけるけれど、陽菜子先生の丸い顔は世界の祝福そのもの。先生のような姿に生まれたかったと何度も願った。朝起きると陽菜子先生の姿になっている自分を、ばからしいくらいの真剣さで夜な夜な雪野は想像した。

そして驚くべきことに、陽菜子先生は自分の非現実ささえもごく自然に薄めてくれるらしいことに、雪野はやがて気づく。雪野が場の空気を変えてしまいそうになると、陽菜子先生はいつも巧みにそれを抑えてくれるのだ。意識してか無意識か、とにかく雪野に視線が集まりそうになるとまるでそっとたしなめるみたいに自然に言葉を差し込んで、皆の関心を逸《そ》らしてくれる。さらにそのことによって、クラスメイトたちも徐々に雪野の特別さへの接し方を学んでいってくれているようですらあった。

陽菜子先生が担任だったら、と雪野は三年間願い続けそれは結局叶《かな》わなかったが、そのかわりに彼女が顧問を務める美術部に入り、そこでの時間は大袈裟《おおげさ》ではなく雪野にとって救いとなった。ほとんど初めて、学校という場所が苦痛ではなくなった。不格好なジャンパースカートの制服に包まれた垢抜《あかぬ》けない女子生徒たちの中で一人、それさえもまるで特別にあつらえたかのように着こなしてしまう雪野ではあったが、しかし同じ年齢の友人たちと話す喜びをその場所で初めて知ったのだった。そしてそのすべてが陽菜子先生のおかげだった。

切なく焦がれるような──ほとんど恋に近いくらいの泣き出しそうな感情で、雪野は陽菜子先生に憧《あこが》れ続けた。

高校生になると、雪野の美しさはまたすこし世界に馴染《なじ》む。膨らんだ胸を包むモカ色のブレザーとあかね色のリボン、細いももがのぞくくらいの丈のタータンチェックのプリーツスカート、そういう洒落《しゃれ》た制服に身を包んだ雪野はもちろん飛び抜けた美少女でその姿はまるでテレビの中のアイドルのようだったが、そういう役割のようなものを帯びることで彼女の美しさはようやく落ちつき先を見つけたのだ。「すげえ美人がおるらしいぜ」と家から自転車と汽車とさらにもう一台自転車を乗り継いで通う進学校では噂にはなったが、その美しさは単に異質なだけでありもう異常ではなかった。カチン、歯車がまたひとつはまる。息がまたすこしだけ楽になる。

「ゆきのん、久しぶりに会《お》うたけどだいぶ人間らしくなったよね」

そんなふうに中学時代の部活仲間から言われたのは、二年ぶりに集まった母校の美術室でのことだった。陽菜子先生の転勤が決まったからということで、美術部が卒業生も含めてのお別れパーティを週末に催したのだ。その日は朝から雨で、古びた建物ではヒーターが点《つ》いていても吐く息はうっすら白く、しかし集まった三十人ほどの生徒たちの熱気で冷たいコーラでも喉《のど》に心地好《よ》いくらいの賑《にぎ》やかな集まりだった。

「なんなんそれー⁉　前は人間に見えんかったってこと？」なるべく茶化すような調子で雪野はそう訊《き》く。

「うん、同じ生き物には見えんかった」

真剣に答える卒業生の表情を冗談と捉《とら》えたのか、現役の美術部生徒たちが笑い声を上げ、あんたたちでもこれマジなんやけんね！　と他の卒業生が大真面目に主張している。人間じゃないってなんぞやそれ、とおかしそうに言う中学男子はさっきから頬を上気させて雪野をちらちら見ているけれど、かつてのようなぎこちない空気はもう流れない。陽菜子先生は雪野の隣で眩《まぶ》しそうに目を細め、

「でも本当。雪野さん、プールから上がったみたいなすっきりした表情しとるよ」と言う。ああ、この人はやっぱりなんでも分かってるんだと、甘やかに雪野は思う。

いつの間にか窓の外はすっかり暗くなっている。水滴の張りついたガラス窓は暗闇を背に鏡となって、蛍光灯に淡く照らされた美術室を映し出している。中学生たちは数組に分かれてだんだんと帰宅をしていて、その場に残ったのは五人ほどの卒業生と陽菜子先生だけだ。先生の後ろには生徒たちからのプレゼントの箱が積まれていて、

本当に転勤しちゃうんだ、とそれを見て雪野は今さらのように思う。

なんかあったらいつでも来てかまんけん。卒業式の日に陽菜子先生が美術部員たちに贈った言葉を、雪野はまるで自分だけに向けられた特別なメッセージのように今でも胸にしまっている。実際に高校に入ってからも口実を作っては一人で何度も中学校に顔を出した。「転勤って言うてもそんなに遠くに行くわけじゃないんやけん、また会えるよ」と陽菜子先生は言うけれど、今までのようにはきっといかない。生徒たちと笑いあっている陽菜子先生の姿をちらりと盗み見る。蛍光灯のせいか、先生はなんだか色褪《いろあ》せて疲れているように見える。ちょっと心配だなと思いながら雪野は考える。今はずいぶんマシになったけれど——中学の頃の私はきっとストーカーみたいだった。昼休みも放課後も休日の部活の後も、まるで親鳥を探す雛《ひな》のように陽菜子先生の姿を求めていた。許されるならば先生のアパートまでついて帰りたいくらいだった。高校で私のあとをこっそりつけてくるような男の子たちの気持ちが、私には痛いくらいはっきりと分かる。重みを増して流れ落ちていく窓ガラスの雨粒を眺めながら雪野は思う。自分の気持ちだけがどんどん重くなっていくのは、とても、とてもつらい。

——雨の言葉っていう詩があるんよ。

雪野が物思いから顔を上げると、陽菜子先生は雪野を見てにっこりと微笑んだ。それからゆっくりと生徒たちに公平に目をやる。

「私の好きな詩なんよ。雨のたびに思い出すんよ、『雨の言葉』っていう詩」

そう言って陽菜子先生はすこし目を伏せ、諳《そら》んじる。

わたしがすこし冷えているのは
糠雨《ぬかあめ》のなかにたったひとりで
歩きまわっていたせいだ
わたしの掌《てのひら》は　額《ひたい》は　湿ったまま
いつかしらわたしは暗くなり
ここにこうして凭《もた》れていると
あかりのつくのが待たれます

ふくよかな唇からするすると紡がれる言葉を、いつの間にか馬鹿みたいに口を開けて雪野は聞いている。「そとはまだ音もないかすかな雨が」と声は続き、雪野のまぶたには見たこともない都会に降り続ける細い雨の風景が浮かぶ。大好きな陽菜子先生の声が、しかしなぜかずっと未来の不安な預言のように雪野の心身をそっと震わせる。

知らなかったし望みもしなかった
一日のことをわたしに教えながら
静かさのことを熱い昼間のことを
雨のかすかなつぶやきは　こうして
不意にいろいろとかわります
わたしはそれを聞きながら
いつかいつものように眠ります

＊　＊　＊

目覚ましが鳴っている。

目をつむったまま携帯を摑《つか》みアラームを止める。もう朝なのか、と信じられないような気持ちで目を薄く開くとずきりと頭が痛む。体中の血管にまだ昨夜のアルコールが充満しているような気がする。でもとにかく起きなくちゃ。ベッドから立ち上がると胃痛と貧血でさっそく倒れそうになる。カロリーが必要なんだ、と足元から板チョコを拾い、ベッドに腰掛けながら銀紙を剝《は》がしやけくそのように二口かじる。六時四分。そこでようやく窓の外の雨に、雪野は気づく。

……雨のかすかなつぶやきは。知らなかったし望みもしなかった一日のことを。そう、と雪野は思う。本当に、毎日。そんな日ばかりだ。

部屋を出て、ゴトゴトと音を立てる古いエレベーターに乗る。三階でスーツ姿の中年男性が「おはようございます！」と朝らしからぬテンションで乗り込んできて、雪野もなんとか微笑を作って挨拶《あいさつ》を返す。おはようございます。エレベーターのガラスに映った自分を無遠慮に眺める男の視線を、雪野はうつむいていてもくっきりと感じる。大丈夫、私は文句のつけようもなくちゃんとしている。焦げ茶色のタイトなジャケットの下はえんじ色のフリルブラウス、黒のフレアパンツに五センチのパンプス。整えられたショートボブの黒髪、適切なファンデーション、きちんと引いた薄い口紅。あなたのそのくたびれたスーツやあご髭《ひげ》の剃《そ》り残しや寝癖のついた髪のほうがよっぽど恥ずかしい。私は爪だって磨いているし、ストッキングの中の足も整えている。あの頃の、自分の容姿を持て余し絶望していた無力な子供ではもうない。ちゃんとしている。

車の行き交う雨の外苑西《がいえんにし》通り、その歩道を色とりどりの傘が一方向に黙々と歩いている。人波の足どりに遅れをとらぬように千駄ケ谷《せんだがや》駅に着き傘の雫《しずく》を払う頃には、雪野はもうぐったりと疲れている。柱にもたれて座り込みたいのを懸命にこらえ、バッグから定期を出して自動改札をくぐり、泣き出したいような気持ちで必死に階段を昇りホームに辿《たど》り着き、電車を待つ列に並び、傘を杖《つえ》にしてやっと安堵《あんど》の溜息《ためいき》をつく。ようやく足を止めることができたかと思えばしかし、体を動かして血圧が上がったせいか今度は頭蓋骨《ずがいこつ》の内側で金槌《かなづち》が振り回されているかのような激痛。こめかみには脂汗が浮き、それなのに手足の先は氷漬けされたように冷たい。両足の薄い筋肉が疲労ではち切れそうになっている。部屋から十分歩いてきただけでこんなにも体が疲れ切っていることに、しみじみと情けなくなる。

けへへへ、と聞こえる無遠慮な笑い声にぎくりとして目を向けると、短いスカートをはいた女子高生二人が楽しそうに話している。

「マジでカルビ丼食べて来たの⁉ さっき?」

「だって今日二限目体育じゃん! うちのママの貧相な朝食じゃ倒れるっての」

「そういうモテないのじゃなくてさ、ほら、神社の脇にパニーニ屋できたじゃん、あいうとこ行きなよなーせめて」

仔猫《こねこ》が前足でちょっかいを出すように一言ずつにお互いをぽんぽんと叩《たた》き、さらにその合間にスマートフォンを器用に操作しつつ、弾《はじ》けるように笑っている。じゃあパニーニはモテるのかよ、とか、パンケーキの時代はもう終わったとか、そういう会話を聞きながら、彼女たちの発するエネルギーの強さに雪野はあらためて驚く。ただ駅のホームにいるだけでそんなに楽しいのかと愕然《がくぜん》と思う。一番線、新宿方面行き電車が参りますと表情のない声でスピーカーが言う。そういういろいろが、ぎりぎりで張り詰めていた雪野の気力をぷつりと断つ。胃の奥から吐き気が込みあげてくる。

新宿区と渋谷区にまたがる巨大な国定公園の中を、傘を差して雪野は歩いている。結局電車には乗らなかった。乗れなかった。電車のドアが開くよりも前に雪野は駅のトイレに駆け込み、吐いた。胃がひっくり返るような苦しみにもかかわらず吐瀉物《としゃぶつ》はほとんどなく、どろりとした粘液だけが糸を引いた。涙で崩れた化粧をトイレの鏡で直しながら、やっぱり今日は乗れない、と絶望的に考える。しかしそう思い定めてしまうと罪悪感の混じった安堵がふわりと浮き上がってくる。駅を出て、歩いて五分ほどの距離にある公園の千駄ヶ谷門をくぐった。

周囲の木々は雨をたっぷりと浴びて、この季節特有の内側から溢《あふ》れるような緑に輝いている。暴力的な中央線の轟音《ごうおん》も首都高速を走るトラックの騒音も、ここでは遠い囁《ささや》きのように優しげに弱まっていて、なんだか守られているような安心を雪野は感じる。傘を叩く雨音を聞きながら歩いていると、さっきまでの疲労がゆっくりと流されていくような気がする。パンプスが泥に汚れるのも気にならず、むしろ湿った土を踏む感触が気持ちいい。芝生を抜け、台湾風の建物の脇、ちょっとした山道のような細い小径を通り、日本庭園に入る。今日もまだ誰も来ていない。ほっとしながら垂れ下がったカエデをくぐり、小さな石橋を渡り、いつもの東屋《あずまや》に入り傘をたたむ。ベンチに腰を下ろしたところで、全身が酸欠のように重くじんわりと痺《しび》れていることに気づく。カロリーが必要なんだ。キオスクで買ってきた缶ビールを開け、ごくごくごく、と一気に飲み、はーっと深く長い息を吐く。全身からするすると力が抜け、心までぐっちゃりと崩れそうになる。理由も分からないうちに目尻《めじり》に涙が滲《にじ》む。まだ今日は始まったばかりなのだ。

知らなかったし望みもしなかった一日のことを……。

小さく口に出して雪野は言う。

＊　＊　＊

美術室に最後まで残った卒業生たち数人でパーティの後片付けをして、陽菜子先生と一緒に学校を出たのが六時頃だった。あたりはもうすっかり暗く冷え込んでいて、相変わらず雨が降り続いている。日中は陽気だったムードもその頃には別れの寂しさにすっかりとって代わられており、卒業生たちは涙ぐみながら陽菜子先生と別れを交わし、それぞれに帰宅していく。そのようにして、最後には家の方向が同じ雪野と陽菜子先生だけが二人、傘を並べて歩いていた。

先生と二人だけという幸福とこれが最後かもしれないという心細さで、先ほどから雪野はなにも喋《しゃべ》れずにいる。陽菜子先生も、どうしてかいつになく黙り込んだまま歩いている。いつの間にか私の背は先生を追い越したんだなと雪野は気づき、そのことも先生が自分から離れていく理由であるような気がしてさらに悲しい気持ちになる。ふと、自分はきっとこれからもこういう悲しみを味わい続けていくのだろうと理由もなく思う。誰かと付き合ったことはまだないけれど、それはきっとこういう寂しさをたっぷりと含んだ出来事に違いないと、妙な確信を持って雪野は思う。

「雪野さんのお家《うち》、線路の向かいがわよね」

急に思い出したかのように、陽菜子先生が予讃《よさん》線の方向に目を向けて言う。はい、となんだかドキドキしながら答えると、じゃあもうじきよね、と先生は言い、またしばらく沈黙が続く。先生のブーツの音と雪野のローファーの音が交互に響く。ガードレールの下にある溜池《ためいけ》に黒い雨がまっすぐに吸い込まれていく。無言に耐えきれずもうなんでもいいからなにか言おうと雪野が口を開けた直後に、唐突に静かに、陽菜子先生が言う。

「本当は転勤じゃないんよ。教師を辞めるんよ」

「え」

え？　今なんて言ったんだろう。雪野は傘の下の陽菜子先生の顔を覗《のぞ》き込むが、真っ暗の影の中で表情は見えない。

「教師を、辞めるんよ」さっきよりすこしだけ強く、陽菜子先生は繰り返す。

「ごめんね、雪野さんにだけは言うとかんといかんって思ってたんよ」

え、どういう意味？　胸の中に疑問が反響する。陽菜子先生の言葉が上手《うま》く理解できない。ローファーの足だけが自動的に前に進む。悲しいのか嬉《うれ》しいのか判別できない声色で、陽菜子先生は続ける。

「先生、赤ちゃんができたんよ。じゃけん実家の近くに引っ越すことにしたんよ」

なぜ、と雪野は思う。なぜ「結婚したの」ではないのか。「実家に行くの」ではないのか。転勤だなんていう嘘をつくのか。そんなことは簡単に分かるような気もし、全く理解できないような気もする。雪野はいきなり息苦しくなる。誰かに水の中に乱暴に頭を突っ込まれたかのように。そしてただただ感じるのは、見捨てられるという強い恐怖。見捨てられるのが雪野なのか陽菜子先生なのか、本当に誰かが誰かを見捨てたのか、それはぜんぜん分からないままに、しかし雪野は激しく混乱する。ほとんどパニックになる。

ふふ、と陽菜子先生が笑った息を出す。いつだって雪野のピンチを救ってくれたあの柔らかな声で。どうして笑うの？　雪野は驚き、もう一度先生を見る。

「びっくりさせたかいねえ。確かにみんながあんまり望んでないことやったけんちょっと大変なんよ。でもね」

そう言って今度は陽菜子先生が、傘の下から雪野の顔を覗き込む。田んぼの向こうを予讃線の三両列車が通過していて、その黄色い窓明かりが陽菜子先生の顔を柔らかく照らし出す。雪野を守り励まし続けてきた、大好きな優しい笑顔。胸の奥から熱い塊が湧き上がってくる。

「大丈夫。どうせ人間なんて、みんなどっかちょっとずつおかしいんやけん」

——ああ。陽菜子先生。

大丈夫ってなに？　みんなおかしいってなに？　歩きながら雪野は泣き出す。声だけは必死に押し殺して、でも涙はぼろぼろとアスファルトに落ちて雨に混じる。ブーツとローファーと雨の音が、いつまでも耳に残る。

＊　＊　＊

まどろみを破ったのは聞いたことのある靴音で、雪野は顔を上げる前に誰が来たのかが自然に分かる。

あの少年が、以前と同じようにビニール傘を差して立っていた。

少年は戸惑ったようなすこし怒ったような表情をしていて、雪野は微笑ましい気持ちになる。

「こんにちは」と自分から声をかけた。

「……どうも」

なんでまたいるんだよという声が聞こえてきそうな無愛想な返答。腰を下ろす少年を目の端で捉《とら》えながら、おかしな女だと思われているんだろうなと雪野は苦笑する。でもお互いさまじゃない。あなただってこんな場所でまた学校をサボって。

雨が不器用に屋根を叩《たた》いている。少年は雪野を無視することに決めたようで、前回のようにノートになにかを書きつけている。美大でも目指しているのだろうか。まあなんでもいいやと、雪野も好きなようにビールを飲むことにする。一缶を飲み干し、別の銘柄のもう一缶を開けて口をつける。味の差がぜんぜん分からず、これだったら安い二本にすれば良かったと軽く後悔する。まあいいや。どうせもとからたいした舌じゃないのだ。片足のパンプスを半分脱ぎ、つま先にひっかけてぶらぶらと揺らす。

「ねえ」と少年に声をかけたのは、薄い酔いの勢いだったか退屈しのぎだったか。

「学校はお休み？」ただこの子とは気が合いそうだと、新学期のクラスで友人を本能的に嗅《か》ぎ分けるように雪野はなんとなく思っている。少年はお前に言われたくねえよという顔をし、

「……会社は、休みですか？」と憮然《ぶぜん》と言う。やっぱりなにも気づいてない。男の子ってばかだなー。

「またサボっちゃった」

そう答えると、少年はすこし驚いた顔をする。あなたは知らなかったかもしれないけれど、大人だってばんばんいろいろサボるのだ。少年の表情がふと和らぐ。

「……で、朝から公園でビールを飲んでる」

見たままを解説されてしまい、お互いにくすりと笑った。

「酒だけって、あんまり体に良くないですよ。なにか食べないと」

「高校生が詳しいのね」

「あ、俺じゃなくて、母が飲む人だから……」

慌てた言い訳。きっと飲んだことがあるんだろうな。可愛い。もうちょっとからかおうと雪野は決める。

「あるよ、おつまみも」そう言ってバッグから大量のチョコレートを取り出して見せながら、「食べる?」と訊《き》く。両手いっぱいにすくったチョコの箱がばらばらと音を立ててベンチに落ちる。うわ、と身を怯《ひる》ます少年の、期待通りの反応に嬉しくなる。

「ああー、いまヤバイ女だって思ったでしょう?」

「え、いや……」

「いいの」

そう、本当に別にいいの。雪野は初めて心底思う。

「どうせ人間なんて、みんなどっかちょっとずつおかしいんだから」

「……そうかな?」

不思議そうな顔を少年はする。

「そうよ」

彼をまっすぐに見ると、自然に口元が優しくなる。すると言葉をつなぐように風が吹き、新緑と雨粒が一斉に揺れる。ざわざわざわという囁《ささや》きのような葉擦れに二人は囲まれて、その瞬間、突然に雪野は気づく。

あの雨の夜。

十年以上前の、陽菜子先生のあの言葉。

先生はあの時ぜんぜん大丈夫なんかじゃなかったのだと、今になって初めて気づく。まるで心が乗りうつったかのように突然にくっきり分かる。必死に、ほどけそうになる心を必死に抱え込みながら、自分だけがおかしいわけじゃないと叫んでいた陽菜子先生の気持ちが目前にありありと浮かぶ。ずっと年下の高校生の少女に懸命にそう訴える、その姿がぴったりと隙間なく自分に重なる。

――先生、と許しを乞《こ》うように雪野は思う。私たちは皆気づかぬうちに病んでいる。でもどこに健全な大人がいるというのだろう。誰が私たちを選別できるというのだろう。自分が病んでいると知っているぶんだけ、私たちはずっとずっとまともだ。祈るように願うように、陽菜子先生に憧《あこが》れ続けた少女の頃のあの必死さで、雪野はそう思う。

「じゃあ、そろそろ行きます」

立ち上がりながら少年が言う。雨は先ほどまでよりすこしだけ小降りになっている。

「これから学校？」

「さすがに、サボるのは雨の午前中だけにしようって決めてるんです」

「ふうん」中途半端に真面目な子だと、なんだかおかしくなる。

「じゃあ、また会うかもね」

言うつもりもなかった言葉がふと唇からこぼれた。

「もしかしたら。雨が降ったら」

少年の不思議そうな表情を目にしながら、どうも私は本当にそう望んでいるらしいと人ごとのように雪野は思う。


その日が関東《かんとう》の梅雨入りだったと、後になって彼女は知った。

引用詩：立原道造「雨の言葉」

雷神《なるかみ》の　しまし響《とよ》もし　さし曇り　雨も降らぬか　君を留《とど》めむ（万葉集一一・二五一三）

訳：雷が　ちょっとだけ鳴って　突然曇って　雨でも降らないかな　あなたを留めたい

状況：「しまし響もし」は、万葉集では「小動」と表記されており、小説中のような「すこしとよみて」の訓もある。「雷」は、「なるかみ」と呼ばれ、神秘的で畏怖《いふ》の対象と捉えられていた。帰ってしまいそうな男性を引きとどめたい女性の歌。雨は、男性が帰ることの妨げとなるので、突然降ってきてくれないかなと願っている。第八話の男性の歌への問いの歌。

第三話

主演女優、引っ越しと遠い月、十代の目標なんて三日で変わる。——秋月翔太

「あのさあ、ガキの頃の夢なんて三日で変わるっていうだろ？」

やけに甘ったるい白のハウスワインを一口飲んでから、オレは考えるより先にそう言っていた。吐き捨てるような口調になっていたことに気づき、やばいな酔ってる、と自覚しつつもう一口ワインを飲んでしまう。妙に喉《のど》が渇いている。

「翔《しょう》ちゃん、それってさ」

ナイフを動かす手を止め、梨花《りか》がじろりとこちらを見る。こいつは黒目がちの大きな目をしていて、その力のある眼差《まなざ》しにかつてオレは惚《ほ》れたわけだが、それだけに睨《にら》まれるとちょっとたじろいでしまう。

「私がまだガキだって言ってるの？　それともちゃんと就職しろって言いたいの？」

「違うって、一般論だよ。そんなふうに思い詰めることないんじゃないかって。……あれだ、老婆心」

「ふうん……」

納得がいかない様子でそれでも梨花は目を伏せ、鱸《すずき》の白身を切る作業に戻る。二十六歳で老婆心ってなによ、と独り言のように呟《つぶや》きながらフォークを口に運び、ナプキンをそっと唇にあて、こくりと小さくワインを飲み、再び白身を食べる。オレも白身をクレソンと一緒に口に入れながら、メガネのブリッヂを持ち上げる仕草に混ぜてちらりと梨花を見る。オリーブオイルに濡《ぬ》れた唇がキャンドルの炎に照らされ、妙に艶《なま》めかしく光っている。細い指でパンをちぎり、上品な手つきで鱸のソースをパンですくい、口に入れてしばらく嚙《か》み、またワインを飲む。それらがずいぶんと慣れた様子で、オレは見とれると同時に自分の胸の内側を——心臓あたり、肋骨《ろっこつ》の中にある湿った柔らかな部分を、誰かにそっと握られたような鈍い痛みを感じる。そういえば最初からそうだった。レストランでもライブ会場でもラブホテルでも、梨花はどのような場所にもやけに慣れていた。一方でオレはといえば、梨花と出会うまではこういうことを知らなかった。たとえばつまり、フレンチだのイタリアンだのではパンで皿のソースをすくって食べても良いのだということ。ネクタイに人差し指を入れて襟元をすこしだけ緩める。オレはどうしても勘ぐってしまう。まだ大学生のこいつにレストランでの食事を教えたのは誰なのだろうと、詮《せん》もないことをつい思ってしまう。おそらくはオレよりも年上の男。六つ上だったという元カレか。もしかして梨花のバイト先の客ということはあり得るか。あるいは劇団の演出家とかいう中年か。それはオレと付き合い始める前のことなのか、後のことなのか。

「でも思い詰めることもしないで、どうやって夢とかを叶《かな》えるの？」

メインの仔牛《こうし》にナイフを入れている時に突然にそう言われて、それがさっきの会話の続きだと気づくまですこしかかる。

「……思い詰めるっていうか、梨花の話を聞いてるとなんだか苦しそうだからさ。バイトも授業もあって大変なんだろうけど、ちょっとピリピリしてない？　そもそもは好きで始めたことなんだろ、演劇って。それなのに辛《つら》そうなのってなんだかなと思ってさ」

梨花に嫌みを言いたいのか、それともこの場をなんとか取り繕いたいのか、自分でも分からないままにオレは喋《しゃべ》る。ウェイターがやってきて梨花のグラスに赤ワインを注ぎ、続けてこちらにも注ぐ。オレのグラスの飲み口がべったりと脂で汚れているのに比べ、梨花のグラスは綺麗《きれい》なままなことにふと気づく。食事の仕方のなにかが違うのだ。ちくりとした恥ずかしさを誤魔化すように一口大きく飲む。とりあえず笑顔を作ってみる。

「あまり無理するなよ。なんだって楽しめないと続かないだろ？」

「……舞台に関してはね、」無表情のままワインでゆっくりと肉を飲み込み、梨花は言う。「楽しくやりたいとか、それでしあわせになりたいとか、そんなふうに思ったことは人生で一度もないって、うちの演出家が前に言ってたの。私もそういう気持ちが分かるの。役者で食べていきたいっていうのはもちろんあるけど、でも、なによりもまず自分で納得できる芝居をやりたいの。自分だけの表現を見つけたいの。それは無理をしないときっと実現できないことなの。うちの劇団の人たち、みんなそんな感じだと思う」

自分で納得できる芝居。自分だけの表現。うちの劇団。うちの演出家。オレの内側を摑《つか》んでいる誰かの手に、ぎゅっと力が入る。もっと酔ってしまえばこの嫌な痛みが和らぐかと、オレはグラスを傾ける。慣れない苦みが舌に残る。焼酎《しょうちゅう》が飲みてえな、と思いながらもう一口流し込む。まだ喉が渇いている。

「……なんつうか、みんな仲良しでがんばってんだな」

素直すぎる嫌みをつい言ってしまい、直後、今日は駄目だ、とオレは心底悲しくなる。案の定梨花はオレを睨む。

「喧嘩《けんか》しに来たんじゃないんですけど、私」

「売ってるのはそっちだよな」

「売ってないわよ。やめてよ、もう」

「こっちの台詞《せりふ》だよ。久しぶりに会えたってのに、梨花は……」オレの知らない話ばっかで、とはさすがに言えず、代わりにまたワインを飲み込む。肉なんてこれ以上とても食う気になれない。この後デザートも来るのに、どうすんだ、このコース料金。

「なによ。翔ちゃん、言いたいことがあるならはっきり言ってよ」

「別になにもないよ」

「そんなことないでしょ、さっきから嫌みばっかり。私たち一緒に住むんだから、ちゃんと誤解のないようにしようよ。今日翔ちゃんと会えること、私すごく楽しみにしてたんだよ」

だったらオレを見てくれよと言いそうになる。オレだって無理して仕事を早く抜けたのだ。オレがこの店を探して予約し、オレがここの支払いをするのだ。梨花との付き合いを続けるためにどれほどの努力をオレが注いでいるか、そのことを切々と、この四つも年下の美しく傲慢《ごうまん》な大学生の女にすがりついて訴えたくなる。そういう衝動を必死で抑え込んでいるうちに、言葉が勝手に口から出てくる。

「ただ、夢を追いながら人の金で飯食えていいなって思ってさ」

——ああ、と絶望的に思う。オレは決して言うべきでないことを言っている。泣かれるか席を立たれるかと覚悟したが、しかし梨花は声のない溜息《ためいき》を小さくついて目を伏せるだけだ。彼女は小さく細かく仔牛を切り分け、無言でゆっくりとそれを口に運び続ける。まるでオレを責め続けるみたいに。他にどうしようもなく、オレもただ苦いだけのワインを飲み続ける。オレだって分かっている。彼女が高価なレストランを予約してくれと言ったわけではない。彼女が居酒屋じゃ嫌だと言ったわけじゃない。社会人らしいところを見てほしくて、オレが勝手に予約をし、オレが勝手に毎回支払いをしているのだ。喉の渇きはいっこうに収まらない。

寺本《てらもと》梨花と出会ったのは二年前だ。同僚の田辺から芝居のチケットを買ってもらえないかと頼まれ、たいして考えもなく二千八百円を支払った。芝居に興味なんかなかったから、きっとその時オレは暇だったのだろう。あれは確か土曜日で、チケットに印刷されていた場所は下北沢《しもきたざわ》のどこかだった。本当にこんな場所に劇場があるのかと心配になりながら雑居ビルの狭い階段を降り、無愛想な受付にチケットを切られて会場に入ると、そこは教室ひとつ分くらいの薄暗い空間だった。階段状の客席に隙間なく三十ほどの座布団が置かれていて、赤の他人と肩を摺《す》り合わせるようにして二時間の芝居を観た。オレが芝居の観方というものを知らないからかあるいはただ単に不出来なだけだったのか、その舞台はすこしも面白いと思えなかった。いや、正直に言えば死ぬほどつまらなかった。「ロストジェネレーション世代の高校生たちが社会の不条理を理由に教室に立てこもる」というような話で、これほど退屈な物語が世の中に存在するということにオレは心底驚いた。ただ、主役の若い女だけは印象に残った。お、美人。胸もでかくて脚も長い。この娘《こ》だけ眺めてモトを取ろう、などとスケベ心で考えたのは最初だけで、そのうちに舞台上を駆け回る小柄な体そのものから単純に目が離せなくなった。あんな細い体のどこに、と心配になるくらいその女はエネルギーに満ちあふれ、優雅というよりはほとんどヤケクソのように滅茶苦茶《めちゃくちゃ》に体を動かしていた。

そういう感想を婉曲《えんきょく》気味に田辺に伝えると、親切なことにその主演女優との飲み会をセッティングしてくれた。

「女優なんて言うとたいそうに聞こえるけど、役者志望の普通の大学生だと思うけどね。俺も会ったことはないけどさ、まあよくいるパターンだよ」

昼休み、会社の近所の蕎麦屋《そばや》で、穴子の天ぷらをかじりながら田辺はそう言った。田辺の恋人がその子の先輩だとか、そんな関係だったかと思う。チケットノルマが回り回ってオレのところにも来たというわけだ。

渋谷の個室居酒屋で、そのような経緯でオレたちは四人で飲んだ。オレと田辺と、田辺の彼女と役者志望の娘。スーツの上着を着ていくか迷うような季節だったから、それは夏の終わり頃だったはずだ。旬の魚をざるに並べて選ばせるような小洒落《こじゃれ》た店での実質合コンだったわけだが、寺本梨花はTシャツにショートパンツにウェッジソールのサンダルという全く飾り気のない格好で現れ、オレはそれでなんとなく安心したのを覚えている。

「寺本梨花、大阪出身、去年上京してきて今大学二年です。劇団に所属しています。皆さま、先日は私の拙《つたな》い舞台にお越しいただきありがとうございました！」

訛《なま》りの残るイントネーションではきはきとそう言って礼儀正しく頭を下げる梨花に好感を持った。二度目の食事はオレから誘い、二人だけで会った。三度目の約束をその日のうちにした。「寺本さん」から「梨花」に、「秋月さん」から「翔ちゃん」に互いの呼び名が変わるまでにひと月もかからなかったと思う。街の空気がだんだんと澄んでいき街路樹の葉が色づき始め梨花がピーコートを羽織るようになる頃には、オレたちは自然に恋人同士となっていた。

恋人同士となってはいたがしかし、それでしあわせになったかと訊《き》かれたとしたらにになったが、しかし同時に今まで気づく必要もなかった劣等感のようなものを、梨花といるとオレは常に突きつけられるようになったからだ。

実はオレにはなんとも言えない。梨花の意志的な瞳《ひとみ》にもしなやかな体にもオレは夢中になったが、しかし同時に今まで気づく必要もなかった劣等感のようなものを、梨花といるとオレは常に突きつけられるようになったからだ。

彼女の所属しているという劇団は最初オレが想像していたような中学生の学芸会の延長のようなものではなく、全員がプロ志向という本気の場所だった。年二回の公演にチケットノルマ、月に一度はネットで稽古《けいこ》を配信、劇団の主宰であり演出家であるという男は深夜のテレビドラマやラジオドラマの脚本を書くこともあるという。梨花は梨花で他の劇団でも客演をしたり自主制作映画やCMのエキストラのようなものにも出演していたし、モデルとして写真撮影されることも時折あった。たとえそのすべての作品タイトルがオレの日常生活では一度も目にしたことのないものであったとしても、たとえその写真がタウン誌の個人商店の紹介記事であったとしても、たとえ田辺の言う通り梨花が「よくいるパターン」だったとしても、それでも梨花のいる世界はオレからしたら紛れもなく「芸能界」だった。彼女は二十歳そこそこにして、社会人のオレよりも遥《はる》かに多くの人間に触れ、多様な経験を積んでいた。普通に大学を出て普通に営業職に就いているオレが会ったこともないような人種が、梨花の周りにはひしめいているようだった。今日の撮影でね、という梨花の弾んだ話を聞くたびに、オレの内側はかすかに痛んだ。嫉妬《しっと》や劣等感や独占欲や自尊心が入り交じった、それは複雑な痛みだった。

ただいま、と呟《つぶや》きながらオレは古い団地のドアを開ける。

食事の後、酔いと気まずさを引きずったままそれでも東西《とうざい》線のホームまでオレは梨花を見送り、自分はJRの駅まで戻り電車に乗った。総武線の車内にはオレの会社の扱うスマートフォンの広告が並んでいて、余計に気が滅《め》入《い》った。不自然に白い歯をしたサッカー選手が、ばかみたいな作りものの笑顔で最新モデルを掲げている。三十分ほども電車に揺られて地元の駅で降り、公団住宅まで十五分歩き四階までの階段を昇る頃にはワインの酔いはほとんど醒《さ》めていた。帰路の間中、もうたくさんだ、と口の中で何度も呟いた。もうたくさんだ。自分でもなにがたくさんなのか最初は分からなかったが、言葉は呟くほどにだんだんと気持ちに輪郭を与える。つまり、見たこともない中年の劇団員に嫉妬するのも、物分かり良く年上らしく振る舞うのも、そういう時間のために課長に睨《にら》まれながら会社を定時であがるのも、オレはたぶんもう辛《つら》いのだ。

おかえりー、と台所からおふくろの声が聞こえてくる。スーツを脱いでTシャツに着替え、手と顔を洗って台所に入る。おふくろが一人でテーブルに座って焼酎《しょうちゅう》を飲んでいる。久しぶりに顔を合わせる気がする。おかえり、ともう一度小さく言われ、ああ、と答えるオレの声はずいぶんぶっきらぼうに響く。酒なんかもう飲みたくはなかったがなんとなく手持ち無沙汰《ぶさた》で、オレは冷蔵庫を開けて缶ビールを取り出してしまう。プルタブを開けながらおふくろの向かいに座る。お互いに不機嫌なのが手に取るように分かる。酒をすするだけの不自然な沈黙がしばらく流れ、いやしかしこの女は精神的には確実にオレより子供なのだからと、「どうよ最近」と水を向けた。

「順調だったらこんなところで一人で飲んでないわよ」

不調なのだとしたら仕事なのか恋愛なのかそれ以外なのか皆目分からず、オレはとりあえず記憶の底を探る。

「ええと、清水さんだっけ？」

「……翔太《しょうた》、デートで女の子に払わせたことある？」

「まあ、たまには。オレはそんなに高給取りじゃないから」と答えつつ、本当は梨花に対してはオレはいつも百パーセントおごっている。彼女が学生だということもあるし、なによりも見栄《みえ》のようなものもある。

「うそ、あなたそういうところ変に古風じゃない」

ごく簡単に嘘を指摘され、オレは答える代わりにますます不機嫌になってビールを飲み込む。

「清水さんね、最近仕事がちょっと厳しいみたいなのね。このご時世だからって思うけど、でももうひと月くらい、食事もタクシー代も私が持ってるの」

会ったこともないし会いたくもないが、清水というのはおふくろの彼氏の名前だ。三年前に親父と別れてからおふくろは自由恋愛を謳歌《おうか》していて、オレが知るかぎり清水さんは四人目の彼氏だ。四十七歳のおふくろより十二も年下でフリーのデザイナーだかなにかをやっているというその清水氏のことをオレはよくは知らないが、とにかくも凄《すげ》え、とは思っている。一回りも年上でバツイチ子持ちのこんなわがまま女ともう一年も付き合っているということ。しかも三十五にしてデートで女におごられているという新事実。凄えよ清水さん。嫌みでもなんでもなく、オレは感嘆してしまう。

「翔太はどう、元気にしてる？　ワインの匂いなんかさせて帰ってきて、デート？」

清水氏への不満とついでに職場の愚痴を一通り並べてから、いくぶんすっきりした表情でおふくろは訊く。オレは豆腐に塩辛を乗せた即席のつまみをおふくろの前に置きながら、すこし考えて言う。

「うん、そのことだけどさ。オレ、引っ越すことにしたから」

「えええぇぇ⁉　いつ？　なんでどうして？　ひとりで？　誰と？」

「まだ物件は探してる最中なんだけど、夏の終わり頃までには。理由はいろいろだよ。ここからだと会社がちょっと遠いし、いつまでも親元じゃみっともないし、孝雄もいいかげん一人部屋が欲しいだろうし。護国寺《ごこくじ》とか飯田橋《いいだばし》とかあっちのほうに彼女と住もうと思ってる。前に話したことあると思うけど、寺本さんっていう大阪出身の子。今度紹介するよ」

同棲《どうせい》を話し合っているのは嘘ではないが、実際はオレたちは親に紹介しあうような状態とはほど遠い。それでもこんなことを言ってしまったのは、おふくろへの当てつけの気持ちがたぶんある。にもかかわらずやけに反応の薄いおふくろの顔を覗《のぞ》き込み、げ、と思う。目尻《めじり》に涙を浮かべて唇を嚙《か》みしめている。やばい。

「親元がみっともないってなによ！　お兄ちゃんは生活費だって家賃だって払ってるし、ぜんぜん恥ずかしくないじゃない！」摑《つか》みかかるような勢いで突然おふくろは叫び出す。しまった。

「いやだからこっからだと会社が遠くてさ」

「護国寺からだって似たようなもんよ！」

「彼女の大学のことも考えて」

「学生なの⁉」

「前言ったじゃねえか」

「聞いてないわよ！　そんなの先方の親御さんにだって申し開きできないわよ！」

「それはちゃんと話すから」

「もういいわよ！」

オレの言葉を遮るようにおふくろは立ち上がる。

「じゃあ私も彼氏と住むもん！」

そう言ってオレの飲みかけの缶ビールを摑み、一気にあおる。


その後、半べそをかきつつ酔いつぶれたおふくろを抱きかかえて布団まで運び、とっくに眠っている弟を起こさないようにそっとまたいで自分の布団に入りようやく深い溜息《ためいき》をついた頃には、午前二時を過ぎていた。ろくでもない長い夜だった。明日《あした》は朝から千葉の営業先に行かねばならない。早く眠ろうとすればするほど、なかなか眠りは訪れてくれなかった。

昨日はごめんなさい。疲れているなか翔ちゃんがせっかく時間を作ってくれたのに、楽しい時間にできなかったことをとても後悔しています。お料理、とってもおいしかったです。今度は私になにかご馳走《ちそう》させてください。

梨花からのメールが届いたのは、営業先から汐留《しおどめ》の会社に戻る途中の京葉線《けいよう》の中だった。優しい文面を読んだとたん膝《ひざ》の力が抜けて、思わず電車の床に座り込みそうになる。オレはその時ちょうど、この半年かけてプレゼンしてきたクラウド商材が競合他社の手に渡ることになったと告知された帰りだったのだ。

情報通信会社の営業になって四年目のオレにとって、その営業先は初めて自力で獲得したまさに虎の子だった。全国にスーパーやコンビニを展開する大手総合小売業者で、そこに商品を卸すことができれば営業チーム全体にとっての快挙だ。いつもは冷笑的なうちの課長も珍しく乗り気で、社内的にもずいぶん無理を通してオレをバックアップしてくれていた。それが駄目になったのだ。「うちもN社との付き合いが深いからさ、それでも御社の提案に圧倒的なメリットがあればと思ってお付き合いいただいてきたんだけど、ま、今回はご縁がなかったということで」オレとそう年齢の違わない異様に若い部長にあっさりとそう言われ、オレが今まで必死にやってきたことが他社からコストダウンを引き出すための形だけの対抗馬だったことをようやく悟り、文字通り目の前が真っ暗になった。

そんな時に梨花から届いたメールだ。今すぐに会いたいという気持ちが湧き上がってくる。仕事の失敗は梨花には話せない。でも、それでも梨花の顔を見れば。あの髪に触れれば、あの声を聞けば。彼女さえいれば。吊革《つりかわ》を握る手に力が込もる。命綱みたいだ、とふと思う。

梨花に返信を打とうとしたところでしかし別のメールが届き、件名を見てどくんと鼓動が跳ねた。営業成績を知らせる日報メールである。昔のテレビドラマで見たような壁に貼られた営業の棒グラフ、オレの会社ではあれをもっと多角的に分析したものが毎日社員に届くのだ。恐るおそるメールをスクロールし、法人第一営業部／第三営業統括部　営業二グループ／秋月翔太の欄を見る。十四人中十二位。今日の失点を課長に報告すれば、明日からは間違いなく断トツのビリ、それどころかチーム全体の足をオレが引っ張ることになる。

女と飯食ってる場合かよ、お前。オレは口に出してそう呟《つぶや》く。梨花に会いたい、というさっきまでの気持ちは気づけば空気が抜けたようにしぼんでいる。高架の下を流れていく無機質な倉庫群を見おろし、それを照らす脳天気な六月の青空を眺め、ドアの上の液晶ディスプレイで流れるスポーツ番組のCMを眺める。なにもかもが醜悪なものに、オレには見える。


「秋月、今日はもうあがろうぜ。こないだのバーでオーストラリア戦観ねえ？」

「……オーストラリア戦？」

「アジア最終予選。ワールドカップの。サッカーの」

「ああ……そうか。悪い、オレやっぱ今日中に資料揃えちゃいたいからさ、もうちょっと仕事してくよ」


田辺の気遣いがオレには気恥ずかしく、申し訳なかった。競合に負けたことで案の定、オレは課長からこっぴどく叱られた。フロアのど真ん中で全員に聞こえる声でたっぷり一時間。課長は皮肉はちょくちょく言うが根はフェアな男で、彼がここまで声を荒らげるのは珍しいことだった。自分がやらかしたことの重大さをオレは改めて実感する。まるで新人の頃のように全身が震え、油断すると涙が滲《にじ》みそうだった。お前に任せっぱなしにした俺も悪かった、と最後にとどめの一言を言われて解放される頃には、他の同僚は気を遣ったのか田辺以外皆帰宅していた。本気で会社を辞めたくなったが、オレは自分のデスクでディスプレイだけを睨《にら》みつけ歯を食いしばり、ひたすら別の営業先へのプレゼン資料を作った。辞めたってなんの当ても夢もオレにはないのだ。

しかし八時になると、迷惑そうな顔をした守衛に「今日はノー残業デイですよ」と追い出されてしまった。アジア戦だかなんだかのせいなのか、時間のわりに街はいやに賑《にぎ》やかだ。どの飲み屋も通りまで人が溢《あふ》れ、ネクタイを外したサラリーマンと日本代表のブルーのユニフォームを着た学生どもが大袈裟《おおげさ》にハイタッチなんかをして嬌声《きようせい》を上げている。うぜえ。飯を食いたかったがサッカー中継などは死んでも観たくはなく、オレはしばらく街をさまよった末に立ち食いソバ屋に入った。そこはどんな時だろうと必ず演歌を流している硬派なチェーン店で、客はタクシーの運ちゃんが一人だけ、ブルーのユニフォーム姿などはもちろんどこにもおらず、オレはほっとしつつ天玉ソバをすすった。ようやくありつく、今日初めての飯だ。

携帯が震えた。出していない梨花への返信のことを思い出したが、それは弟からのメールだった。「晩飯作るけど、兄貴はどうする?」マメなヤツだ。食べる、一時間以内に帰る。そう簡単に返信した。今は同僚とも恋人とも母親とも他人とも話したくはなかったが、年齢の離れた弟とならばまあ気楽だ。

「ただいま。コロッケ買ってきたぜ」

そう言ってコンビニのホットスナックコーナーで買ったコロッケをテーブルに置いた。仕事のことも梨花のことも今日はもういい。そう思いながら冷蔵庫を開けて缶ビールを取り出す。

「ありがとう。飯、すぐだから」と弟の孝雄は答えつつも、背中を向けたままなにやら野菜を刻んでいる。

「サンキュ。おふくろは?」

「家出」短く孝雄は言う。面倒くせえなまたか、と思いつつも解放感が湧き上がってくる。プルタブを開ける。

「ラッキー。コロッケ山分けだな」ビールを一口飲み、ネクタイを外しながら素直な気分をオレは言う。

「探さないでくださいって手紙にあったけど、本当にいいのかな」

「ほっとけよ。どうせ彼氏と喧嘩《けんか》して帰ってくるだろ」

いかな清水さんといえど、あいつと同居して長くは保《も》つまい。

孝雄の作った夕食は冷やし中華で、麺《めん》続きかよと思いながらもオレは腹が減ってい
たのかコロッケと一緒にあっという間に平らげてしまった。麺にはなぜかゴーヤが乗
っていて、夏の到来を思わせるような爽《さわ》やかな苦さが意外に美味《うま》かった。まだ高校一
年のこいつは妙な独創性のようなものを時々発揮して、そういうところは母親似だ。
スクエアなオレはきっと親父似だろう。
「……部屋決めてきた。来月出てくから」
テーブルで孝雄と向きあって食後に麦茶を飲みながら、オレは気づけばそう言って
いた。一人暮らし？　と訊《き》き返され、彼女と住む、と答える。もちろん部屋はまだ決
まっていない。おふくろには夏の終わり頃までに引っ越すと言ったのに、今度は「来
月」だとオレは言っている。なぜ孝雄にこんな嘘を言っているのか自分でもよく分か
らない。

深夜一時半。二人分の食器を洗い風呂《ふろ》に入り自室に戻り、仕事の続きをしようかと
一瞬考えてやはりやめた。今日はもういい。どうせ明日《あした》も明後日《あさって》も会社なのだ。来年
も再来年も十年後も会社なのだ。もう今日はいい、すべては明日だ。布団に横たわっ
たところでしかしまたメールが届く。誰か知らないがもう放っておいてくれよと思い

ながら、うんざりした気分で開く。

　こんばんは翔ちゃん。私は今バイト中です。外はすこし雨が降ってきました。もうすぐ梅雨入りかな、ちょっと憂鬱《ゆううつ》だね。またメールします。おやすみなさい。

　梨花からだ。歌舞伎町《かぶきちょう》のガールズバーで体の線を出した服を着て、サッカーで興奮した会社員たちに酒を作る梨花の姿が思い浮かぶ。家賃と劇団の活動費を稼ぐため、彼女は週四で働いているのだ。それでも生活はギリギリなこともオレはよく知っている。カラフルな照明を浴びながら笑う彼女の姿は浮かぶがしかし、返すべき文面は一文字も浮かばない。返信がないことをたぶん梨花は不安に思っているはずで、なんでもいいから返したほうがいい、とオレはどこか人ごとのように思う。言葉を捻《ひね》り出そうとするオレの耳に、シュッシュッシュッ、というヤスリがけのかすかな音が聞こえてくる。八畳の和室の真ん中を区切るシーツのカーテン、その向こう側で孝雄がまだ起きているのだ。靴を手作りするというオレには意味不明の趣味に、弟はこのところ熱中している。いつもならば眠りに導いてくれるその音が今日はやけに耳に障る。思考は一向にまとまらず、言葉の断片だけが嫌な熱を持ってぐるぐると頭の中を回っている。

いつからか靴作りに真剣な弟、がむしゃらに役者を目指している梨花、一回りも下の中年男に真剣にぶつかっていく母親。

――こいつらみんなばかなんじゃねえか。オレは苛々《いらいら》と胸のうちで毒づく。辿《たど》り着くはずもないゴールに、それ以外の場所は存在しないような勢いでひたすらに走り続けている。どいつもこいつも。ふいに今日二回目の涙が込み上げてくる。なんて日だ、今日は。

うらやましいのだ、オレは。

誰にも聞こえないように鼻をすすりながら、オレは決して口には出せないその気持ちを、必死に胸の中に押し戻そうとする。

＊　＊　＊

子供の頃、雨の日は嫌いだった。グラウンドが使えないからとか、そんな理由だったと思う。同じ理由で、いつの間にか雨が好きになった。今でも、雨の朝は条件反射のようにオレはほっとする。

朝の台所で制服姿の孝雄が弁当を詰めている。このところなぜか弁当を二つ用意していることが多く、まあ彼女ができたということなのだろうが、それにしても普通は彼女側が弁当を作るものなんじゃないかとからかいたくもなる。後ろからプチトマトを奪って口に入れる。ちょっと兄貴！　という抗議の声を背中に聞きながら、高校生同士さぞ爽やかな恋愛をしているのだろうとちょっとねたましくなる。

おふくろが家出してから三週間近く。はっきり言っておふくろがいないほうが我が家は片付いているし、部屋も広々として心地好《よ》い。あいつをこんなに預かれるなんて清水さんはやっぱり凄《すげ》え、この調子でいっそ引き取ってくれねえかななどと考えながらオレは傘を差して駅に向かう。傘の群れが競い合うように同じ方向に流れていく。

昼休みもカロリーメイトをかじりながら仕事をした。例のクライアントを逃して以来オレの営業成績はドンケツ続きで、順位などはもはやどうでも良かったがチームのお荷物になりたくはなかったし、引っ越し資金のためには歩合も稼げるようになりたかった。あれから話し合っていないので同棲《どうせい》話は梨花の中ではとっくに白紙だろうが、オレは一人でも黙って引っ越すつもりだった。そしてなんとなく、新しい部屋は二人で住める広さにしておきたかった。梨花と一緒に住みたいのかそうではないのか自分でもよく分からないし、このままでは梨花はオレから離れていくような予感もあるのだが、それでもとにかくも二人用の部屋の家賃を払い続ける経済力は欲しかった。そういうことのために今できることといえばとにかく営業先を増やすことと魅力的な商材を提案することで、オレは寸暇を惜しんで働いたが成果はまだ一向にあがっていない。練習を積むほどにスランプにはまっていく、学生時代の部活で味わったあの感覚が蘇《よみがえ》ってくる。同僚たちがやけに優しくなるのもあの時と同じだと、外食から戻った田辺が買ってきてくれたアイスラテをすすりながらオレは苦々しく思う。窓の風景は梅雨空に滲《にじ》んでいる。

デスクトップの時計が十八時半を刻んだところで、「お先に失礼します！」と大声で言ってオレは会社を出た。課長の驚いた顔が視界の隅に見えたがなにも言われなかった。このところオレが一人で終電まで粘っていたのを彼は知っているのだ。日中よりも雨脚は強まっていて、そのせいでいつもよりけばけばしく見える街明かりの中をオレは駅へと急いだ。

「翔ちゃん、ちょっと見ないうちになんだか痩《や》せたね」

デザートメニューから顔を上げて、思い切ったような様子で梨花が訊く。梨花の手首には、先ほどオレがプレゼントした細い金色のブレスレットが光っている。小さな三日月があしらわれていて、それは思っていた通り梨花の華奢《きゃしゃ》な手首によく似合っていたが、そのせいかいつもよりも梨花が遠い存在に見えるような気がする。美しいが決して手を触れることのできない月。もうちょっと他のものにすれば良かったかなとちらりと思う。

「え、そうかな。このところ仕事が忙しかったから。……なかなか連絡できなくてごめんな」

「そんなこと！　私のほうこそ翔ちゃん忙しいのにごめんね。お仕事早く抜けてもらっちゃったんだよね、大丈夫だった？」

「大丈夫だよ、ぜんぜん」条件反射でオレは考える前にそう答える。注文を取りに来たウェイターに二人分のデザートを注文する。

今日は梨花の二十二歳の誕生日で、オレたちが会ったのは結局前回のフレンチ以来だ。今日のために定期預金を崩してプレゼントを買い、西新宿の夜景を見おろすレストランを予約した。それだけでオレの一ヵ月分の食費が吹き飛んだ。正直に言えば会う前は「誕生日なんて」と煩わしさと面倒さが勝っていたが、久しぶりに会ってみるとやはり愛《いと》おしさに胸が鈍く痛む。梨花は珍しくドレス姿だ。紺瑠璃《こんるり》のシフォンドレスに、黒いレースのカーディガン。いつもよりも濃いめの化粧をしていて、年齢よりもずっと大人びて見える。こいつはさぞ男にモテるんだろうな、と今さらのようにオレは思う。

部屋、いくつか見てきたよ。デザートのショコラの甘さに辟易《へきえき》としているところでそう言われて、なに？　とオレは訊き返した。どこかで聞いたことのあるジャズ曲の生演奏と、外国語混じりの周囲の喧騒《けんそう》でよく聞こえなかったのだ。

「先週、部屋、いくつか見てきたよ」と、身を乗り出すようにして梨花がすこし大きな声で繰り返す。

「写真あるけど、見る？」

ここは茗荷谷《みょうがだに》で、築四十年。古いぶん広さがあって、ほら、廊下で部屋が区切られてるから二人暮らしにはいいかなって。スマートフォンで写真を次々に表示しながら梨花が言う。オレは生返事をしながら、同棲の話が未《いま》だに生きていることに驚いている。なぜという当惑と見捨てられていなかったという喜びが混じった奇妙な感情。このサッシの建付が悪くてさ、冬は寒いかもしれないけどなんだか懐かしい雰囲気だったよ。そう説明する写真には、がらんとしたリビングに梨花自身が写っていることにオレは気づく。

「……誰かと一緒に見にいったの?」

「あ、うん。劇団の先輩に引っ越しのベテランの人がいて、付き添ってもらっちゃった」

なんでもなさそうに梨花は答える。薄暗いレストランの中、キャンドルの黄色い光とスマートフォンの白い光が梨花の顔を映画のシーンのように照らし出している。別の誰かの人生を遠くから眺めているような感覚がふいに襲う。それって男? 本当に劇団の先輩? 写真をめくったり拡大したりする梨花の細い指先を見つめながら、オレは声に出さずに問うている。見たこともない演出家とやらが、家具のない広い部屋で梨花にカメラを向けている姿が思い浮かぶ。その男の顔に、気づけばオレは千葉の営業先の若い部長や、チームでの信頼厚いうちの課長の顔を当てはめている。そんな自分を卑屈だとは分かってはいる。分かってはいるが、だからといってどうしようもない。内側の疼《うず》きを抑えようと、オレはまたワインを飲み込む。

レストランを出てからの道すがら、しばらくは梨花は饒舌《じょうぜつ》だった。最近観た映画の話や大学の授業の話、それらの無害な話題が急に無口になったオレへの気遣いであることは明白で、それでもオレが生返事しかしないでいると、梨花の口数も次第に減った。六月にしては気温の低い夜だった。冷たい雨に肩が濡《ぬ》れぬよう、オレたちは一つの傘で寄り添って歩いていた。それだけに沈黙が気詰まりで、駅の改札まで続く地下道に入り傘が必要なくなると、オレはすこしホッとした。梨花との距離がすこし離れる。ちらりと横を見ると、カーディガンから透けて見える細い肩が寒々しかった。

じゃあ、またね、かな。

中央線のホームに続く階段下で、別れの挨拶《あいさつ》なのか誘いの期待なのか分からない曖《あい》昧《まい》さで梨花が小さく言う。あんまりだ、とオレは思う。今日は梨花の誕生日なのだ。いくらなんでもこれではあんまりだと、強くつよくオレは思う。ごめん。よかったら。もうすこし飲もうよ。そう言って二軒目に誘うべきなのは分かっている。いつもならば簡単な言葉だ。かといって今からどこかのバーに連れていっても、気詰まりな時間が長くなるだけなのも分かっている。どうすれば良いのか見当もつかないまま、考えずにオレは喋《しゃべ》っている。

「……オレの家で飲まない？」

「え？」

「母親、今日は出かけていていないんだ。高校生の弟がいるけどさ、気を遣わせない奴だし」

まるで花が咲くように、梨花の顔にみるみる明るい表情が灯《とも》る。

「……いいの？」

「ああ。もし梨花が嫌じゃなければ」

「うん、うんうんうん、行きたい！」こくこくと何度も頷《うなず》きながら嬉《うれ》しそうに言う。

自分の提案にも梨花の反応の強さにも、オレは驚く。


「それだったら、ピーナッツとか入れたら合うんじゃないですか」

「えー、ピーナッツ？　でも確かに合うかも、カシューナッツも炒《いた》めたりするもんね。やってみようか！」

「じゃあ梨花さん、葱《ねぎ》刻んでくれますか？」

「うん。ねえねえ、このにんにく醤油《しょうゆ》、もしかして孝雄くんが自分で作ったの？」

「ああ、習慣です。にんにくを余らせるのもったいないから」

「きゃああ、すごい！　孝雄くん素敵！」

なんというか、シュールだ。

オレは芋焼酎《いもじょうちゅう》をすすりながらしみじみと思う。なんだこの謎の光景は。オレの家の狭い台所で、ドレスの上におふくろのエプロンをつけた梨花が弟と並んではしゃぎながら料理をしている。

　オレが部屋でスーツを脱いで着替えている間に、梨花と孝雄はすっかりうち解けていた。梨花の気さくさなのか孝雄の意外な才能なのか、二人はぎゃあぎゃあと賑《にぎ》やかにまるで姉弟のように楽しそうだ。想像もしなかった光景である。シュールだ。

「兄貴、梨花さんともう二年も付き合ってるんだって？　なんで一度も連れてこなかったんだよ」

　テーブルの上に小皿を置きながら責めるように孝雄が言う。皿にはじゃこと葱とピーナツを炒めたようなものがちょこんと盛りつけられている。既に焼き茄子《なす》、セロリとキュウリのサラダ、ぴり辛のこんにゃく炒めがテーブルには並んでいる。

「うるせえよ。高校生はもう寝ろ」

「えー駄目よ！　孝雄くんはこれからお姉さんの晩酌に付き合ってくれるんだもんねー」

　俺は飲めませんけどね、と笑って孝雄が応じる。ぜんぜん飲まないの、と不満そうな梨花に対して、酒は卒業したんですと冗談めかして答えている。なんだこいつ、なんでこんなに年上の女の扱いに慣れてるんだと半ば呆《あき》れてオレは思う。まあ、おふくろのせいだよな。末恐ろしいガキだなと心配になりながら、オレは小皿に箸《はし》を伸ばす。

なんだか釈然としないが、つまみはどれも美味《うま》い。銀のカトラリーで切り分ける高価なディナーよりもずっと染み込むように美味い気がして、そんなわけねえだろ、と慌てて自分で感想を打ち消す。

「へえ、劇団。兄貴は観に行ったことあるの？」

「翔ちゃんは最初の一回来てくれただけだよねー」

焼酎で頬を赤く染めた梨花がからかうように言う。オレたちはテーブルを囲み、つまみを食べながら酒を飲み続けている。孝雄は律儀にコーラや麦茶だけを飲み、そのくせ絶妙に酒に合うつまみを時折作る。そのたびに梨花がきゃあきゃあと感嘆する。つい酒が進んでしまう。店で飲むよりもずっとリラックスしてオレたちは飲んでいる。楽しい、と未だ釈然としない気持ちのまま、それでもオレはそう認めざるを得ない。

「きっと翔ちゃんは私に興味がないのよ」

「そういうわけじゃないよ。なんていうか、オレは……」

言い淀《よど》んだオレの顔を、梨花が期待するようにじっと見つめる。上手《うま》く説明できそうもない。オレは誤魔化すように言う。

「でもとにかく、最初に観た梨花のことはよく覚えてるよ」

「えーなになに？　どんな印象？　なんだか聞くのが怖いな」

怖いのはオレのほうなんだ、と酔いを感じながらオレは思う。

「一目惚《ひとめぼ》れしたってこと？」なぜか真剣な表情で孝雄が訊《き》く。

「ぎゃー違うでしょ孝雄くん！　翔ちゃん、変な舞台でびっくりしたんだよね」

「……いや。そうだな、あれは一目惚れだったのかもしれない。梨花だけが別の世界の人間みたいに見えた」

わー翔ちゃん酔ってるよー、ともっと顔を赤くして恥ずかしそうに梨花が叫ぶ。そういうことってあるんだなと、妙に大人びた様子で孝雄が頷く。こんなことを口に出すなんて確かにオレは酔っている。でも、怖いのはオレのほうなんだ、ともう一度オレは思う。もう一度舞台を観に行って、梨花がいかに特別かを知るのがオレは怖いのだ。自分からずっと遠い世界にいる女だと知るのが怖いのだ。酔いと眠気の中で、オレはそう自覚する。梨花と孝雄の楽しそうな声が、やけに遠く聞こえる。


小雨の降るグラウンドで、ブルーのユニフォームを着たオレはサッカーボールを蹴《け》っている。まるで足に吸い付くようにボールは自在に動き、その一体感にオレは陶然となる。不安も疑問も迷いもなく、このボールの行く先に自分の未来があるとくっきりとオレは思っている。やがて親父が迎えに来て、その頼もしい身長差にオレは自分が中学生だと知る。親父の差す傘に出たり入ったりしながら、ボールを蹴りながらオレたちは家路を歩く。

……兄貴がサッカーを辞めたのは俺のせいだったんじゃないかって……。……翔ちゃんそんな話一度も……。

どこか遠くで話し声が聞こえる。孝雄と梨花だ。でもひどく眠く、オレは目を開けることができない。しかし声だけはだんだんと明瞭《めいりょう》になっていく。

「兄貴はサッカー選手になるって、俺はずっと思ってたんです。小学校からずっとサッカー部で高校ではインハイまで出てたし、大学もサッカー推薦だったから」

違う。遠くじゃない。声はすぐそばで聞こえる。飲みながらテーブルで寝てしまったのだと、オレはようやく気づく。

「両親の離婚が決まった時、俺はまだ中一だったから。兄貴は俺の学費と生活のために就職を選んだんじゃないかって、今でも思います」

「それ、翔ちゃんに聞いたの？」

「いえ、兄貴とこういう話はしないから」

――違う。そうじゃない。そんなんじゃないんだと、オレは驚き、泣きそうになりながら思う。オレが勝手に辞めたんだ。オレが勝手にあきらめたんだ。目を閉じたまま繰り返しそう思う。

サッカーはずっと好きだった。中学までは学校の誰よりも上手かった。高校でも真剣にプレイはしていたが、進学にサッカー推薦を選んだのは普通受験よりも楽そうだと思ったからだ。大学ではほとんどのチームメイトがオレよりも遥《はる》かにレベルが高く、情熱は次第に冷めた。大学二年になる頃には、自分はプロなど目指さずに普通に就職するだろうと至極冷静に思っていた。両親の離婚は都合の良い言い訳だった。家計を支えなきゃいけないからさ、弟もまだ中学生だし。大学の友人やチームメイトには何度もそんなふうに話したが、そのことを家族に言ったことはなかったはずだ。オレにサッカーの才能のようなものがあったとしたら、それはせいぜい十代の半ばまでが賞味期限だったのだろうと今では思う。そういう人間は周囲にもいくらでもいた。たまたま持って生まれたセンス、幼い頃の成長の違い、そういう努力とは関係のない要素で子供とは思えないほど巧みにボールを扱える人間がいる。しかし年齢が上がり身長や筋肉が平均化していくと、特別だった輝きはたいていたい平凡なものに落ちついていく。

それだけの話だ。

「翔ちゃん、人にあまり本心を話さないから。でも優しい人なんだよね」

「梨花さんにもちゃんと優しいですか？」

「優しいよ。私よりずっと大人だし、あんまり気持ちを言う人じゃないから不安になったりもするけどね。でも同棲《どうせい》のことだって、私がお金に困ってるのを知ってるから言ってくれてるのが分かるもん。ぜったい私のほうが一方的に好きなんだよね。でもだから、今日はほんとに嬉《うれ》しかったな」

「なんつっても一目惚れですもんね」

二人の笑う声が聞こえる。恥ずかしさと情けなさが胸に満ちる。そうか、オレは梨花に夜のバイトを辞めてほしかったんだと、自分が引っ越しをしたかった理由に今になって突然に気づく。肋骨《ろっこつ》の中にずっとあった鈍い痛みの塊がじんわりと溶けていき、酔いの火照りとの区別がつかなくなる。これじゃ起きられないじゃねえかと八つ当たりのように思う。早く席を外してくれと祈っているうちに、オレはまた眠りに落ちていく。

＊　＊　＊

引っ越しは八月の初旬で、その日は快晴だった。

オレは早朝から軽トラックをレンタルし、文京区《ぶんきょう》の植物園に面した古いアパートに自分と梨花の荷物を運び込んだ。梨花の荷物が異常に多いことに驚き愚痴るオレに対し、女性なんだから当たり前じゃないかと孝雄と梨花が声を揃えて逆に文句を言い、会わせるんじゃなかったかなとオレはこっそりと後悔する。しかしともかくも、孝雄が手伝ってくれたおかげで搬入だけは夕方前に終えることができた。後はゆっくりと荷ほどきをしていけばいい。三人で飲んだ夜から、もう二ヵ月近く経っていた。

おつかれさま、孝雄くんも一緒に食事行かない？　すみません、今日バイトなんです。とりいそぎ必要な洗面用具類を段ボールから出しているオレの耳に、ベランダにいる二人の会話が切れぎれに聞こえてくる。「えー、私これからずっとあの人と一緒なんだから、今日くらい」と梨花が言い、「聞こえてるぞ！」と怒鳴ると二人の笑い声が届いた。ずいぶん仲良くなりやがって。軽く嫉妬《しっと》している自分に気づきオレは苦笑する。おふくろもこんな気持ちだったのかなとふと思う。

それじゃあ、また。そう言いながら孝雄は靴を履く。

「今度飯に呼んでください。また一緒に料理しましょうよ」

「うん。メールするね。ばいばい！」

さよなら、と爽《さわ》やかに孝雄は去って行く。こいつと付き合う女はしあわせかもなと素直にオレは思ってしまう。オレたち兄弟は同じ部屋で十五年も過ごしながら、お互いのことをあまりよく知らない。離れて暮らしたほうが分かるのかもしれないとふと思う。今度、本当に飯に誘おう。たぶん恋愛中であるあいつに、好きな女の話を聞いてみよう。あいつが勝手に抱いているオレへの誤解もいつか解こう。

「可愛い子だよねえ」満面の笑みを残したままましみじみと梨花が言う。

「気づいた？　あいつの靴」

「え？」

「あれ手作りだぜ」

「ええ、うそ！」梨花は本気で驚く。当然だよな、とオレも思う。

「不格好なモカシンだけどな。この一年くらい靴作りに熱中してるみたいでさ」

「すごいよ孝雄くん！　将来楽しみじゃない？　私の靴も作ってくれないかな」真剣に感動しているらしい梨花に、オレは笑いながら言う。

「どうかな。十代の目標なんて三日で変わるから」

やはり今でも、オレはそう思っている。孝雄はもしかしたら仕事として靴を作るようになるのかもしれない。梨花はプロの役者になるのかもしれない。あるいはならないのかもしれない。ある日突然、決心は変わるかもしれない。どちらでもいい、とオレは思う。十代だろうが二十代だろうが、あるいは五十になってからだろうが、きっと生活は区切りなく続いていき、夢だの目標だのも常に形を変えつつ傍らに在り続けるのだろう。サッカーを辞めて必死に営業を続けているオレの人生に今まで区切りなどなかったように。

「そうかしら。孝雄くんは特別なかんじがするけどな」

散らかったままのベランダで、梨花は目を細め空を眺める。傾き始めた夏の日差しが、梨花の横顔をなぞるように輝かせている。視線を追うと、白い小さな三日月が遠い窓のように空にある。初めてスポットライトの中で観た梨花の眩《まぶ》しさと同じだけの強さで、今も梨花は遠くにいるとオレは思う。

目には見えて　手には取《と》らえぬ　月の内《うち》の　桂《かつら》のごとき　妹《いも》をいかにせむ

（万葉集四・六三二）

訳：目には見えても　手に取ることのできない　月の中の　桂のような　愛《いと》しいあの子をどうしたらいいのだろう

状況：湯原王が娘子に贈った歌。月の中には桂があるという伝説になぞらえて、娘子を詠んでいる。会うばかりで手に入れることのできない気高く美しい娘子に、憧《あこが》れ焦がれる心情。

第四話

梅雨入り、遠い峰、甘い声、
世界の秘密そのもの。——秋月孝雄

　また会うかもね、とあの女は言った。

「会う」を「逢《あ》う」に変換して、違うよな、と思う。そんなわけない。あの台詞《せりふ》に、特別な意味なんてあるわけない。でも秋月孝雄がこの誤変換をしたのは、今のでたぶん五十回目くらいだ。こんな埒《らち》もないことを考えてしまうようになったのはこの二週間ほど、関東の梅雨入り宣言があった日からだ。あの日以来、空はまるで、暦に従うように律儀に雨を降らせ続けている。

　また会うかもね。もしかしたら。雨が降ったら。

　――会うかもねってなんだ。もしかしたらって、要るのかこの文脈で。なんか腹立つな。

　電車が新宿駅に到着し、孝雄は暴力的な勢いでホームに押し出される。雨の匂いが体を包む。すり減ったソールを気にしながら、改札口に続く階段を早足で降りる。

　――それにどうせ、あの女は自分でそう言ったことを忘れている。何度か顔を合わせるうちに、そういう人だと分かってきた。そもそも午前中から公園で酒を飲んでいるような女なのだ。

ビニール傘を開き、雨の中に踏みだす。

――じゃあ俺ももう忘れるべきだ。年齢不詳の酔っ払い女の言葉なんて意味はない。渋滞の甲州街道を横切り、いつもの有料公園に向かう。入り口改札のおばさんに年間入園パスを見せ、笑顔でおはようございますと挨拶《あいさつ》をする。学生服姿を見咎《とが》められないためには、後ろめたさを感じさせぬように思い切り明るく笑うのがコツだと孝雄は思っている。

――しかし、どれだけの水が降るのか。

日本庭園に向かって歩きつつ、灰色に塗り込められた空を見上げる。太平洋なのかインド洋なのかあるいは地中海か、丸みのある水平線に閉じ込められた巨大な海洋がまぶたに浮かぶ。そういう遠い場所から風に運ばれてやってくる無数の雫《しずく》。それらを全身に浴びながら一羽のカラスが西の空に向かって飛んでいる。こんな天気の中、あいつはなんのためにどこに行くのか。その姿がなんだか妙に深刻そうに見えて、俺の姿ももしかしたら、と心配になる。傘を差して庭園を歩く自分は、できればもっと軽やかに見えてほしい。

そんなことを考えているうちに、濡《ぬ》れたカエデの葉の奥にいつもの東屋《あずまや》が見えてくる。いつものようにあの女が、いつものように楽しそうに手を振っている。

——なんか腹立つな、と再び孝雄は思う。

「常連のお客さまにサービスです」

唐突にそう言われて目を上げると、彼女がテイクアウトのコーヒーカップを差し出していた。

「は？」

「え、あ、これ、飲む？」慌てて彼女は言う。自分の冗談に自分で赤くなっている。じゃあ言わなきゃいいのに。

「あ、ありがとうございます。いただいていいんですか？」

「うん」

「常連客だから？」

「そう、当東屋の」とホッとしたように笑って彼女は答え、孝雄は手を伸ばしてコーヒーカップを受け取る。雨とコーヒーの匂いに混じって、ほんのかすかに彼女の香水が届く。胸の奥がすこしだけ、わけもなく苦しくなる。彼女は微笑を浮かべたまま再び文庫に視線を落とし、孝雄もノートに向き直る。

まるで雪女みたいだ。

ちらりと彼女の姿を横目で見ながら、何度目かの感想をあらためて孝雄は抱く。いや、雨女か。肌はちょっと病的なくらい真っ白で、もし触れたら雨のように冷たいんじゃないかと思う。ショートボブにした柔らかそうな髪はちょっと色素が薄くて、その隙間から見える長い睫毛《まつげ》は墨のように真っ黒。首も肩も折れそうに華奢《きゃしゃ》だ。声には甘い湿り気があってまだ子供のよう。公園には不釣り合いなきちんとしたスーツをいつも着ていて、だから足元もいつもトラッドなヒールだ。――雨の朝の公園だぜ、と胸のうちで呟《つぶや》く。学校をサボっている自分が言えることではないが、ずいぶん怪しい女だ。

そしてたぶん客観的に見て、美人だ。たぶん、すごい美人だ。人の顔立ちというものに孝雄はあまり興味がないが、この人が美しいということは間違いなく言えると思う。ただ、その美しさはあまり人間らしくない。遠い雲とか高い峰とか、あるいは雪山の兎とか鹿とか、そういう自然の一部に属しているような美しさだと、孝雄は感じる。やっぱり雨女だ。

彼女の存在は、最初のうちは単に迷惑だった。彼が高校をサボるのは一人になりたいからであって、雨の朝に有料の公園に来るのはだから誰もいないことを期待してだ。

しかし先月末に初めて出会って以来、雨の東屋に欠かさずに彼女はいた。今回で会うのはもう七、八回目だ。それでもサボる場所を変えずにいる自分の気持ちが、孝雄はよく分からないままでいる。たぶん、黙って一メートル半の距離に座っていても気にならない人だからかもしれない。彼女は口を開くこともほとんどない。雨を眺めながら文庫本を読み、ビールをあるいはコーヒーをすすり、だから孝雄も黙って今まで通り、雨を眺めながら葉をスケッチしたり靴の形を考えたりして時間を過ごす。それでもまれに、彼女が孝雄に話しかけることもある。喋《しゃべ》っても喋らなくてもどちらでもいいようなことだ。カルガモが水に潜ったよ、見た？　とか、ここの枝は先週より伸びたよね、とか、あ、中央線の音が聞こえる、とか、ただの情景描写のような言葉。最初のうちは独り言なのか話しかけられているのか分からず返答に困ったりもしたが、孝雄をまっすぐに見て喋っていることから会話のつもりなのだろう。孝雄の返答も「そうですね」という頷《うなず》き以上のものにはならず、だから彼女との会話は雨の音を聴くこととあまり変わりがなかった。

「いってらっしゃい」と、鞄《かばん》を肩にかけ立ち上がった孝雄に彼女が笑顔で言う。

「いってきます。あの、コーヒー、ごちそうさまでした」

そう礼を言って、小降りになり始めた雨の中を孝雄は新宿門に向かって歩く。次第に早足になりながら、好きな物語を読んだ後のような気分になっていることにふと気づく。どうしてか気持ちが浮き立っている。彼女の声の一滴が、耳の内側にまだすこしだけ残っている。雨女のたてる、雨の音。でも俺は雨音を聴くのは好きだな、と思い、なんか腹立つな、とまた孝雄は思う。


「まーた昼から来たよ、秋月は」

開きっぱなしになっていた扉から教室に入ると、昼食を食べていた何人かのクラスメイトが孝雄に顔を向けた。

「お前何時だと思ってんだよ」

「そのうち呼び出し食らうぜ」

クラスメイトの言葉に笑って応《こた》えて椅子に座り、弁当の包みを開いた。昨晩初めて作ってみた青椒肉絲《チンジャオロース》と、切り干し大根とゆかりご飯。青椒肉絲は店で聞いたレシピを試してみた。本場では牛ではなく豚肉を使うのだという。なるほどこちらのほうがさっぱりしてピーマンにも合うし、俺は好みかもしれない。肉を嚙《か》みながらのんびりとそんなことを考えていると、隣の机の男子が英語の教科書を開いていることに気づく。

「なあ、五限って古典だったよな」

「いや、竹原ジイが風邪とかで、西山のリーダーに変更」

「げ、マジ」

スケッチの続きをしようというアテが外れた。定年間近の竹原先生の古典は、静かにさえしていればなにをしていても良いという授業なので気楽なのだ。反面、英語の西山は退屈なうえに厳格だ。

「自分から手を挙げて、出席してることとアピールしたほうがいいんじゃねえの、秋月は」隣の男は教科書から目も上げずに言う。

「はは。そうしたいけど、英語苦手なんだよな」

そう答えつつ、こんな温《ぬる》いことを言っていたら宵峰《シャオホン》に笑われるな、とふと思う。

＊　＊　＊

あれは四月、遅咲きの桜もほとんどが散り、アスファルトのそこここに白い染みを作っている季節だった。高校合格が決まった三月から、孝雄は東中野にある個人経営の中華料理店でアルバイトを始めていた。だからあれは、仕事を始めて一ヵ月ほどが経った頃だ。

おい兄ちゃん、ちょっと。配膳《はいぜん》の最中にその男性客に声をかけられた瞬間に、嫌な予感はあった。

「お兄ちゃん学生？　秋月くん？」

酒で顔を赤くした三十がらみの男にネームプレートの名を呼ばれ、緊張して孝雄は答えた。「はい、学生です」

ふん、と聞こえる息を吐き、その客は箸《はし》で孝雄が運んだ炒《いた》め物を示す。

「これ。ゴミが入ってんだけど」

手元を覗《のぞ》き込むと、モヤシとニラの間に透明ビニール袋のかけらが確かに混入している。孝雄を見上げ、どうすんの？　と訊《き》く。

「申し訳ありません！　すぐに作り直します」

「いいよ、もう食っちゃったから」

そう言って孝雄を試すように見やり、黙る。肩ががっしりと張っていて、スーツではなく古びたポロシャツを着ていて、職業不詳だ。

「では……。お代からは引かせていただきますので」

「当たり前だよな」と吐き捨てるように太い声。びくり、と体が震えてしまう。

「誠意を示してよ。こういう時どうすんの？　マニュアルで決まってないの？」

思いがけないことを問われ、じわりと嫌な汗が浮かんだ。こんなことは初めてで、しどろもどろになんとか説明をしようとする。

「あの……、決まりではお食事を交換する、させていただく、ことになっていたと思います。店長を呼んで対応してもらう――いえ、ご説明をさせていただくことになっていますが、今は不在ですので……だから……」

言葉が詰まる。他の客の視線を感じる。男のわざとらしい大きな溜息《ためいき》。じゃあどうすんの？　という苛立《いらだ》った声。

「ねえ、黙ってちゃ分かんないよ」

しかしなんと答えていいのか、考えるほどに分からなくなる。助けを求めて周囲に目を走らせるが、こちらに気づく店員の姿はない。ねえ！　と再びドスの効いた声で言われ、慌てて視線を戻す。

「……秋月くん、ちょっと勘弁してよ。俺がいじめてるみたいじゃん」

「……申し訳ありません。あの、とにかく新しいお食事を」

「いらないって言ったよな！」

「すみません！」反射的に頭を下げる。身がすくむ。

「お客さま」

ふいに落ちついた声が聞こえた。いつの間にかシャオホンが隣に立っている。滑らかな動作でひざまずき、男性客を見上げる格好になったシャオホンが言う。

「フロアの責任者の李《リー》と申します。従業員にたいへん失礼があったようですが、どうなさったのかお話し願えませんでしょうか？」

男性客の勢いがふいに弱まるのが、気配で分かる。助かった、という膝《ひざ》が折れそうなほどの安堵《あんど》と、なぜ俺がこんな目に、という客に対してなのか店に対してなのか分からないような苛立ちが、思い出したように湧き出てくる。

「新人のお前が上手《うま》く対応できなかったのは仕方ない。だが、悪いのはあの客じゃなくて、お前だ」

その日のバイトを終え、ＪＲの駅まで並んで歩いている時に言われたシャオホンの言葉は思いもかけなかった内容で、孝雄は驚いてしまう。今日は災難だったなとか、客が悪いんだから気にすることはないとか、そういう慰めの言葉をかけられると当然思っていたのだ。

「でも調理したのは俺じゃない」

思わず反論する。四月にしては風の冷たい夜で、孝雄は学生ズボンのポケットに両手をつっこんだまま憮然《ぶぜん》とした表情で歩く。流れの速い雲が街灯《あか》りによって薄いピンク色に染まっている。

「料理にビニールが入っていたというのは、たぶん嘘だよ」

「え?」

「ああいうトラブルを防ぐために、うちの厨房《ちゅうぼう》では色つきのビニール袋しか使っていないから」

「じゃあ悪いのは全部客だろ! どうして無料サービス券まで渡したんだよ?」

納得がいかず、気色ばんで孝雄は言う。シャオホンは孝雄より八歳年上だが、孝雄は客の前以外では彼に敬語を使わない。「タメ口でいこうぜ」と最初に会った時に言われたし、日本語学校を二ヵ月で辞めたのは敬語を強要されたからだと、以前シャオホンが忌々しげに語ったことを覚えているからだ。にもかかわらず孝雄よりよほど的確に敬語を使いこなすシャオホンに、孝雄は尊敬に近い気持ちを抱いている。

「百パーセント店のせいじゃないという証明は不可能だからだ。それに、他の客も見ている前で店の理屈を語るのは愚かだ。人間は正しさによってではなく、感情によって動く」

どういう意味か即座には分からず、孝雄は隣を歩く男を見上げる。すらりとした上背に、ナイフで削り出したような鋭い輪郭を持った顔。かすかな中国語訛《なま》りが、まるで格言のような彼の言葉に妙な説得力を持たせている。

「あの客の注文を、孝雄は背を向けたまま受けた。覚えてるか？　お前が食器を片付けている時にあの男がビールを注文して、お前は客の顔を見ずに、はい、と返事をした」

「え……」覚えていなかった。

「そうだったかもしれないけど、今日は特に忙しかったから」と慌てて言う。

「それも一度だけじゃなく、二度。それからお前、隣の女性客と話していただろう」

「ああ、あれは向こうから話しかけられたから。歳いくつなのとか、何曜日に来てるのとか、その程度だよ」

「その後だよ、客がお前を呼びつけたのは。若い軽薄な学生のアルバイトに、自分が蔑《ないがし》ろにされていると思ったんだろう」

孝雄は驚いて再びシャオホンを見る。背中に氷をひとかけら入れられたような気持ちになる。顔が赤くなっていくのが自分でも分かる。ピンク色の雲を見上げながらシャオホンは言う。

「なにごとにも原因はある。すべては繋《つな》がっている」

李宵峰《リーシャオホン》は、上海《シャンハイ》出身の二十三歳だった。アルバイト先で初めて出会った時に「Xiao Feng」と北京語《マンダリン》で名前を言われ、しかし孝雄にはその発音が全く再現できず、かといって「シュウホウ」という日本語読みも本人が嫌がったために「シャオホン」となった。孝雄にとっては、初めて身近に触れる外国人だった。

彼が日本に来ることになったきっかけは、高校時代のガールフレンドだったという。上海に短期の語学留学に来ていた十六歳の日本人の女の子を、当時十七歳のシャオホンは一目で気に入ったのだ。彼女の媚《こび》のないファッションはジーンズとTシャツ姿でもどこか垢抜《あかぬ》けて見えたし、化粧はさっぱりとしていたが唇の瑞々《みずみず》しいグロスにはたまらなく色気があり、口にする意見は控えめだったがいつもシンプルな道理があった。どうやったら男の子に上手く口説かれるのか、そういうことだけを常に行動原理にしているような周囲の中国人の女子たちとは――すくなくともシャオホンにとっては――その子はまるで違って見えた。未知なるものの象徴に、彼女は思えた。彼の情熱的なアプローチによって二人は恋人同士となり、そしてその付き合いは彼女の半年間の留学期間が終わるまで続いた。帰国の直前には彼女のほうがシャオホンに夢中になっていたが、彼は必要な思いやりを示しつつも彼女にあっさりと別れを告げた。半年間の付き合いの中で最低限の日本語はマスターしていたし、そうなってみれば、当初感じていた彼女の未知はずいぶんと目減りしてしまったように彼には思えたからだ。しかしこの経験は、日本の大学に留学することを彼に決心させもした。彼女を飛び越えたその先に、自分にとってもっと貴重なものを見つけられるような気が、彼にはした。北京《ペキン》オリンピックを目前にして、さらには二年後の上海万博をも控えた中での日本留学を貿易商を営む彼の父親は喜ばなかったが（黄金の雨が降ると分かっている土地を離れる道理はない、と彼の父親は言った）、若いシャオホンに必要なのは確実な未来ではなく、新しい未知だったのだ。

東京での四年間の大学生活の間にシャオホンが手に入れたのは、ほとんど完璧《かんぺき》な日本語と様々なコネクション、そして一ダースほどの日本人女性との恋愛履歴だった。彼は金や人間関係の都合で頻繁に引っ越しをしたが、ルームシェアであっても同棲《どうせい》であっても相手には必ず日本人を選び、そのことで意識的に日本語に磨きをかけた。一方でアルバイト先には在日の中華コミュニティを積極的に頼り、飲食から始まって輸入商や翻訳、中国語の教材セールス等の仕事を精力的にこなし着実に人脈を築いた。就こうと思えばどのような仕事にも俺は就ける、留学三年目になる頃には既にそういう自負があった。実際にアルバイト収入だけで学費も生活費も調達していたし、彼は学生にして異国での経済的自立を完全に果たしていた。

そして多くの日本人女性との交わりは、日本の様々な地方を訪れる機会をも結果的に彼に与えた。東京で出会った女たちには雪国出身の者もいれば離島から来た女もいた。もともと人好きのする性質でもあったから、機会を捉《とら》えてはそれぞれの田舎でそれぞれの両親とも会い、土地の話を聞き地元の酒を飲んだ。そのようにして、シャオホンにとって日本は次第に未知ではなくなっていった。彼の留守中に万博を迎え大きく変貌《へんぼう》した上海のほうが、今となってはもう未知の土地かもしれない──気づけばそう考えるようになっていた。大学卒業後も日本に就職先を求めずに知人の輸入商の手伝いを続けていたのは、そういう迷いからだ。卒業時に交付された一年間の滞在ビザ、その期限切れが徐々に迫りつつあることも彼の迷いを強くさせていた。

たまたま人手不足となっていたその中華料理店での仕事は、だから彼にとっては次の目的地を定めるまでの腰掛け、あるいは日本に来て最初に就いたアルバイト先への恩返しのようなものだった。来日当初に感じていた、異国での不便や母国料理への渇きを癒《い》やしてくれたこの店への恩義を、シャオホンは今でも忘れてはいなかったのだ。北京語、英語、日本語を流暢《りゅうちょう》に話す彼は、店にも客にも大変に重宝がられた。「高校生だ」と嘘をつきバイトの面接に来た中学三年生の孝雄を、どうせ来月には本当に高校に入るのだから働きたい奴を働かせればいい、と店長に進言したのもシャオホンだった。

こういうことを、バイトの休憩時間に店のバックヤードで、あるいは帰りの道すがら、時にはシャオホンに連れられた薄暗い飲み屋で、孝雄はすこしずつ知っていった。まるで映画みたいだなと孝雄は思う。この風采《ふうさい》の良い中国人の男と一緒にいると、自分の人生までがドラマティックな物語の一部であるように、孝雄には感じられるのだった。


「秋月くん、お茶してこうよ！」

英語の授業を乗り切り六限目もようやく終わり、やっと解放されたと息をついていたところで佐藤弘美が教室に入って来た。上級生の闖入《ちんにゅう》に、クラスの何人かが二人に好奇の目を向ける。

「松本は？」と孝雄は訊《き》く。

「生徒会があと一時間。終わったら合流するって」

「デートなら二人でやってくださいよ」

「彼が秋月くんに来てほしがってるのよ。三人のほうが気楽なんじゃないのかな」

それってカノジョ的にはどうなんだ、という内容を佐藤はあっけらかんと話す。そういえばシャオホンにも似たようなことを頼まれてたなと思い出し、にわかに面倒になってくる。どいつもこいつも、好きな相手ならば二人で過ごせばいいじゃないか。ふいに雨の東屋《あずまや》が頭に浮かび、孝雄は慌てて頭を振る。それを拒絶と捉えてか、「ほらほらいいから、行こうってば!」とYシャツの裾《すそ》を繰り返し引っ張りながら屈託なく佐藤は言う。眉《まゆ》の上でまっすぐに切り揃えられた彼女の髪が、動くたびにさらさらと揺れる。制汗剤の清潔な香りが鼻に届き、そこから引き出されるように雨女の香水を唐突に思い出す。俺にはよく分からん、男と女のことは。そう考えながら、孝雄は引きずられるように教室を出る。

百八十円のアイスコーヒーで二時間半粘り、チェーンのカフェを出たところで、肌にぺたりとした湿度を感じた。晴れてはいてもやはり今は梅雨なのだ。傾いた太陽にきらきら光る電線を見上げ、日が長くなったよなと思う。梅雨入りしてからこちら、なんだか毎日が加速しているような心持ちがする。

佐藤と二人でカフェで一時間過ごし、遅れて来た松本を交えて三人で三十分雑談をし、塾の時間だからと佐藤が先に帰り、そこから松本と二人で一時間、溶けた氷をストローでちびちびとすすりながら過ごした。あいつらとの馬鹿話は楽しいけれど、しかしまるで俺がそれぞれとデートしているみたいじゃないかと、途中なんだか呆《あき》れた。

松本は中学時代の同級生だ。高校入学早々に一学年上の佐藤弘美と付き合い始めた彼は、それほどの積極性のわりには二人きりのデートを避ける傾向があって、そのくせ孝雄と二人になった途端「やっぱ俺は年上が好きなんだよな」と顔をにやつかせたりする。そういう大人っぽさと子供っぽさのモザイクが、年上の女性にはたぶん魅力なのかもしれないなと想像してみたりする。——なんだか最近、俺の周りには年上の女ばかりだ。二年の佐藤、兄が先日家に連れてきた梨花さん、シャオホンの恋人の葉子《ようこ》さん。そして、あの雨女。たしか梨花さんが二十二歳、葉子さんは二十五歳。では雨女はいくつなのか。彼女たちよりも上なのか下なのか、総武線の車窓から暗くなっていく空を眺めながら孝雄は考えてみるが、彼にはまるで見当もつかない。

＊　＊　＊

六月の終わり、日本庭園の藤棚が花を咲かせた。例年よりもひと月遅れ、まるでなにかを待っていたかのような季節外れの開花だ。たっぷりとした雨の中で、鮮やかな紫色はまるで発光しているよう。花びらに溜《た》まってはひっきりなしに落ちる、コロコロとした艶《つや》やかな雫《しずく》がたまらなく可愛い。まるで藤の花に心があって、喜びが抑えきれずに溢《あふ》れ出しているみたいだ。

——俺が雨女にあんなことを話してしまったのは、だから藤につられたのだ、と後になって孝雄は思う。それからもう一つ、前の晩に届いた募集要項のせいでも、たぶんある。試みに取り寄せてみただけの靴専門学校のパンフレットだったが、そこに記された二年間の総授業料二百二十万円という数字を見て、しかる後に高校三年間のバイトで貯められるであろう金額を約二百万と皮算用し、え、これ意外にイケるんじゃないか、と妙に気持ちが大きくなっていたのだ。あの人にずいぶん不相応な——恥ずかしいことを言ってしまったという後悔と、いやしかしこれが俺の本当の気持ちだったんだ、という誇らしいような感情がごちゃ混ぜになって、今の孝雄の中にはある。

「——靴職人？」

そう問い返した雨女の声の音が、今でも内耳に残っている。すこし驚いたようだったけれど、ばかにしたような響きはそこにはなかったはずだ。そう孝雄は検分するよように振り返る。声だけだとまるで中学生みたいだった。幼くて甘やかで、でもいつもどこか緊張しているような声。委員長とか生徒会長とか、そういう生真面目な少女のような響き。

その朝、いつもの東屋で顔を合わせた時の雨女の第一声は「ねえ見た？　藤棚！」だった。それが珍しく弾んだ調子で、孝雄も思わず「へえ、どこです？」と問い返した。池のほとりにある藤棚まで、傘を差して二人で歩いた。豊かに垂れた花の群れの下に並んで立ち、そこで初めて、自分のほうがすこしだけ彼女より身長が高いことを孝雄は知った。やった、と小さく思った。藤の雫は次々にこぼれて、池に美しい輪を描いていた。誰かの気持ちが誰かの心に届き広がっていく、そんなことを思わせる眺めだった。靴職人になりたいんです、と気づけば声に出していた。

「……現実味がないことは分かってるけど、ただ、靴の形を考えたり作ったりすることが好きなんです」そこまで言って急に気恥ずかしくなり、「もちろんまだぜんぜんヘタクソだけど。当たり前、ですけど」と付け加えた。返事がなかった。雨女が息を吸う音だけが小さく聞こえた。不安に思って顔を上げると、ぱちん、と音がするくらいに思い切り目が合った。それから彼女はなにも言わずに微笑んだ。だから孝雄は、もしできることなら、と言葉を続けた。

「もしできることなら、そういうことを仕事にしたい」

藤の花に話しかけるように、そう言った。自分でも知らなかった気持ちの宣言のように、その言葉は孝雄自身の心に反響し、胸の内側をゆっくりと熱いもので満たした。

——あの時、へえ、すごいね、とか、がんばってね、とか、彼女からそういう言葉を聞いたのであれば、俺はどうしようもない気持ちになっていただろうなと孝雄は思う。ものすごく恥ずかしくなってしまったかもしれないし、後悔したかもしれないし、怒り出してしまったかもしれない。雨女がそういう人ではなかったことが無性に嬉《うれ》しかった。彼女がただ微笑んでくれたということが、どうしてかたまらなく孝雄の心を励ました。雨女、ではなく、あの人、とそれ以来、孝雄は心の中で彼女を呼ぶようになった。

夜、眠る前。いつの間にか、孝雄は強く雨を祈るようになっている。

藤棚の日の晩、孝雄は空を飛ぶ夢を見た。飛ぶ夢を見たのは久しぶりだった。彼はその夢の中で一羽のハシブトガラスだった。太く硬く強い筋肉が胸から指先までを覆っていて、その羽の一振りは大気を水のように力強く押し出し、自在に軽やかに、彼はどこまでも飛んでいくことができた。空には分厚い積雲が連なり、その隙間からはレモン色の太陽の光が幾筋も地上に伸びていた。遥《はる》か眼下には見知った東京の街のディテイルが、自宅の屋上から児童公園の遊具から雑居ビルの窓に覗《のぞ》く給湯室に至るまで、どこまでも見渡せた。高円寺《こうえんじ》を過ぎ中野を過ぎ、西新宿の高層ビルの隙間を滑空し、やがていつもの日本庭園が視界に入る。すると突然に、積雲から雨粒がいっせいに降り始めた。その水はあっという間に地上を濡《ぬ》らし、あちこちに差した光の筋がビルや道路や樹木をきらきらと輝かせる。そしてカラスである孝雄の目は二つの傘を見つける。新宿門から東屋にいたる細道を歩くビニール傘と、千駄ヶ谷門から東屋に向かうあかね色の傘。雨宿りの二人だ。では、俺はどこに行けばいいのか。ふいに行く先に迷い、ああ、あそこだ、と思い立ち庭園を旋回し、代々木の電波塔に向かう。向かいながらどこまでも上昇する。雲が割れていく。ああ、雨がやむ、という気持ちと、目が覚める、という気持ちが同時に湧き上がる。

目が覚める瞬間、また、雨を祈っている。

「孝雄くん、お鍋《なべ》もっと取ろうか?」

「孝雄、空芯菜《コンシンツァイ》ももっと食えよ、若いんだから。遠慮してないか」

両脇のシャオホンと葉子からステレオでさかんに食え食えと言われ、どうして人は若いというだけでいくらでも食えると考えるのかと、満腹近い胃袋に必死に蟹《かに》を送り込みつつ思う。なんつうか、シャオホンにしてはちょっと平凡な物言いだよな。積み重ねた蟹の殻の残骸《ざんがい》に、孝雄は心の中でこっそり話しかける。

それでも、シャオホンの料理はどれもとても美味《うま》かった。店のメニューには載らないような、ほとんど名前の分からない中華料理ばかりだったが、口の中で甘く溶けるような蟹の身も、海老《えび》とすいとんの入ったぴり辛の鍋も、肉厚の瓜《うり》とスパムの炒《いた》め物も、ゴーヤの輪切りをシンプルに茹《ゆ》でただけの料理でさえ、はっとするような新鮮で複雑な味がした。材料集めからさぞかし手間がかかっているのだろうと思う。余計に、この場に自分が呼ばれた理由が分からなくなる。

「孝雄くんって弟っぽいよねえ。お兄ちゃんがいるんだっけ?」葉子が言う。ノースリーブから大胆に露出した白い肩が、孝雄には眩《まぶ》しい。

「います。十一歳離れてて」

「じゃあ二十六？　どんな人？」

「携帯会社の営業です。ちょっとチャラい感じですよ」葉子がすぼめた唇で蟹味噌《みそ》を吸い込むのをちらりと見ながら孝雄は答える。葉子さんてなんかエッチだな、と思う。食べ方が上手でセクシーなんだ。レモン色のワンピースのレース生地に、太ももの半分が透けている。片側に流した前髪が右頬を半分隠していて、孝雄からだと赤い唇の動きだけが余計に目立つ。華やかな大人っぽさが梨花さんにすこし似ている。雨の日のあの人とは、ずいぶん違う。

「なに葉子、紹介してもらう？」紹興酒を飲みながら、まるで妹への口調のようにシャオホンが軽口を叩《たた》く。

「そうしようかなー。ちょうどいい年齢差だし、孝雄くんが弟になったら嬉しいし」

「いやいや、あんな兄貴でも一応カノジョいるし」と孝雄は慌てて言う。直後、いやなんで俺が慌てるんだ、と思い直し、葉子さんはあんたの恋人でしょうがという念を込めてシャオホンを睨《にら》む。気づかずに涼しい顔で、シャオホンはかぱかぱと酒を飲んでいる。

「えー残念。残念だから私も紹興酒飲むー。そして酔うー」と楽しそうな葉子。

「おお、飲むか」シャオホンが立ち上がり、グラスを取りに台所へ向かう。その足どりが怪しくて、ああこの人は酔ってるんだ、とようやく孝雄は気づく。なんなんだろうねこれは、とまた蟹の殻にこっそりと話しかける。

何日か前、葉子と三人で飯を食おうとシャオホンに誘われ、いや人の恋路の邪魔はしたくないからと断ると、孝雄に来てほしいんだよと頭を下げて頼まれた。シャオホンにそんなふうに頼まれたのならば断れず、約束通り晴れた土曜の午後に中野坂上《さかうえ》のマンションを訪ねた。あの辺りならばきっとぴかぴかのタワーマンションなんだろうなという想像に反し、そこは築三十年以上は経っていそうな五階建ての古い建物だった。ただし一フロアに二世帯しかないゆったりとした間取りで、シャオホンの住む五階は彼の一部屋しかなくいっそう広々としている。さっぱりと整えられたリビングに入ると、既に葉子がビールを飲んでいた。「雪花」というラベルの貼られた、見たことのない銘柄である。シャオホンは台所で料理をしていて、もうすぐできるからちょっと二人で飲みながら待っていてくれと言う。葉子とは店で何度か顔を合わせたことがあるだけだ。挨拶《あいさつ》する孝雄に向けられた葉子の笑顔が妙に悲しげで、あれ、こんな人だったかなと一瞬思う。灰皿には口紅のついた吸い殻が何本も詰め込まれていた。出された麦茶を飲みながら緊張しつつ会話を始めると、それでも葉子の表情はすぐに記憶の中の通りの明るさになっていったのだった。

　砂糖を入れた紹興酒を四、五杯も飲み、「ちょっとお手洗い」と葉子が席を立つ。シャオホンは彼女をすこしだけ目で追い、孝雄に向き直り茶色いガラスのボトルを持ち上げ、本当に飲まないのか、と何度目かになる誘いをまた口にする。十八まではやめとくよ、孝雄も同じ言い訳を笑って繰り返す。そうか、とどこか寂しそうに見える笑みをシャオホンは浮かべる。その表情が、彼を珍しく疲れた印象に見せる。自分のグラスにとろりとした酒を注ぎ、俺はさ、遠くに行きたいんだよ、と小さく呟《つぶや》く。それが秘密を打ち明けるようなやけに深刻な口ぶりで、孝雄は思わず顔を上げる。

「俺をどこか違う世界に連れていってくれるなにかを、ずっと探してるんだ。今も」

　ふわりと、その言葉は孝雄の奥にある柔らかな部分に触れる。初めてこの男の弱さに触れたような気がふいにして、そのことに不思議と胸を打たれる。どういうこと？と訊《き》く前に葉子が戻る足音が聞こえ、孝雄の問いは宙に浮く。

　気づけば陽は傾き、リビングは淡い影色に包まれていた。ひととおり飲みつくし喋《しゃべ》りつくし、「予定されていた行程は全て消化しました」というようなどこか気怠《けだる》い空気がそろそろと浮かび上がる頃、突然にシャオホンの携帯電話が鳴った。孝雄はなんとなくほっとし、葉子は無言でシャオホンに目をやる。シャオホンは液晶をちらりと見てから立ち上がり、台所まで歩きつつ電話に出、なにやら小さな声で喋っている。

「後で俺も行くから、二人で屋上でも行っててくれよ。今はきっと気持ちいいぜ」一通話口を手のひらで押さえたシャオホンが孝雄に向かって小さな鍵《かぎ》を放る。

「いいですね、屋上」孝雄はそう葉子に話しかけながら、漠然と押し出されるような心持ちで二人で部屋を出た。短い階段の先の施錠された扉を開けると、奥行き二十メートルほどの夕日に照らされた空間がぽっかりと広がっていた。

シャオホンはなかなか屋上にやってこなかった。十分が経ち三十分が経ち、太陽は沈みながら雲にいったん隠れ、再びその下から顔を出し、やがて遠い稜線《りょうせん》の向こうに隠れていく。そのたびに街の陰影ががらりと変わる。煙草を吸う葉子の後ろ姿をなんとなく気遣いながら、シャオホンはひょっとしたらこの時間のために——葉子さんを一人で待たせないために俺を呼んだのかもしれないと、孝雄はふと考える。それでも葉子と会話すべきなにごとをも孝雄は見つけることができず、まあいいや、と冷《ひ》やりとしたコンクリートにごろんと仰《あお》向《む》けになる。

屋上は確かに気持ちの良い場所だった。プールのないプールサイドみたいだ。周囲には高い建物がすくなく、視界はぐるりと開けている。そうだった、梅雨の晴れ間の夕暮れは確かにこんな色だったと、空を見上げて思う。西の空は光に透かしたサーモンの切り身みたいに透明なオレンジで、太陽から離れるにしたがって空はぶどう色になる。やがて夕暮れが終わるとゆっくりゆっくり、気づかれないようにぶどう色は濃紺になっていくのだ。

——シャオホンってさ。葉子の声が後ろから聞こえ、孝雄は上半身を起こす。彼女は孝雄に背を向けて東の空を眺めている。宵《よい》の峰、って書くでしょ。立ち上がりながら葉子の視線を追うと、その先には西新宿のビル群がある。真新しく匿名的なオフィスビルの塊があり、その隙間や頭上から、馴染《なじ》み深い二百メートル超の高層ビルが覗《のぞ》いている。都庁があり、パークハイアットの三角屋根があり、無機質な住友ビルがあり野村ビルがあり、繭のようなモード学園がある。高いビルの先端だけが夕日を浴びてオレンジに輝き、その下の街並みは薄暗い青の中に沈んでいる。

「ああいうビルって山の峰みたいじゃない？　私はこの先の人生で夕方の高層ビルを見るたびに、宵峰っていう字を思い出すんだろうな」

孝雄に背中を向けたまま、感情の分からない声で葉子はそう言う。そして孝雄を見て、迷子のような微笑を浮かべて言う。

「ねえ、孝雄くんの好きな人のこと教えてよ」

なぜか孝雄は強く思う。この人には、今は、本当のことを言わなくちゃ。

「……付き合ってる人はいません。でも、好きなのかな、と思う人はいます」

葉子の笑顔が優しげに深くなる。太ももを透かしたレースが風に揺れる。それで？

と促す葉子の声に湿り気があるように、孝雄には思える。

「最近は雨の朝には授業をサボって、その人と公園で一緒に弁当を食べます。俺は、そのために毎朝多めに弁当を詰めるんです」

「へえ。どんな人？」

孝雄はすこし考える。

「ものを食べるのが、すごく下手な人です。サンドイッチの具はぼろぼろこぼすし、箸《はし》の使い方は下手だし、梅干しを口に入れてヨダレを垂らした瞬間を見たことがあるし、チョコをつまみにビールを飲んだりしてるし」

葉子は眩《まぶ》しいものを見るように目を細める。彼女は影の中にいて、彼女からずっと遠くにある峰がきらきらと輝いている。

「そういうのって、なんだか素敵ね」

「……そうかもしれないけど。よく分かりません」

シャオホンがようやく屋上に現れた頃には、空はぶどう色を過ぎ濃紺を過ぎ、都会の光を雲に映した濁った暗赤色になっていた。孝雄は食事の礼を言って、葉子を残して先に帰った。二人になにか言うべきことがあるような気がしたが、上手《うま》く言葉にできそうもなかったので結局黙っていた。まあいい、また今度にしよう。今日のお礼に、今度は俺が二人を家に誘おう。シャオホンほど料理は巧《うま》くないけれど、酒を用意し和食を作ろう。車がびゅんびゅんと行き交う山手《やまて》通りをJRの駅まで歩きながら、そう考えた。しかしその日が、結局はシャオホンと葉子に会った最後となった。あの日から数日後、いつの間にかシャオホンは帰国していた。孝雄はそのことを、上海から送られてきたシャオホンのメールで知った。またいつか必ず会おう、そう書いてあった。葉子の連絡先は聞いていなかったし、シャオホンがいなくては、もう彼女との繋《つな》がりもなにもないのだった。

＊　＊　＊

三年間で大人になろうと思っていた中学時代を思い返すと、なんて愚かだったんだろうと恥ずかしくなる。世界はそんなに単純なものではないし、人間はそう簡単に自分をコントロールできるようになんてなれない。大人になることが自分をコントロールすることだとして、だ。

それでも俺は、早く、より良く、より強い人間になりたい。

雨の音を聴きながら東屋《あずまや》に座り、ノートに靴のデザイン画を描き付けながら孝雄はそう思う。

大切な人にはちゃんと思いやりをもって、優しく強く、そしてある日急に一人になってしまっても平気であるように、崩れてしまうことのないような強さを身につけて、生きていきたい。そう繰り返し思いながら、鉛筆で線を引く。

——さく、さく、さく、濡《ぬ》れた土を踏む靴音が、やがて近づいてくる。あの人だ、と思って顔を上げると、あかね色の傘を差した細いスーツ姿がカエデ越しに見える。

「おはようございます。今日は来ないかと思ったけど」

と孝雄は言う。いつものすました美しい顔がなんだか癪《しゃく》で、ちくりとからかいたくなる。

「よくクビになりませんよね、仕事」

彼女は小さな笑顔で返事をし、傘をたたんで東屋に入ってくる。まあいいや、と孝雄はノートに視線を戻す。

「すごい、靴のデザイン?」

背中で突然声がする。いつの間にか、彼女が後ろから手元のノートを覗き込んでいる。うわ、なんだこの女。

「ああ、ちょっと!」慌ててノートを閉じる。だめ?と無邪気に首をかしげる。

「人に見せるものじゃないから!」

「そうかな」

「そうです! ほら、あっち座ってください」

そう言って手で追い払う。ふふ、と楽しそうに彼女が笑う。やっぱり腹立つな、と思いながら、孝雄の胸はどきどきと熱くなっている。モズなのかシジュウカラなのかが、近くの枝でチィチィと楽しそうにさえずっている。彼女が来て、雨はますます強い。庭園の池が雨を受け止めるぽちゃぽちゃという可愛い音が、いっそう強くなる。

「俺、朝飯食べますけど」と言いながら孝雄は鞄《かばん》から弁当箱を取り出す。いつも通り、大きめの容器にたっぷり二人分。いつも通り訊《き》いてみる。「一緒にどうです?」

「ありがとう。でも私、今日は自分のぶん持ってきたの」

予想しなかった返答に孝雄は驚く。え、この人料理なんてできたのか? つい素朴にばかにした声が出てしまう。「え、自分で作って？」

「なによ、時々作るのよ」彼女はむっとした声で言い、白い指でピンク色の弁当箱を開ける。小ぶりの容器の中に不格好なおにぎりが二つ、ふにゃりとした唐揚げらしい肉の塊、卵焼き、プラスティックの小分け皿に入ったカボチャとマカロニサラダがひとつかみ。一目で美味《うま》くはなさそうだと判断しつつ、ノートを覗かれた仕返しに孝雄はとっさに箸を伸ばす。「じゃあ、オカズ交換しましょう！」

返事を待たずに、彼女の弁当箱から卵焼きを取りあげて口に入れる。え、ちょっと、私あんまり！　慌てた声がやっぱり子供みたいだと思いながら孝雄は卵焼きを嚙《か》む。砂糖の粒子がべたっと舌に当たる。ずいぶん甘口である。

「ん？」

ガリ、と、奥歯が固いものを嚙んだ。卵の殻？　これは――。不用意な行為を即座に後悔する。予想以上にマズい。

「……自信ないから、料理……」消え入りそうな口調で小さく彼女が言う。見れば、赤い顔でうつむいて鞄の中をごそごそ探っている。

「自業自得よ」

そう言ってペットボトルのお茶を孝雄に差し出す。受け取って、お茶で一気に飲みくだす。はあ、と吐き出した息と同時に思わず笑い出してしまう。

「意外に不器用なんですね」精一杯のお世辞を言ってあげる。

「なによお」と不機嫌そうに彼女。ははは、怒ってる。もっと褒めてあげよう。

「でも、うん。これはこれで美味いですよ。歯ごたえもあるし」

「ばかにしてるでしょう!?」

「はは。もう一つもらっていいですか？」

「だめ！　自分のお弁当食べてよ！」

「だめですか？」

「だめ！」

顔がますます赤く、むきになった表情も声もますます子供っぽい。

こんなふうに誰かを愛《いと》おしいと思うことは初めて。ひどく貴重なものを見つけてしまったような心持ちで、そう、孝雄は思う。


たとえばビルに陽が沈んだ直後、電車の窓の灯《あか》りと空の明るさがちょうど釣りあう時間帯。

たとえば隣を走る中央線に誰かと似た姿を見つけて、それが逆向きの総武線に遮られた瞬間。

たとえば空いた商店街を歩いていて、ふと見た横の路地が街灯に照らされてどこまでもまっすぐに延びていた時。

胸の奥が誰かにぎゅっと摑《つか》まれたように、苦しくなる。この感情に名前はないのだろうかとそのたびに思う。こんな瞬間が一日に数えきれぬほどもある。彼女と出逢《であ》う以前から自分はこんなふうだったろうか。人は突然消えてしまうと知る前から、俺はこうだったろうか。このままだと俺はどうなってしまうのだろうか。どれだけ考えても、孝雄には分からない。

分かるのは、簡単なことだけ。

あの人のための靴を、俺は作りたいのだということ。

そして言葉にすると馬鹿みたいだけれど——俺は恋に落ちてしまった、ということ。

雨とカエデのカーテンの向こうで、名前も知らないあの人が微笑を浮かべて手を振っている。まるで世界の秘密そのものみたいに、彼女は見える。

我がやどの　時じき藤の　めづらしく　今も見てしか　妹《いも》が笑《え》まひを

（万葉集八・一六二七）

訳：家の庭に咲いた　季節外れの藤のように　めずらしく　今も見たいのです　愛しいあなたの笑顔を

状況：大伴家持《おおとものやかもち》が季節外れの藤と紅葉した萩《はぎ》の葉とを坂上大嬢《さかのうえのおおいらつめ》に贈った歌二首のうちの一首。季節外れの貴重な藤の美しさと女性の面影とを重ねている。

第五話　あかねさす、光の庭の。——雪野

やっと辿《たど》り着いた。重い足を引きずるようにして、玄関のノブを回す。

それにしても、と、自分でもつくづく嫌になりながら雪野は思う。外出から部屋に戻るというただそれだけのことで、どうして私はこんなにもくたくたに疲れ切ってしまうんだろう。痛いほどむくんだ足からヒールを引き抜き、ストッキングを玄関で脱ぎ捨て、背中に手を回してブラウスの上からブラのホックを外す。買ってきたばかりの重い本をテーブルに置き、散らかった部屋はなるべく見ないようにしてベッドに向かうが、しかしやらなければいけないことは次々に頭に浮かんでくる。

いいかげん空き缶とペットボトルを片付けなくちゃ。床で溶けているチョコレートを捨てなくちゃ。散乱した洗濯物を仕舞わなくちゃ。コンロにこびりついた油を拭《ふ》かなくちゃ。枯れかかった鉢植えに水をやらなくちゃ。せめて、化粧だけでも落とさなきゃ。

そのどれ一つとしてやらぬまま、雪野はベッドにばたんと倒れ込む。待ち構えていたように、とろりとした眠気が這《は》い上がってくる。スクーターがよぎる音が網戸から聞こえてくる。どこか遠くで子供が泣いている。どこかの家の夕食の匂いが風に乗ってかすかに届く。目を開き、霞《かす》み始めた視界で逆さになった空を見る。いつの間にか雨はやみ、澄んだ紫色をした夕闇が広がっている。頼りのない星の光が、ひとつふたつ瞬いている。

――明日《あした》も雨が降るかしら、と雪野は祈るように思う。

目をつむると、今も雨の音が聞こえるような気がする。庭園の東屋《あずまや》の屋根を、たっぷりの雨粒が不器用に叩《たた》く音が聞こえるような気がする。

とん、たたん、とん、とん、ぱたん、とん。

そんな不規則なリズムに、遠くで聞こえるカラスの声と、いつも楽しげな野鳥のさえずりと、地面が雨を吸っていくじりじりというかすかな音が混じっている。そして今日は、そこに小さな寝息がそっと差し込まれている。

耳に届いたその息に文庫本から目を上げて、あ、この子寝てる、と気づいた。

まだ名前も知らない、雨の朝に公園で会うだけの制服姿の男の子。さっきまでノートになにか描いていたのに。寝不足なのかしら、遅くまで勉強、それとも、例の靴作り？　柱に頭をもたれて、規則的な呼吸に少年らしい薄い胸が上下している。わりと長い睫毛《まつげ》をした子だと、初めて気づく。肌は内側から輝いているかのように瑞々《みずみず》しく、清潔な唇はかすかに開いていて、無防備な耳はまるで作りたてみたいにつるりとしている。やっぱり若いなあ。日本庭園の小さな東屋に二人だけ、いくらでも無遠慮に姿を眺め回せることが妙に嬉《うれ》しい。

さっきは恥ずかしかったなと、少年の首筋あたりをぼんやりと見つめながら雪野は思い出す。不出来な卵焼きを食べられてしまって。卵が上手《うま》く割れなくて、除いたつもりだった殻がまだ混じっていた、不格好で酷い味の卵焼き。けれど、楽しくもあった。思い返すと自然に微笑みが浮かぶ。実はとても楽しかった。久しぶりにはしゃいでしまった。おかず交換しましょうとか、自業自得よとか、意外に不器用なんですねとか、ばかにしてるでしょ、とか。そういうわざとらしい学園ドラマみたいなやりとりが、とてもとても楽しかった。夏でも冷たい私のつま先が、気づけばぽかぽかと温かくなっていた。

そしてその楽しさと同じだけの罪悪感が、雪野にはある。学校をサボった高校生とこんなふうに時間を過ごしているなんて。雨宿りという共犯者めいた共感に、私は甘えている。わざといつまでも名前も訊《き》かないで、それなのにコーヒーを買っていってあげたりして、彼のお弁当を食べさせてもらい、彼の夢を聞き、自分のことはなにも話さず、すこしずつ彼のことだけを知っていって。私は、私だけは、こんなことをすべきではないのに。お互いのどちらにとってもこれは全く正しくないことなのに。私はどうかしている。それは分かっているけれど、でも。

……でももうちょっと。あとすこしだけ。

少年の顔を見る。まだ寝ている。居眠りというよりは熟睡。こんな東屋でよく眠れるなあと、呆《あき》れつつも羨《うらや》ましい。ただ眠るだけでもエネルギーは必要なのだと、雪野は身に沁《し》みて知っているのだ。ただ電車に乗るだけでも、ただ化粧を落とすだけでも、ただ食事を味わうだけでも、エネルギーは必要なのだ。私だってこの男の子くらいの歳の頃には、きちんとそういうエネルギーに満ちていたと思う。それが今では。

——ねえ、きみ。心の中で雪野は思う。私のこと、どう思ってる？　ねえ、

「私、まだ大丈夫なのかな」

声に出して小さく問うてみる。少年の耳に届く前に、その声は雨混じりの空気に溶けていく。

「それでね、ちゃんと味がするの。その人のお弁当」と雪野が言い、

「良くなってきたんだな、味覚障害」と受話器から男の声が応《こた》える。

みかく、しょうがい？　と、クエスチョンマーク付きで彼は言った。心配そうな口調とは裏腹に、その病名に未《いま》だに彼が感じているのであろう胡散臭《うさんくさ》さが、電話越しであってもとても素直に言葉に滲《にじ》んでいる。かつて私は、この人のこういう素直さをこそ愛《いと》おしいと感じていたのにとちらりと思う。

ベッドでの薄いまどろみを破ったのは、彼からの着信だった。眠る前よりもなお増している倦怠《けんたい》感の中で体を起こし、床に放り投げたままの鞄《かばん》から携帯電話を取り出した。ディスプレイには元カレの名前が表示されている。このまま無視してしまおうかと一瞬迷ったが、そもそもは自分が彼に着信を残していたことを思い出す。応答アイコンに指先で触れながら目を上げると、窓の外の空はすっかり暗くなっていた。

「――でもね、ちょっと前までは本当にチョコレートとアルコールくらいしか味がしなかったから」

ゴミだらけの池に唯一浮かんだ貴重なボートのようなソファに、膝《ひざ》を曲げて座りながら雪野は話している。

「そうだよな。でもまあとにかく良くなってきたんなら、やっぱり思い切って仕事辞めることにして正解だと思うよ」と元カレ。

溜息《ためいき》をなんとか飲み込んで、雪野は答える。

「……そうかもね。どうせ辞めるんだったらもっと前、本当は年度末が一番良かったのかもしれないね」

「んー、まあそうかもしれないけどさ、無理もないよ。退職なんて簡単に決心できることじゃないしさ。今はとにかく無理せずに、休暇中だと思って気楽に過ごせよ」

この人はいかにも優しそうに話す——携帯を持ちかえながら、白々とした気持ちでそう思う。まるで壊れものに触れるみたいに、とても優しそうに話す。でも、息をするのも辛《つら》かったあの頃、あなたは周りの声ばかりを聴いていて私を信じてはくれなかった。それは無理もないことだったのだろうとは思う。あなたが悪いわけではない、本当にそう思う。悪かった人がいるのだとしたら、それはもちろん私だ。なにもかも、ぜんぶ私が招き込んだのだ。それでもいつからか、彼への信頼はぷつりと途切れてしまった。ある種の感情は一度失われると二度とは戻らないのだということを、雪野は彼に教えられたように思う。


それが起こったのは今年の冬のことだ。

最初は風邪のひき始めかもしれないと、雪野は思っていた。最近ものの味があまりしないな、とは薄々感じていた。それでも、その頃の雪野には他に心配すべきことが山ほどあった。うんざりするような人間たちとのうんざりするような出来事ばかりの毎日で、体は常にどこかが不調だった。頭痛や胃痛や足のむくみや下腹の痛み、そういうこととは無関係に積み重なっていく日々の仕事、そしてなによりも押しつぶされそうな周囲からの視線、そういうことに比べたら食べものの味なんてどうでもよかった。

それでもさすがに、仕事帰りのファミレスでボロネーゼに全く味がしなかった時は、驚いて皿に吐き出してしまった。決して食べてはいけないものを口に入れてしまったような嫌な感触で、慌ててナプキンで舌まで拭《ぬぐ》った。思わず周囲を見渡す。夜九時過ぎ、新宿通りに面したファミレスは六割ほどの客入りである。会社帰りのサラリーマン、生きていることが楽しくて仕方がないといった風情の大学生らしい騒がしい集団、まるで自宅にいるかのようにいちゃついたカップル。しばらく観察しても、食べものがおかしいと騒ぎ出すような者はいない。隣の席で、三十がらみのスーツの男性が携帯を操作しながらペペロンチーノを食べている。つい口元を凝視してしまう。おいしいと思っているのかは不明だけれど、とにかく普通に食べている。

私のパスタだけがおかしい、ということがあり得るだろうか？

ボロネーゼに鼻を近づけてみる。あまり強い匂いはないけれど、ちゃんとニンニクとタマネギの香りがする。今度はパスタを一本だけ口に入れてみる。怖々と奥歯で噛《か》む。やっぱり味がしない。それでもかろうじて飲み込んで、口を洗うように水を飲んだ。ふと気づくと、隣の席の男がいぶかしげにこちらを見ている。雪野は伝票とコートを摑《つか》み、逃げるように店を出た。

混乱した頭を抱えたまま、コンビニに入った。弁当の並んだ棚を眺める。どうしよう、食べてみるべきだろうか。炭火焼き牛カルビ弁当、満腹揚げ物スペシャル弁当、シェフの特選オムライス、プレミアムビーフカレー。どれでもいい、買って帰って電子レンジに入れて五百ワットで二分加熱、その間に部屋着に着替えて化粧を落としチンという音を聞き、熱い容器からビニールを剝《は》がしプラスティックの蓋《ふた》を開ける。人工的な匂いの湯気がふわりと顔にかかる。レジでもらった白く重みのないスプーンで米をすくい、口に運ぶ。想像するほどに食欲は萎《な》えていく。やっぱり味がしなかったらどうしよう。自分の舌がおかしいと認めざるを得なくなったらどうしよう。

――カツン。わざとらしい硬い靴音を背中に聞き、慌てて場所を譲る。同じような年回りのＯＬが、待ち構えていたように雪野の前に入ってくる。ファーのついた薄ピンクのコート姿で、一六二センチの雪野よりずいぶん背が低く、香水の甘い匂いがする。まるでそういう種類の動物のように、弁当を一つずつ手にとってカロリー表示を確かめている。彼女の下げたカゴに入ったチョコレートが、ふと雪野の目にとまる。チョコなんてそういえばずいぶん食べていない。カカオの苦みに混じった懐かしい甘みが、まるで手を差し出すように舌の上に蘇《よみがえ》ってくる。

みぞれ混じりの雪の降る、寒い夜だったことを覚えている。部屋に帰った雪野のその晩の食事は、結局二枚の板チョコと缶ビールとなった。恐るおそる口に入れたチョコレートは、記憶ほどではなかったがちゃんと甘い味がした。その頃には習慣となっていた部屋で飲む毎晩一本の缶ビールも、きちんとアルコールの旨《うま》みがあった。だが、甘みとアルコール以外の味覚は失われたままだった。その状態が一週間を越えた頃、雪野はさすがに怖くなって病院に行った。様々な検査をされたが、結局分かったのは舌そのものには異常はないということだけだった。おそらく心因性のものでしょうから、ストレスのない生活を心がけ、亜鉛を多く含んだ食事をバランスよく摂《と》ってください。まだ大学生のように見える医者にそう言われ、そんなことだったら私だって分かってますと、思わず怒鳴りそうになってしまった。チョコやケーキや菓子パン、それにビールやワイン、そういう味の感じられる食べものが命綱になり、もともと悪かった体調はさらに悪化していった。それでもなお毎朝丁寧に、飾るというよりも守るという心持ちで、雪野は化粧をして家を出た。電車に乗れない日が次第に増えても、身繕いだけはすがるように崩さなかった。きっと誰だって——と雪野は必死に思った。きっと誰だって、外からは見えない地獄を抱えて生きているんだ。そう自分に言い聞かせながら、人生で経験したことのない酷い冬と酷い春を、雪野は過ごした。ようやく味覚が戻ってきたのはボロネーゼから半年近くも経った、雨の季節にあの男の子と出会った頃からだった。

「——じゃあ、退職手続きは夏休み明けに。上には俺から伝えとくよ」

「うん。別れたあとまで面倒かけて、ごめんね」携帯をふたたび反対の耳に持ちかえ、雪野はそう答える。職場にはもう二ヵ月以上顔を出せていないが、上司は曖昧《あいまい》に病欠扱いとしてくれている。民間ならばもっと厳然と対応されるのかもしれないが、公務員という立場にも元カレの好意にも自分は甘えている。こんなことは、これ以上もう続けられないことはよく分かっている。

「良かったな、本当に」

「え？」

良かった？　この状態の、なにが？　彼に抱いている割り切れない苛立《いらだ》ちがにわかに頭をもたげる。しかし邪気のない声で、彼は続ける。

「そのお婆ちゃんに会えてさ」

会話の行方が分からなくなる。お婆ちゃん？

「え、誰？」

「誰ってほら、公園の……その、弁当を持ってきてくれるっていう人。お互い、いい気晴らしだろ？」

彼の声の後ろで車が一台通過する音が聞こえる。どこか別の人の家にいるんだ、と雪野は直感する。環八《かんぱち》通りに面した彼の部屋だとしたら、車の音は途切れるはずがない。私の知らない女の部屋で夕食を食べる彼。食後、ちょっと仕事の話なんだと言ってベランダに出る彼。電話をしながら、器用に片手で煙草を取り出してくわえる彼。そういう光景が鮮明に目に浮かび、そんなことを考え続けている自分に驚く。違う。あの人が誰とどこにいようと自由だ。そうじゃなくて、私は自分で彼についた嘘を忘れてたんだ。最近公園でよく会うお婆ちゃんがいるの。だんだんお話しするようになって、最近はお弁当を分けてくれたりするのよ。それがすごくおいしいの。

「じゃあ、ゆっくり休めよ」

最後に優しげな声でそう言って彼は電話を切る。

のろのろと、雪野は携帯を耳から剝がす。

もう決めたことなのに。でも。

でも、あれほど好きで、あれほど憧《あこが》れた仕事に、あれだけの努力を重ねて、私は就いたのに。

どうして。

ふいに、あの子のことが頭に浮かぶ。

「——私、嘘ばっかりだ」

両膝《りょうひざ》に顔を強く押しつけながら、雪野は呟《つぶや》く。

＊　＊　＊

思いがけず突然に、その日は訪れたような気がする。あるいはこういうことが起こる予感は、この一ヵ月の間にだんだんと強くなっていたようにも思う。

その日は雪野にとって忘れられない一日となった。眩《まぶ》しさと尊さと清らかさ、あらゆる美しい可能性の象徴のような一日。一生消えずに胸に残るであろう、どうしようもなく甘く切なく苦しい残響。

目覚ましが鳴っていた。

目を開く瞬間、雨を祈っていた。耳に届く雨音が幻聴ではないことを、ゆっくりと確認しながら目を開いた。

――雨だ。

自分を励ますようにそう呟く。頭痛も吐き気も倦怠《けんたい》も、不思議にすっと弱くなる。ベッドから体を起こし、しばらくそのまま雨音を聞く。部屋にこもった湿気を髪で知る。雨にまつわるなにもかもを、雪野はいつの間にか好きになっている。その理由は分かってはいるけれど、心の中で決して言葉にはしない。してはいけない、と本能的に雪野は思っている。

前髪をターバンで持ち上げてファンデーションをたたき、淡い色の口紅を引く。洗ったばかりのオフホワイトのブラウスに袖《そで》を通し、紺のパンツスーツをはいて細いベルトを締め、手首にすこしだけ香水を吹く。玄関の鏡で自分の姿を確認する。私はいくつに見えるのだろう。二十代前半で通るだろうか。気づけば鏡を凝視してそんなことを真剣に考えている。――ばかみたい、小さく呟きながら傘を持って部屋を出る。

駅に向かって歩く人波の中で、私は今日も電車に乗れないだろうと、どこか清々《せいせい》とした気持ちで雪野は思う。そして実際にそうなる。言い訳のようにホームで総武線を一本だけ見送り、庭園の東屋《あずまや》に雪野は向かう。

彼女を包んでいた薄闇を吹き払うような、明るい予感に満ちた七月の朝だった。雨なのに空の半分は発光したような眩しい青空だった。低い雨雲が切れぎれに風に流れ、その隙間からずっと高みにある白く輝く雲が見えた。庭園の緑は、雨に洗われてやけに鮮やかだった。雨が湿らせた地面に光が差し、土の湿り気は蒸発し煙になり、そこに再び雨が降りそそぎ、そうやってまるで烽火《のろし》のような湯気があちこちに立っていた。

「ねえ、これ、お礼」

そう言って、雪野は思い切って少年に紙袋を差し出す。中には昨日本屋で買ったばかりの、図鑑のように分厚くて重い洋書が入っている。東屋の屋根を雨粒が楽しげにトントンと叩《たた》いている。

「お礼？」

「結局、きみのお弁当ばっかりいただいちゃってるから。欲しいって言ってたでしょう？」

言い訳めいて聞こえるかしら、そう考えながら、少年が戸惑いがちに紙袋から本を取り出す姿をじっと見る。表紙に Handmade SHOES と箔押《はくお》しされた、初心者には定番らしい靴作りの解説本。困惑から驚き、そして喜びに変化していく少年の表情を、雪野は空の雲を眺めるような心持ちで見つめる。風に吹かれ、刻々と形を変える美しい白い雲。

「――こんなに高い本！　あ、ありがとう！」と勢いよく言ってから、「ございます！」と慌てて敬語を付け足す。可愛いなあ。私まで嬉《うれ》しくなってにやにやしちゃう。

少年はさっそく本を開く。目が輝くってこういうことを言うんだなと、それがあまりにも言葉通りの光景で雪野は感心する。少年の後ろに降る雨までも、陽を浴びてきらきらしている。雪野は庭園近くのカフェでテイクアウトしてきたコーヒーを一口飲む。ちゃんと美味《おい》しい。ホッとしながら、口に残った苦みまで愛《いと》おしく確認する。この子といると、コーヒーにはちゃんとコーヒーの味がする。お米にはちゃんとお米の味がして、雨にはちゃんと雨の匂いがして、夏の日差しはちゃんと夏の日差しらしく見える。

「――あの、俺」少年が本に目を落としたまま、ためらいがちに言う。「今、ちょうど靴を一足作ってるんですけど」

「すごいねえ。自分の靴？」あ、なんだかおばさんみたいな返しをしちゃったかも。

そんな雪野の心配に気づくそぶりもなく彼は答える。

「誰のかは決めてないけど……」

言い淀《よど》む。突然、あ、と雪野は思う。理由の分からぬままに、だめ、と思う。

「女性の、靴です」

聞いたとたん、今までの浮かれた気持ちがすとんと消える。

「……でも、どうも上手《うま》くいかなくて。それで……」

同時に胸の底からすこしずつ、温かみのある感情が染み出てくる。それがどういう種類の感情なのか見極めようとしているうちに、少年が続けて言う。……だから、なにか参考が欲しくて。自分の足じゃだめだから。だから、もし、迷惑じゃなかったら

——


「足を、見せていただけませんか」

泣き出しそうな顔で少年が言っていることが、見なくても雪野には分かる。そして私も、きっと同じような顔をしている。


澄んだ声でセキレイが鳴いている。

この庭園には様々な野鳥が棲《す》んでいる。鳥の名前はぜんぜん分からないけれど、雪

野はセキレイだけは知っている。古事記に登場する鳥で、古典の陽菜子先生が授業中にテープで鳴き声を聴かせてくれた記憶がある。確か、そうだ――神々に男女のまぐわいを教えた鳥。

そんなことを、頭のどこかが勝手に思い出している。体の内側はものすごく熱を持っているのに、私の肌は冷たいままだ。距離がある、そんなふうにぼんやりと思いながら、雪野は片方のパンプスを脱ぐ。素足になった右足を、少年の前にゆっくりと差し出す。雪野の右足を挟んで、二人は向かい合って座っている格好になる。少年の手がおずおずと親指の先に触れる。まるで熱い吐息に吹かれたような感触がして、冷たい足先が驚く。心臓がどきんどきんと跳ねている。少年に聞こえてしまうのではないかと心配になるくらい鼓動も呼吸も激しくて、それが無性に恥ずかしくて、雪野は体からすべての音が消えるようにと願う。雨がもっと強く音を立ててくれますように。セキレイがもっと鳴いてくれますように。

そのうちに、少年の両手がそっと右足を包む。重さを量るように持ち上げる。つま先、土踏まず、かかと、形と柔らかさを確かめるように彼の指が動く。私、この前かかとを磨いておいて良かったと、泣きたいほどの真剣さで雪野は安堵《あんど》する。

少年は鞄《かばん》から、小さな青い巻き尺を取り出す。プラスティックの円盤から白いつまみを引っ張ると、カチカチカチという小さな音を立ててビニール製のものさしが引き出される。こんなものまで鞄に入っているんだと、不思議に雪野は感動する。巻き尺を包帯のようにそっと足に巻かれる。少年はノートに鉛筆でなにやら数字を書き込む。つま先からかかとまで、かかとからくるぶしまで、少年は巻き尺をあて、数字を測り、鉛筆を動かす。そのうちにようやく鼓動が静まってきて、その分を埋めるように雨が強くなり、しかし日差しもますます眩《まぶ》しくなり、それを喜ぶようにセキレイが鳴き声を高める。鉛筆が紙を滑る音色が雨の音に混じる。なんだかここは――と雪野は思う。なんだかここは、この庭は、この世界ではないみたい。

立ってもらえますか？　足の向こうから少年が静かに言う。最後に、体重のかかった状態での足型をとりたいんです。うん、と言いたかったが喉《のど》が震えず、息だけで雪野は返事をする。左足の靴も脱ぎ、東屋の梁《はり》に手をかけながらベンチの上に立ち上がる。少年は雪野の右足の下にノートを差し込み、かがみ込み、左手でそっと雪野の足の甲を押さえ、その輪郭を慎重に鉛筆でなぞっていく。雪野はその姿をじっと見おろす。ずっと遠くから葉擦れの音が近づいてきて、雨とカエデと雪野の髪を風が同時に揺らす。ほんの小さな雨粒が熱い頬にぱらぱらとあたる。あなたの中には、私の仕組みを変えてくれるかもしれない光が確かにある。雪野はそう思う。

「……私ね」

とても自然に、口に出している。少年が雪野を見上げる。

「上手く歩けなくなっちゃったの。いつの間にか」

不思議そうな顔で、少年は雪野の顔を見る。

「……それって、仕事のこと？」

「ん……いろいろ」

少年はなにも言わない。セキレイが鳴くだけの間があって、一瞬だけ彼が微笑む。そう、雪野には見える。それから黙ったまま彼は視線を手元に戻す。鉛筆の音が再び雨に差し込まれていく。

ここはまるで光の庭だ、と、輝く雨を見ながら雪野は思う。

私は今、なにを失いつつあって、なにを得ようとしているのだろう。あるいは得るものなんかなに一つなく、誰かのことを損ない、自分もなおさらに失っていく過程なのだろうか。

厚い雲に青空も太陽も隠されて、ただありふれた梅雨時の天気になってしまったあの日の午後、一人で傘を差し庭園の出口に向かいながら、雪野はそう考えたことをよく覚えている。あちこちの枝に、雨粒に濡《ぬ》れた蟬の抜け殻がひっそりと付いていた。彼らの鳴き声と共に本当の夏が到来するまでの、あれは隙間のような季節だった。

　そしてだからこそ、あれは完璧《かんぺき》な時間だった。

　そのように雪野はこの先の人生で、あの光の庭での時間を何度も繰り返し密《ひそ》やかに思い出すことになる。まだなにも始まっておらず、しかし無ではなく、同時になにも終わっていない時間。純粋に善なる可能性だけがある、二度と訪れることのない美しく完璧な時間。もし神さまが人生でもう一度だけ繰り返してもいい、そんな日を与えてくれたとしたら、私はきっとあの光の庭を選ぶ。

　そしてやっぱり、あの時の私の予感は正しかったのだと、その先の人生で雪野は知る。誰かを損ないなにかを失おうとしているという、あの予感。ある意味では――あの庭での時間が、私の人生のピークだった。

　しかしそれでもなお、たとえ神さまでも王さまでも何者であっても侵せない強固さで、あの完璧な時間は雪野のその先の人生をあたため続ける。

＊　＊　＊

盛大に蟬が鳴いている。

雪野が九年前に上京して驚いたことはいくつもあるが、蟬の鳴き声もその一つだ。愛媛でももちろん蟬は鳴くけれど、それはたくさんある自然の音の一部だったような気がする。鳥や風や川や波、そういう音たちと対等なものの一つ。でも東京では、まるで何千匹もがいっせいに示し合わせたかのように、ほとんど暴力的な声量で蟬は鳴く。それは他のすべての音を飲み込んでしまう。だからもしセキレイがまた鳴いたとしても、その声はもう聞こえない。

平年より数日遅れで関東の梅雨明けが発表されると、まるでそれを知った誰かがスイッチを切り替えたように、ぱたりと雨が降らなくなった。ほとんど同時に学生は夏休みに入り、だから少年は朝の東屋《あずまや》に来なくなった。——学校をサボるのは雨の午前中だけにしようって決めてるんです。いつかの彼の言葉を思い出す。中途半端に真面目な子だなと、あの時私は微笑ましく思ったのだ。それなのに、今はなんだか約束を破られたような気分になっていることに、雪野は気づいてしまう。仲良しの子が理由もなく他に親友を作ってしまったような理不尽さ、自分のその感情の不当さも自覚はしつつ、それでも他に行き場所もなく、雪野は晴れた朝も東屋に通い続けた。

そして今日も、朝からうだるような日差しの中で、雪野は東屋に座っている。世間は夏休みなのだからと、スーツではなく白のノースリーブに水色のカーディガンを羽織り、緑色のフレアスカートを身につけ、ウェッジソールのサンダルを履いている。晴れた日の庭園には、午前中から意外に多くの来園者がある。カメラを提げた外国人、スケッチブックを抱えたお年寄りの集団、腕を組んで歩く上品な壮年の恋人同士。私は誰かを待っているわけではなくあくまでここで読書を楽しんでいるのです、そういうオーラを発散できていますようにと念じながら、雪野は東屋に一人座って文庫本に目を落としている。――うん、これで良かったんだ。彼が高校をサボる口実がなくなったことはなによりだ。そんなふうに今さらのように考えようとする。考えようとはするが、本当はそうじゃなくて、という気持ちがじわじわと浮かんでくる。私は本当は――

梅雨が明けてほしくなかった。

試みに口に出して小さく呟《つぶや》いてみる。そうしたら思いがけず目頭が熱くなってしまって、だめだめこんなことは二度と思うまいと、慌てて膝《ひざ》の上の文庫本に目を落とす。私は読書を楽しんでいるのです。文字の連なりに意識を集中しようとする。

見渡すかぎりの美しい原野は夏の陽《ひ》に輝き、そこを爽《さわ》やかな風が渡っていた

が、額田《ぬかた》には陽の光も、風の音も、なべて空虚なものに思えた。楽しさは消え、救いようのない淋《さび》しさと不安な思いが額田を捉えていた。

ちょっとやめてよー、と思わず言いそうになる。本棚に刺さっていた井上靖《いのうえやすし》の『額《ぬか》田女王《たのおおきみ》』を、特に理由もなく久しぶりに手に取ってきたのだ。それは兄と弟二人の天皇から愛された万葉の宮廷歌人、悲劇のヒロイン額田女王の人生を描いた物語で、最初に読んだのは十五歳の頃だった。あの頃一番好きだった、ヒロインが紫草《むらさき》の野原を一人歩いているシーンの描写である。この後、かの有名な一首が超ドラマティックに生まれるのだ。学生の頃には単純にわくわくと読むことができたのに、今はそこここで変に身につまされてしまう。さっきからこの調子で読書に集中できないのだ。

ふいに靴音が聞こえ、雪野は反射的に笑顔になって顔を上げる。

「広い公園だねー」「新宿とは思えないな」

二十代前半くらいのスポーティな格好をした男女が、手をつないで歩いてくる。木陰の下を歩く仲の良さそうな雰囲気があまりにも健康的で眩しくて、雪野は落胆を感じながらも目を細めてしまう。

「あ、すみません」、ベンチから腰を上げ二人分のスペースを空ける雪野に、健康女子が屈託なく頭を下げて言う。いいえ、と、雪野も笑顔で答える。

　東屋の端に座り直し、もう一度文庫本を開く雪野の耳に、健康男子と健康女子の弾んだ会話が届いてくる。ここが日本庭園でしょ、次どこ行こうか？　温室があるんだろ、行ってみない？　見たい見たい！　でも地図だとちょっと遠いな。歩ける？　そのくらい大丈夫よー。雪野の視線はただ文字の上を滑っていく。

　晴れの日のここは、知らない場所みたい。たっぷりの寂しさを含んだ気持ちで、そう思う。


　午前中は東屋で時間を過ごし、午後は新宿や代々木や原宿《はらじゅく》や外苑あたりを当てもなく歩き、サンダルのつま先が痛み出すとチェーンのカフェに入って休憩をし、回復するとまた歩き、そのようにして長いながい夏の日が暮れるまでをやり過ごす。そんなふうに過ごす八月だった。東屋で文庫本を読むふりをしながら、固いアスファルトを歩きながら、薄くぬるくなっていくカフェラテをすりながら、誰かいないかな、と何度も思った。誰か会ってくれる人はいないかな。誰か突然連絡をくれたりしないかな。携帯電話のアドレス帳をスクロールしながら雪野は考える。ヨリちゃんはこの前電話をくれたけど、子供がまだ小さいので外出しづらいだろうし。丸井さんは仕事を辞めたそうだけど、新婚さんを呼び出しちゃ悪い気がするし。東京に住んでいる高校時代の同級生、大学時代の友人、友人の友人、学生時代の恋人、恋人にはならずとも何度か食事をした男の子、研修で気のあったはずの女の子、職場の同僚。自分でも驚くくらいたくさんの人の名前がアドレス帳には並んでいる。

ご無沙汰《ぶさた》しています！　暑い日が続きますがお変わりありませんか？　実は今日と明日《あした》、急にお休みができたのですが、もしちょうどお暇があったりしたらお茶でも飲みませんか？　突然ごめんなさい、お忙しければどうかお気になさらないでくださいね。

宛先《あてさき》のないまま、こんなメールの文面を打ってみたりする。——だめだ。たまらなく誰かに会いたいのに、誰に会えばいいのかが分からない。誰が私と会いたいと思ってくれるのかが分からない。私には会いたい時に理由なく会える人が——友達と呼べるような人が、もしかしたら、誰もいない。社会人なんて皆案外こんな感じなのかもしれない、そう思おうとするけれど、それでもやっぱり絶望的な気持ちになる。

日が暮れると、雪野は帰宅の人々に混じりながらスーパーで夕食の材料を買い、痛む足を引きずるようにして部屋に帰る。顔も洗わないままベッドに倒れ込み、疲労が溶けるのをじっと待つ。ようやく動けるようになるとのろのろと起きだし、化粧を落とし着替え、散らかった台所で夕食を作る。雑炊とかうどんとか親子丼とか、消化がよくて簡単なひと皿だけの料理を、ソファの上で背を丸めて食べる。それほど美味《おい》しくはないけれど、すくなくともちゃんと味はする。あの男の子が私に残してくれたものの一つだ、と思う。

網戸にした窓から、夏の匂いを含んだ風が吹き込んでくる。足の指の間を風が吹き抜ける。あれ以来、足はなにか特別な器官になってしまった。親指にそっと触れてみる。甘やかで切ない痛みが、足先から腰に昇り全身にじんわりと広がっていく。この感覚も、彼が私に残したものだ。あの光に縁取られたような男の子は、たったひと月の間に私にずいぶん大きな変化を与えたのだと、雪野は深く驚く。

バーの照明ってこんなに暗かったっけ。

ソルティドッグのぴりっとした舌触りを確かめ、まるで小動物の骨のように見えるミックスナッツに指を触れ、カウンター越しの棚に陳列された瓶の群れを眺めながら、雪野は記憶をたぐる。人生でそう多くのバーを知っているわけではないけれど、それでもここよりはどこも明るかったような気がする。それとも、私が一人きりだからそう思えるのだろうか。
一人で店で飲む女、そういう人になにか思うところがあったわけでは全くないけれど、雪野は今まで一人だけでバーに入ったことがなかった。単純に、その機会がなかった。外で酒を飲む時は、いつでも友人か恋人か同僚と一緒だった。だから今は、こういうのは馴《な》れてるんですという顔を作って、そのくせ内心びくびくしながら背の高いスツールに足を組んで座っている。お薦めのメニューにあったヒューガルデンホワイトをまず飲んで、白桃のカクテルを飲んで、ソルティドッグをもうすぐ飲みきってしまう。店内には眺めるべき窓もなく、文庫本を読むには照明は暗すぎ、音を消したテレビのスポーツ中継にも興味が持てず、だから雪野には酒を飲むしかやることがない。それでもあれだけ迷って入ったバーなのだから、こんな授業一回程度の時間で出るわけにはいかない、自分に言い聞かせるようにそう考える。遭難中の残りすくない貴重な水、そんな心持ちでソルティドッグをちびりと飲む。

ビールを飲もう、そう思って寝る前に冷蔵庫を開けたら、一本も入っていなかった。どうしようかな、と冷蔵庫の扉を開けたまますこしだけ考えた。もうシャワーも浴びてしまった。Tシャツとショートパンツ姿じゃ外出できない。でも、まあ、うん、と扉を閉めながら小さく決心する。だってビール飲みたい。薄緑色のワンピースに着替え唇にグロスだけさっと塗り、籐《とう》編みの小さなバッグを持って外に出た。マンションの古いエレベーターを降り、広々とした外苑西通りまで出て夜中の静かな空気に触れると、ああ、一人の部屋が息苦しかったんだと思い至る。外に出て、誰でもいいから、コンビニのレジででもいいから、私は誰かと言葉を交わしたかったんだ。そう気づく。

車と人通りのすくない道路のずっと先に、コンビニの緑色の光が小さくぽつんと見えていた。そこを目指しゆっくりと歩いていく。サンダルの規則的な響きを聞きながらふと横を見ると、誰もいないまっすぐな路地の突きあたりにオレンジ色の光がぼんやりと染みだしている。あんなところにお店があったっけ、と、誘われるように雪野は路地を曲がった。バーだった。雑居ビルの階段脇に、橙《だいだい》色のランプに照らされた小さなメニューが置いてあった。バーなんてずいぶん入っていない。缶ビールとは違う、複雑で洗練された飲みものを懐かしく思い出す。どうしようかなと眺めながら通り過ぎ、考え直して引き返し、メニューの前で歩を緩めながらも、決心がつかずにまた通り過ぎそうになる。ふいに目の前に、犬を連れた女性が現れ、雪野に怪訝《けげん》な目を向けながら通り過ぎる。雪野は押し出されるように決心し、メニュー脇の階段を降り、鉄と木で組み上げられた重い扉を開けた。

おひとりですか、

と右側から突然に話しかけられて、雪野はものすごい勢いで驚いてしまう。あまりにも手持ち無沙汰だったので、おかわりしたソルティドッグのグラスの縁の塩粒を数えているところだったのだ。鼻先がグラスに触れるくらいに顔を近づけて、百二十九、と口の中で呟《つぶや》いた直後だった。

「あ、すみません。大丈夫ですか？」

余程驚きすぎたのだろう、声の主が慌てて謝る。

「え、いいえ……あ、はい。一人で来ています」

雪野も慌てて答える。すこし遅れて顔が熱くなっていく。それを見て、右側の男はにっこりと笑う。

「よかった。声をかけてもいいのかちょっと迷ったんです。いきなりすみません、俺も一人なんで」

なにが起きているのか未《いま》だに要領を得ず、雪野は曖昧《あいまい》に頷《うなず》く。二つ空席を挟んだ場所にいつの間にか座っていた男をじっと見る。濃い色のシャツに、うっすらと光沢のあるジャケットを着ている。ネクタイは締めていない。耳が隠れるくらいの長めの髪を後ろに流していて、バランスの良い肩幅をしている。雪野よりすこし年上だろうか、手入れの良い洋犬のような男だ。

「ここへはよく来るんですか？」洋犬男がグラスを持ち上げて訊《き》く。

「いえ……そんなには」

「静かで良い店でしょ？　会社が近くなんで、俺は仕事帰りに時々来るんです」

「……じゃあ、今日も」

「そう」

これをナンパだって思うのはきっと自意識過剰なんだろうな。そう考えながら雪野はためらいがちに話す。バーだし、夜だし、こういうのって普通なんだろう。そもそも私は誰かと話したくて外出したんだから。

「……遅くまでお仕事なんですね」

「そう。この近くの出版社でして。ほら、四《よ》ツ四《よん》の角の、コンビニの横のビル。一階がレストランで……まあ知りませんよね」

雪野はあやふやに笑う。知らない。

「あなたは？」と訊かれる。

「ええと、会社は、このへんじゃないんです。家が近くで」

「だと思いました」

「え？」

「軽装でらっしゃるので。会社帰りって感じじゃないですよね」

洋犬男は雪野の服を遠慮がちに見ながらそう言う。散らかった部屋を見透かされたような心持ちがして、雪野は急に恥ずかしくなる。また顔が赤くなる。

「なんかいいっすよね」と、急に砕けた口調になって洋犬男が明るく言う。

「え？」

「なんか素敵ですよね、夜中に一人でふらっと飲みに来るなんて。そういうの、自然にできる女性ってあんまいないでしょ？」

そう言って、とても感じの良い笑顔を見せる。誰も見ていない善行を担任教師に褒められた時のような、くすぐったい喜びを雪野は感じる。

「サイトウです。あなたは」

「あ、雪野です」

「ユキノさん？　名字ですか、お名前ですか？」

「よく言われます。名字なんです」笑って答えてから、雪野は思い出したようにソルティドッグを口にする。ざらり、と塩の粒が唇をこする。

「つまり、一人で散歩してる時に浮気相手にばったり会っちゃって、そこに旦那《だんな》も現れて、慌てて浮気相手が立ち去ったってこと？　それって三角関係じゃないですか。しかも相手は兄弟なわけでしょ。もう修羅場っすね」
「うーん、修羅場っていうか、もっと静かで複雑な心の動きなんだったと思うけど」
　雪野はそう言って苦笑する。洋犬男に休日はなにやってるんですか、と訊かれ、公園で本を読んだり、と答えると、今読んでいる本を訊かれた。『額田女王』と答えると、洋犬男は額田女王という歴史上の存在を知らなかった。本当に出版社勤務なの？という言葉を飲み込み、ほら、
　あかねさす　紫野行き　しめ野行き　野守は見ずや　君が袖《そで》振る
　これって教科書でやったでしょと言うと、ああ、聞いたことあるかもと答える。あれって男の歌だと思ってた。女ですよ！　と思わず乗り出すように訂正すると、男は楽しそうに笑った。
「それで、大海人皇子《おおあまのみこ》とも天智天皇とも別れたあと、彼女は一人で寂しい気持ちを抱えて草原を歩くんです。そこは白い花がちりばめられた紫野で、しめ野です。しめ野っていうのは、一般の人は立ち入れない野原です」

「ふうん」洋犬男はウィスキーを飲みながら面白そうに頷く。雪野もカクテルを飲んで喉《のど》を湿らせる。あれ、なんのお酒で何杯目だっけとふと思う。久しぶりにちょっと酔ってるかも。ちょっと酔っていて、自分の好きなことを誰かに話すのがとても楽しいかも。

「そこでふいに、彼女の唇に言葉が、すごく自然に昇ってくるんです。——紫野行き、しめ野行き」

「まんまっすね」

「まあ、まんまですけど」雪野も笑う。

「その日の晩に、大きな宴会が催されます。お酒を飲んでご馳走《ちそう》を食べながら、天智天皇の前で一人ずつ、その日の歌を詠むんです。ランダムで指名されるから、みんな自分がいつ指名されるのかドキドキしてます。そんな中、彼女だけ一人落ちついています。作ろうと思えば、彼女はどの瞬間にでも何首でもたちどころに産み出すことができるんです」

「才女でしたもんね」

「そうです。今でいう才能っていうよりは、もっと巫女《みこ》的な、彼女の中になにかが入ってくる、という感じだったのかもしれませんけど」

「ユキノさんもちょっと巫女っぽいですよね。ご実家、神社だったりして」

「まさか！　普通の会社員ですよ。それでね、彼女の頭に枕詞《まくらことば》がふわっと浮かぶんです。あかねさす　紫野行き　しめ野行き。ここまでで上の句ができたでしょ」

「ふうん。……ねえ、そういえば、ユキノさんにはそういう経験ってありますか？」

「え？」

「ほら、修羅場みたいな経験」

あ、浮気の話か、と雪野はゆっくりと気づく。歌の話は退屈だったのかも、と申し訳なくなる。

「いえ、私はあんまり……ていうか、全然ないです、そういうのは。ええと」

洋犬男の名前を言おうとする。なんだっけ、サトウだっけカトウだっけワタナベだっけ。

「あなたは？」と誤魔化す。洋犬男は楽しそうに笑う。

「あー、ユキノさん俺の名前忘れたでしょう？」

「え、いえ、あの……すみません」

「はは、気にしないで。平凡な名前だからみんな忘れるんです。サトウだっけカトウだっけとか言って」

サイトウですよ、と笑いながら酒を飲む男の姿を見て、雪野は安心する。

「あー、なんか楽しいっすね」と男が言う。

「え、本当ですか？」

「楽しいです、久しぶりに。ユキノさんは？」

「はい、私も」

そう答えて、グラスに残っていたもはや種類も定かではないカクテルを飲み干す。マスター、彼女になにかフローズンカクテルでも、と言う洋犬男の声を、まるで放課後の部室にいるような心置きなく開放的な気分で、雪野は聞いている。


場所を変えてもうちょっと飲みましょうということになり、このあたりにはあまり店がないからとタクシーに乗った。窓の外を流れる青山《あおやま》通りの灯《あか》りを眺めながら、人間関係ってこういうふうに始まるんだなと、雪野はアルコールでぼんやりと霞《かす》んだ頭で思う。学校や職場での出会いというわけではなく、誰かに紹介してもらうというのでもなく、世の中の自立した大人はこんなふうに、一人で行動して自然に誰かと出会うのだ。そしてごく自然に、自分の世界を広げていくのだ。今まで知らなかった世の理《ことわり》に、雪野はようやく触れたような気がする。ようやく大人になれたような気さえする。

シャッターの閉まった渋谷駅を通り過ぎたあたりでタクシーを降り、二人で並んでしばらく歩いた。夏の湿った空気も、酔って火照った肌には心地好《よ》かった。右手の甲が、何度か洋犬男の腕にあたった。ずっと昔にも、こんなふうに誰かと並んで夜の渋谷を歩いたことがあるような気がした。

ふいに、手を握られた。予感はあったのでさほどうろたえはしなかったが、立ち止まるといつの間にか道玄坂《どうげんざか》のホテル街にいたことにはすこし驚いた。誰かと一緒に眠る時の、あの健やかな心地好さがちらりと胸をよぎった。すこし休みませんかと洋犬男が言い、こういう時の台詞《せりふ》ってドラマや漫画のまんまなんだなとおかしくなり、雪野はくすりと笑う。その笑顔を返答と捉《とら》えたのか、洋犬男が片手を雪野の肩に回し、優しくホテルの入り口に押し入れようとする。雪野は押されるままに歩き出す。曇りガラスの自動ドアが開き、クーラーの冷気がふわりと顔にかかり、雪野は自然にうつむく。その時、洋犬男の靴が初めて目にとまる。先が尖《とが》ってぬらりとした光沢のある、ワニ革だかヘビ革だかの爬虫類《はちゆうるい》柄の靴。弾《はじ》けるように唐突に、雪野はあの少年の靴を思い出す。アルコールの霧を吹き飛ばすように鮮烈に明晰《めいせき》に、少年のいつも履いていたボロボロの靴が目の前で像を結ぶ。学生靴のローファーでもなくスニーカーでもなくドレスシューズでもない。あの靴は彼の手作りなんだと突然に気づく。

「……どうしたの？」

急に立ち止まった雪野に、洋犬男が不審げに声をかける。どうしたの？　私はいったいどうしたの？

「あの……。ごめんなさい、私」

洋犬男は黙ったまま雪野をじっと見つめる。無人のロビーは静まりかえっている。男の呆《あき》れたような気配が伝わってくると同時に、はあー、と大きな溜息《ためいき》が聞こえる。

「……本当に、ほんとうにほんとうに、ごめんなさい！」

そう言って雪野はホテルから駆け出す。坂を駆けおり、空車のタクシーに乗り込み、千駄ヶ谷までと告げる。タクシーが走り出したとたん、自分がものすごく酔っていることに気づく。視界はぐるぐると回り、加速や減速のたびに吐き気が迫《せ》り上がってくる。タクシーが明治《めいじ》公園にさしかかったあたりで耐えきれなくなる。ごめんなさい、停めて、ドアを開けてください。そう言って車から飛び出し、植え込みに顔を突っ込むようにして激しく吐く。両膝《りょうひざ》と両手を泥で汚し、壊れたように全身を震わせ続ける。背中でオレンジ色のハザードランプが点滅するたびに、じわじわと責め立てられるような気分が募っていく。お前はだめだ、お前はだめだ、お前はだめだ、お前はだめだ。

ランプがそう告げている。胃が空になっても、雪野は涙と唾液《だえき》を吐き続ける。

＊　＊　＊

目覚ましが鳴っている。

目を開く前から、今日も雨は降らないことを雪野は知っている。そんなに簡単に、救いは降ってきたりしない。

猛烈な頭痛を無視しながら、洗面所で顔を洗う。なにかに慎重に蓋《ふた》をするような心持ちで、顔に化粧水を付け、乳液を塗る。

ボートのようなソファに座り、ファンデーションケースを手に取る。指に力が入らずケースを落としてしまう。それは小さな音を立てて床で一度バウンドする。自動的に身をかがめ、拾い、ケースを開ける。ファンデーションは粉々に割れている。雪野はその破片をじっと見つめる。あ、割れちゃった、と、すこし遅れて気づく。目に入った光が脳に届くまで、いつもより時間がかかるような気がする。なんの前触れもなく鼻の奥がつんとして涙が溢《あふ》れそうになる。雪野は驚いて、涙を押し戻すように指でまぶたを押さえる。全然悲しくなんかないのに、私はなぜ泣くんだろうと不思議に思う。

あしたてんきになーれ。

そう小さく呟《つぶや》いて、右足を蹴《け》り上げてパンプスを放った。パンプスは東屋《あずまや》のタイルの上を転がって、ことん、と、まるで小さな生き物が息絶えるようにして、タイルの端で横向きに倒れた。ということは明日《あした》は曇りだ。ふーん、と思いながら雪野は缶ビールのプルタブを開け、ごくごくごくと一気に三分の一ほど飲む。飲みながら、今日も何千匹もの蟬が鳴いていることに今さらに気づく。本当はアルコール持ち込み禁止のこの有料公園で、こんなふうにビールを飲むのは考えてみればずいぶん久しぶりだ。あの少年に会うようになってしばらくしてから、持ち込むものはテイクアウトのコーヒーにしていたのだ。でもまあいいや。どうせ人間なんて、みんなどこかおかしいのだ。

八月の光に溢れた朝の庭園を、雪野は一人で眺める。

あかねさす、光の庭の——

ふと言葉が浮かぶ。あとの下半分は作ろうと思えばすぐにでも幾通りにでも作ることができた——そう額田女王は言った。当たり前だけど私にはとても無理だ。あの光の庭の先になにがあるのか、なにがあったのか、あり得たのか、私にはなにも見えない。

二十七歳の私は、十五歳の頃の私よりすこしも賢くない。

ますます日差しは眩《まぶ》しく影は濃くなっていく庭園を眺めながら、雪野は誰かから採点されるような心持ちで、そう思う。

引用：井上靖『額田女王』（新潮文庫）

あかねさす　紫野《むらさきの》行《ゆ》き　標野《しめの》行《ゆ》き　野守《のもり》は見ずや　君が袖《そで》振る　（万葉集一・二〇）

訳：あかね色の　紫草の生える野を行き　標野を行ったり来たりして　野の番人が見るではありませんか
あなたが袖をお振りになるのを

状況：天智七年（六六八）五月五日に、天智天皇が近江《おうみ》の蒲生野《がもうの》で狩を行った時に、額田王が作った歌。天智天皇の弟大海人皇子が次の歌で答えており、「君」とは大海人皇子を指す。「紫草」は、初夏に白い花を咲かせ、根が紫色の染料となる植物。蒲生野でも栽培されていた。「標野」とは、「紫野」の言いかえで、立入禁止のしるしを張った野のこと。「袖」を「振る」のは、愛情表現。

第六話

ベランダで吸う煙草、バスに乗る彼女の背中、
今からできることがあるとしたら。——伊藤宗一郎

「呼び出された理由は、分かってんだろうな？」

俺はそう言って、隣に立たせた秋月孝雄の顔を睨《にら》みつけた。それなりに殊勝そうに見える様子で目を伏せたまま、はい、と短く秋月は答える。それに続く返答がないことを確かめ、俺はなるべく低く不機嫌に声を出す。

「はい、じゃ分かんねえよ。心当たりを具体的に言ってみろ」

「……このところ、遅刻が多かったんだと思います」

「……なんだと？」

「え？」

「思います、じゃねえよ！　お前今月だけで遅刻何度目だ？」

突然の俺の大声に、向かいの席の女性教師が驚いてこちらを見る。職員室に呼び出されてドスの効いた声で怒鳴りつけられる、これだけで気の弱い生徒ならば涙ぐむところだが、しかし当の秋月は無表情なままだ。切れ長の目元に短く刈った髪が利発そうで、口数の少なさもあって妙に大人びた印象を受ける生徒だ。要するに可愛げがない。俺はことさらに声を荒らげる。

「お前高校舐《な》めてんじゃねえのか？　義務教育じゃねえんだぞ！　こんな調子でも進級や卒業ができるとか思ってんじゃねえだろうな。ええ？」

なにか言い返すかと期待して待つが、秋月はただ黙って下を向いたままだ。謝るでもなく、言い訳をするでもなく逆ギレするでもない。意外にやっかいなタイプだなと思うと同時に、なにかが頭にひっかかっていることに俺は気づく。秋月に関することで、なにかを忘れているような気がする。なにか不快なことを、俺は忘れている。――なんだ？　思い出せず、俺は無性に煙草が吸いたくなってくる。

きーんこーんかーんこーん。昼休みの終わりを告げる予鈴が、妙に気の抜けた空気とともにスピーカーから差し込まれる。

「……もういい。行け。これが続けば親を呼ぶからな」

ホッとした様子を見せるでもなく、ただ秋月は深く一礼して職員室から出て行く。

結局、秋月に関するなにかは思い出せなかった。まあいい。思い出せないのならば気のせいか、あるいは重要なことではないのだろう。

「伊藤先生、こわーい」

体育教官室に持っていく資料をかき集めている俺に、向かいの席の英語教師がからかうように言う。

「遅刻の理由くらい訊《き》いてあげたら?」

俺よりひとまわり以上は年長の女教師の、しわの寄った優しげな目尻《めじり》をちらりと見る。いつでも生徒の目線に立ち彼らを自立した大人として扱う彼女は、当然のことながら子供からはすこぶる人気者だ。あんたとは役割が違うんです、と俺は胸の中で独りごちる。

「秋月くんは確かに遅刻が目立つけど、それ以外は問題のない良い子じゃない。それにあの子の家ってたしか……」

「母子家庭です。でもそんな子は他にもいるし、遅刻の言い訳にはなりません。それに遅刻の理由もどうでもいいんです。一年のいま重要なのは、とにかくルールはルールだと叩《たた》き込むことだと思います」

なにか言おうとする彼女に先回りするように、書類を抱えて俺は椅子から立ち上がる。

「すみません、次の授業、テニスなんです」

「あら、いつの間にか雨がやんだのね」女教師は窓の外を見ながらそう言って、苦笑を浮かべて手をひらひらと振る。

「いってらっしゃい。どっかで時間見つけてご飯食べなさいね」

俺が書類の準備と秋月への説教で昼飯を喰《く》えなかったことを、ちゃんと彼女は見ていたのだ。さすがベテラン、なんだかんだで目ざといなと俺はすこし感心する。

職員室を出て、走り出したいのをこらえて早足で廊下を歩く。次の授業まであと五分、教官室に寄って体育科主任に書類を渡し、そこからプール裏のテニスコートまで行かなければならない。ギリギリだ。廊下はそれぞれの教室に戻ろうとしている生徒たちで溢《あふ》れているが、俺の姿を目にした者はたいていがびくつくように道を空ける。ときおり声をかけてくるのは、いわゆるヤンキーめいたガキどもだけだ。

「センセー昨日のサッカー見たー？」

見てねえよ、早く教室入れ！　かつて担任をしたことのある就職組の三年男子に返事をしながら、せめて一本煙草が吸いたかったな、と苛々《いらいら》と思う。

一年生を相手に五限のテニスの授業を終え、六限は三年生クラスの陸上競技だった。同僚の女性体育教師が急な体調不良で休んだため、今日は男女ともに俺が面倒を見なければならない。女子への連絡に十分間の休み時間をつぶされ、結局まだ煙草は吸えていない。

走り高跳びの記録をとる日である。男子用と女子用にマットとバーを二つ並べ、俺は男女交互に走らせて記録をつけていく。先ほどの山猿の群れのような一年男子たちに比べると、三年生の体育の授業には慣れと倦怠《けんたい》の空気が漂っている。まあ気持ちは分かる。特にこいつらは進学クラスなのでもはや体育は息抜きのようなものだし、そのうえ男女合同ともなるとどうしても浮かれた雰囲気になるのは避けようがない。順番待ちの列では何人かの生徒たちが嬉《うれ》しそうに、それでも律儀に声を潜めて囁《ささや》きあっている。

——うっそ、あんたパンケーキ食べたことないの？　いや、だからホットケーキとどう違うんだよ？　じゃあ今日みんなで行かない？　南口の、ほら、コンビニの横の。

そんな会話が断片的に聞こえてくる。十代特有の、異性の一言ひとことが輝くような未知だった時代のあの気持ちの昂《たか》ぶりを、俺はちらりと思い出す。朝から受験対策の詰め込み授業を五つもこなした後で、ラストのこの体育はこいつらにとって楽しい時間だろう。そう考えながら、俺はなんの前触れもなく思いきり足元のバケツを蹴《け》りつける。

ガシャァアァン！

バケツはグラウンドローラーに激突し、暴力的な金属音が校庭に響く。生徒たちは驚いて目を見開いている。無言のままの俺を見るその表情には、困惑からしだいに恐れの色が浮かんでくる。

「授業中に私語をするな。杉村と米田、それから中島と菊地、グランド五周」

俺は表情のない声を作ってそう簡単に告げる。指名した生徒は、私語をしていた生徒たちから適当にピックアップした男女四人だ。他にも喋《しゃべ》っていた生徒は大勢いたが、こういう場合は処罰がフェアである必要はない。要は集団に効けばいいのだ。

「早くいけ!」

ぐずぐずと互いの顔をうかがっているそいつらを怒鳴りつけると、弾《はじ》かれたように四人とも走り出した。俺はなにごともなかったように記録を再開させる。授業が終わるまで、口を開く生徒はもう誰もいなかった。


俺がようやく煙草を吸えたのと、秋月のなにかを思い出したのはほとんど同時だった。六限の後にようやく遅い昼食を食べながら一学年分の生活習慣アンケートをまとめ、顧問をやっているバスケ部を二時間指導し、それから職員室に戻って月末に迫った校外学習の実施計画を組み立て、これで今日はやっと帰れる、とぐったりと疲れ切って職員玄関の壁に寄りかかり、周囲に人目のないことを確かめつつ背中を丸めて煙草をくわえ、肺にためた煙を溜息《ためいき》のように吐き出した時だ。

——そうだ、昨日の夢に出てきた生徒だ。

紫色の空に浮かぶ、切れ込みのような細い月を見上げながら、そう思い出したのだ。

そうだ。あれは実にイヤな夢だった。舞台は放課後の生徒指導室で、そこには三人がいた。俺と、百香里《ゆかり》の母親と、一人の男子生徒。夢を見ている最中は気づかなかったが、いま思えばその男子生徒が秋月孝雄だった。実際には会ったこともない百香里の母親と、おそらくは全生徒の象徴として登場した秋月に向かって、俺は必死に百香里が学校を辞めることになった事情を説明していたのだ。

「でも、あなたと百香里は本当は付き合っていたんでしょう？」と母親が言い、「先生たちはずっと俺たちに嘘をついてたんですか」と秋月が言う。俺は頭を机にこすりつけるようにして、脂汗を流しながら必死に言葉を探す。

「ご両親にはたいへん申し訳ありませんでした。でも私たちの付き合いは真剣でした。百香里さんの……その、ご病気はたしかに学校側にも原因があったと思います」

「病気？　あなた、百香里が病気だって言うんですか？」

「先生たちこっそり付き合ってたんですよね？　好きな人を守ることが男の役割じゃないんですか？」

「百香里が病気だから、あなたは百香里を捨てたんですか」

「伊藤先生の言うことなんて、もう誰も信じませんよ」

——端的に、悪夢だった。

俺は首を振りながら携帯灰皿に吸い殻を押しこみ、教員用の駐車場に向かって歩いた。フルフェイスのヘルメットをかぶろうとしたところで、今日はこれから酒を飲むんだったと思い出す。バイクは学校に置いていかなければ。校門を出て、歩いて地下鉄の駅に向かう。生徒の姿こそもうないが、黙々と駅に向かう帰宅の人波と、大気に充満した梅雨時のまとわりつくような湿気がひたすらに不快だった。


秋月孝雄は、この四月から俺が担任となった新入生クラスの中の、さして目立たない生徒の一人だ。両親の離婚で数年前から母子家庭であることと、午前中の遅刻癖を除けば、ごく平凡な十五歳である。成績は中の上、制服を着崩すこともなく、クラスで孤立している様子もない。部活動にはたしか所属していなかった。帰宅部の生徒は素行に問題が出る場合も少なくないが、秋月の場合は家庭の事情からアルバイトで忙しかったはずだ。体育の授業でも協調性は申し分ないし、教科の先生たちの話では授業は聞いていたり寝ていたりいろいろだが、私語をするようなことはないそうだ。印象としてはそれほど強い生徒ではない。俺としてはノーマークでも構わない生徒で、遅刻の回数も実はまだそれほど目くじらを立てるほどでもないのだが、今日になって呼び出したのは一度強めに釘《くぎ》を刺しておけば安心だろうという程度の気持ちだった。

だからこそ、なぜこいつが百香里についての夢に出てきたのだろうと俺は疑問に思うのだ。百香里は俺のクラスは担当していなかったから、秋月との接点もほとんど皆無だろう。

新宿駅で総武線に乗り換えたあたりで、また雨が降り始めた。窓ガラスにはあっという間にいくつもの水滴が張りつく。一粒ひとつぶの内部に街灯《あか》りを宿した水滴をぼんやりと眺めながら、そうか、と俺は気づく。なんとなく、秋月は百香里と雰囲気が似ているのだ。水に落とした油のように、二人とも周囲に馴染《なじ》んでしまうということがない。ぱっと見が目立つという意味ではないのだ。友人もいるし笑いもする、その場の空気を乱すこともない。でもよく見ると分かる。年に何百人もの生徒たちを見ていると、そういう人間の見分けがつくようになる。百香里も秋月も、自分の中に決して他人には明け渡さない特別な領域を密《ひそ》かに抱え込んでいるのだ。それが他人にとって価値のある場合もあるし、誰にとっても意味のないガラクタである場合もある。そこまでは俺には分からないし関係もない。だがとにかくあいつらは本当は、決定的にどこまでも周囲から浮いているのだ。

だから、俺は実は秋月のことがどこか苦手なのだ。あらためて、俺はそう知る。そして同じ理由で、百香里にはどうしようもなく強く惹《ひ》かれてしまったのだ。

――あいつらが揃って夢に出てきたのも当然か。雨を眺めながら、いつまでも晴れない気持ちで俺は思った。


「宗一郎《そういちろう》ってさ、なんか会うたびに人相悪くなってくよね」

缶ビールで乾杯した直後にそう言われ、俺はむっとするよりもすこし傷つき、そのことに自分で驚いてしまう。

「ただでさえ体が大きくて威圧的なのに、それじゃ生徒が逃げてくでしょ」

俺はビールを飲み込み、なんと返すべきか考え、言う。

「菜都美《なつみ》ってさ、なんか会うたびに口が悪くなってくよな」

俺の会心の反撃を綺麗《きれい》に無視して、菜都美はビール缶越しに俺をまっすぐに見る。

「仕事きついんでしょ？　高校生なんて口出すだけ反発する生き物なんだから、適当にあしらえばいいいんだよ」

こんなふうにストレートに心配されるとどう返して良いか分からず、俺は唐揚げを口に入れながら曖昧《あいまい》に返事をする。菜都美は胸まである長い黒髪を片手で押さえながらテーブルに身を乗り出し、くらげのサラダをプラ容器から皿に取り分けている。白いサマーセーターを優しく持ち上げている胸のふくらみがちらちらと目に入り、それがなんとなく気詰まりで俺は天井を見上げ、それから首を回すふりをしてぐるりと菜都美の部屋を見回した。初めて来た部屋だが、記憶の中にある彼女の昔のアパートと間取りも雰囲気もよく似ている。四畳ほどのリビングは物で溢《あふ》れているが、不潔な印象はない。雑然さがそのまま居心地の良さにつながっているような部屋で、それは菜都美自身の印象と同じだ。壁際にはいくつもカラーボックスが並び、文庫本やら大型のハードカバーやらCDやら化粧品やら帽子やら楽器やらが、無秩序に詰め込まれている。見覚えのあるものが三分の一、ないものが三分の二。中にはどう考えてもこいつの趣味じゃないもの——たとえばゲームソフトとか青年誌とか焼酎《しょうちゅう》の瓶なんかも交じっていて、こいつにもそれなりにいろいろとあったんだろうなと、かすかに嫉妬《しっと》めいた感情を覚えつつ俺は思う。七年が経過するというのはこういうことなのかと考えながら、なんだか苦みを増したようなビールを一口する。

菜都美とは、俺が前職の不動産会社に勤めていた時に出会い、二年ほど付き合っていた。

俺は最初から体育教師になることを目指していて、不動産会社は東京都の教員採用試験に受かるまでの腰掛けのつもりだった。マンション営業のばかみたいに厳しいノルマを全くこなせず、それでも心身を病むことなくなんとか乗り切れたのも、教師になりたいという目標があったからだと俺は思っている。実際あの頃はマンションの全く売れなかった時代だった。「タダ飯食ってんじゃねえぞ。売れなきゃ自分で買え、この能なしが！」という上司からの罵声《ばせい》を常に浴びながらの営業の毎日で、体や気持ちを壊して退職していく同僚は後を絶たなかった。そんな中で、同期の菜都美は俺と並んで営業成績は最低のくせにそれを一向に気に病むふうでもなく、どんな時でも常に笑顔を見せているような女だった。しかもそれが他者へ向けた笑みではなく、ただ私が楽しいだけなんだけどというような笑顔なのだ。どこかとらえどころのない女で、しかし殺伐とした職場にあって菜都美の笑顔は俺には砂漠の泉のように見えた。会社の愚痴を肴《さかな》に飲むうちに親しくなり、お互いに告白もないままに気づけば付き合っていた。二人とも外出して体を動かすことが好きだったので、休日にはツーリングやキャンプや旅行に出かけ、平日に浴びまくった理不尽を発散した。俺たちはまだ二十代で、結婚も家庭も老いも病気もまだ遠く、自分の本当に生きるべき場所はいつでもすこしだけ先にあり、だからあらゆる責任からは自由だった。しあわせな時代だったと、いま思えば言えるかもしれない。三年後に俺が教員採用試験に合格し、ほとんど同じタイミングで菜都美がキューバに留学を決め（どこでも良かったがキューバが一番安かったそうだ）、俺たちはなんの葛藤《かっとう》もなく当然のように別れを決めた。寂しさよりも、お互いに新しい場所への期待のほうが遥《はる》かに大きかった。

菜都美から数年ぶりに連絡があったのは四ヵ月ほど前だ。俺は体育教師になって既に八年目、一度転勤も経験し、二つ目の高校で三十二歳になっていた。宗一郎、元気にしてる？　久しぶりに飲もうよ。ＳＮＳで唐突にあっけらかんとしたメッセージが来て、俺はその頃はプライベートも巻きこんだ仕事上のどうしようもないトラブルに見舞われていた時期だったから、すこしでも気晴らしができるならと一も二もなく誘いに乗った。

西荻窪《にしおぎくぼ》の居酒屋で久しぶりに再会した菜都美は、すこし肌が灼《や》けたような気がするくらいで変わらずに笑顔で飄々《ひょうひょう》としていた。ようやくキューバから戻ってきたのかと思っていたら、帰国は五年も前で今は携帯ゲームの会社に就職しているという。鬱屈《うっくつ》とは無縁の彼女と飲むのは純粋に楽しく、焼け棒杭《ぼっくい》に火というわけでは決してないのだが、以来月に一度ほどの頻度で会う気楽な飲み友達となっている。

そして今日もいつもの居酒屋で三週間ぶりに待ち合わせていたのだが、店がたまたまいっぱいで入れず、じゃあ近所の私の部屋で飲もうよということになり、酒屋と惣《そう》菜《ざい》屋で食料を買い込んで数年ぶりに菜都美の部屋に上がり込んでいるというわけなのだ。


百香里からの着信履歴に気づいたのは、買ってきた惣菜と缶ビールをひととおり消化し、菜都美の部屋にあった赤ワインに切り替えたあたりだった。何気なく携帯を開いたら、二時間前に着信が一件残っていた。一週間ほど前に「俺から電話するよ」と言い残していたことをそういえば思い出す。仕事に追われてつい忘れていた。平日は授業以外にも校務分掌という学校運営そのものに関わる雑務が大量にあるし、週末は部活だの大会だの行事だののでほとんど潰《つぶ》れてしまう。不動産営業時代よりも、今のほうがよほど忙しいのだ。

「なにー、彼女お？」

酒で赤い顔をした菜都美がニヤニヤしながら俺を指さす。俺はまだほとんど素面《しらふ》だ。缶ビール程度では何本飲んだところで、俺は酔いたくても酔えない。

「ちげーよ。新学期前に別れたって前言っただろ」

　ふうん、とつまらなさそうな声を出した後、あくび混じりに立ち上がりながら菜都美は言う。

「……ぼちぼちコーヒー淹《い》れようかな。宗一郎、煙草吸うならベランダだからね」

　菜都美の部屋も遂に禁煙になったのか。台所に向かう背中を見送ってから、俺はなんとなく押し出されるようにしてベランダに出た。エアコンの室外機だけで面積の半分が占有されている、申し訳程度の狭いスペースである。コンクリートの湿り気に、さっきまでの雨がいつの間にかやんでいることに気づく。降ったりやんだり忙しいことだなと思いながら、煙草に火を付けて深く煙を吸う。ふと脇を見ると、室外機の上に小さな鉢植えとピンク色の水差しがちょこんと乗っている。ふいに、誰に対しても不誠実なことをしているような気がして、そんなことはないと俺は頭を振る。百香里とは既に別れているし、菜都美は腐れ縁のただの友人だ。それに、退職手続きの進《しん》捗《ちょく》は彼女にとっても気になるところだろう。元カレとしてというより、同僚として俺は電話をするのだ。携帯のアドレス帳から「雪野百香里」を選び、俺はコールボタンを押した。

二年前に雪野百香里が赴任してきた初日の光景を、俺は今でもよく覚えている。

「国語教師として着任いたしました、雪野百香里と申します。国分寺《こくぶんじ》で三年勤めさせていただき、こちらで二校目のまだ若輩者です。先輩の先生方からたくさん学ばせていただいて、生徒たちとともに成長していきたいと存じます」

この人作りものみたいだな、と最初に思った。ミディアムロングの黒髪と紺のスーツという無個性な格好が、逆にスタイルの良さをこれでもかと強調していた。俺の片手にすっぽりと収まりそうなくらい小さな顔、真っ白な肌に潤んだような大きな瞳《ひとみ》、肩も腰も脚も細く、それが胸の大きさを否応《いやおう》なく目立たせている。緊張で震えた声は中学生のように甘い。なんというか——ラブドールっていうのか、ダッチワイフみたいだ。我ながら酷い連想だと思いつつ、その姿を眺めていると一層にその思いが強くなる。ネットかなにかで見たことのある、意志を剝奪《はくだつ》され、男の歪《ゆが》んだ理想だけを形にしたような美しい器。こりゃまずいんじゃねえか。絶対に生徒に舐《な》められる。あるいは男子生徒が惑わされる。

しかしそのような俺の懸念に反して、百香里は誰からも好かれる、実に理想的な教師だった。どんな時にも笑顔で一生懸命で、決して器用なタイプではないのだが、その生真面目さと謙虚さは自然に人を惹《ひ》きつけた。授業の評判も良かった。単なる文科省からのノルマ消化になりがちな公立高校カリキュラムの中で、百香里は自分の教科を愛しているように見えた。自分が思春期にいかに小説や古典の世界に救われてきたかを生徒に語り、そういう体験と情熱に裏付けられた丁寧な授業は、生徒たちの共感を得た。百香里が国語を担当したクラスは、例外なく平均点が上がった。男子生徒からはもちろんモテたが、漏れ伝わってくる話によれば相手をあまり傷つけずに上手にかわす方法をそれなりに心得ているようだった。

なんのことはない、百香里は俺などよりもよほど教師に向いている人間だったのだ。まあ結構なことだ。校内で生徒に囲まれた百香里を見かけるたび、俺は素直にそう思った。新任教師のせいで問題が起きるよりもずっと良かった。

逆に、百香里の俺に対する印象は最悪だったそうだ。

「ヤクザみたいな先生がいるなって、すごくびっくりしたんですよ」

しばらく後に親しくなってから、冗談めかした調子で百香里に言われた言葉だ。

俺としては苦笑するしかなかった。廊下や校庭で生徒を怒鳴りつける姿を何度も目撃されているのは分かっていたし、そもそも俺は、生徒に対して声を張り上げるのは周囲の視線がある中でと決めていた。若くて美人でいかにも人気者の新任教師にそのように思われたところで、だから痛くも痒《かゆ》くもなかった。逆に、その頃にわかに巻き起こっていた独身男性教員たちによる百香里をめぐる獲得レースのようなものから距離をおきたかった俺としては、彼女に嫌われるのは好都合なくらいだった。

俺たちが近づくきっかけとなったのは九月、文化祭だの修学旅行だの三者面談だのがひととおり終わって、それらをひとまとめにした教員同士の打ち上げの酒席でだった。チェーンの安居酒屋の大部屋で、総勢三十名以上の面々がすっかり酔っ払った、宴もたけなわの頃だ。末席でまずい酒をすすっていた俺に、突然教頭の甲高い声がかかった。

「おーい、伊藤先生ちょっと」

同僚たちの背中と壁の隙間を縫うようにして上座に辿《たど》り着くと、酒ですっかり相好を崩した教頭の横に百香里が座っていた。

「いやね、うちの教員の中で誰が一番酒豪かと話しててさ、ぼくは今までの観察からまずは伊藤先生に間違いないと思っていたんだが、この雪野先生がね。いくら飲んでも顔色一つ変えないいんだよ」

痩《や》せ形《がた》のくせに二重あごで、ネクタイをだらしなく緩めた教頭が、百香里を見ながら嬉《うれ》しそうに喋《しゃべ》る。百香里はといえば、困ったような顔で俺を見上げている。

「それでね、ならば我が校の真の酒豪をここで見極めたいと思ってね。ねえ雪野先生」

「いえ、私、そんなつもりでは……。ほら、伊藤先生にもご迷惑でしょうし、教頭先生そろそろ……」

必死にとりなすように百香里は言う。ほとんど涙目になって、気の毒なくらい慌てている。周囲の教員を見回すと、皆聞こえぬかのように別々の話に興じるふりをしている。俺は軽く溜息《ためいき》をつく。粘着質な上司である教頭は酒を飲むと格段にしつこくなり、しかも簡単に酔っ払うくせにいつまでも酔いつぶれることもなく、延々と周囲に絡み続けるのだ。百香里はそのことを知らずに逃げ遅れたのだろう。周囲の誰かが助けるべきだったのだ。

「分かりました」と、教頭に向かって俺は答えた。教頭がはしゃぎ声を上げる。ほとんどの同僚からは嫌われている上司だが、経営者然とした合理的な冷たさもあるこの教頭のことを俺は嫌いではなかった。困惑した様子の百香里に向かって俺は訊《き》く。

「雪野先生のお好みの酒は」

「え……好きなのは日本酒ですけど、でも」

「じゃあ日本酒でいきましょう。すみません、冷やを四合とコップを二つ」有無を言わさず、テーブルの上のボタンを押して俺は注文を入れた。

大きな四合徳利《とっくり》に入った酒が届き、俺は二つのコップに一合ずつ注ぎ、一つを百香里に渡す。いつの間にか周囲の教員たちも、興味と心配の入り交じった空気でこちらを見ている。不安そうな百香里の表情を無視し、「じゃ、乾杯」と言ってかちんとコップを合わせた。

覚悟を決めたように、百香里がコップに口をつける。俺はその姿をちらりと確認してから、一息でコップの中身をすべて胃に流し込んだ。視界の隅に、教員たちの驚く様子が映る。続けてもう一合を自分でコップに注いで飲み干し、立て続けに残りの一合をまた飲み干す。百香里がコップ半分も空けないうちに、俺は三合を腹に収めてしまった。

周囲から沸きたつような拍手と喝采《かっさい》が上がった。教頭が最も興奮した様子で思いきり手を打ち鳴らしている。なにが起こったのかと驚いた様子の百香里と目が合う。その小さな顔からゆっくりと緊張が溶けだしていき、そして優しげな笑みになる。

――まるで花が咲くみたいだ。うっすらと酔いを自覚しはじめた頭の芯《しん》で、俺は初めて素直に百香里を美しいと思った。

「——じゃあ、退職手続きは夏休み明けに。上には俺から伝えとくよ」

そう百香里に伝えて、俺はベランダでの電話を終えた。伝えるべきことを伝えて、すこしだけホッとしている。

年が明けた三学期頃からだったろうか。百香里は徐々に欠勤が多くなった。初めは週に一度程度の病欠だったが、そのうちに出勤できる日のほうが希《まれ》になった。結局三学期に登校できたのは半分ほど、この四月からは数えるほどしか学校に来ていない。この状態で諭旨《ゆし》免職ではなく依願退職とできたのは、学校側の温情だと言っていいと俺は思う。

肺にためた煙を、全身の力を抜きながら長く吐く。ベランダを見回すが灰皿は見つからず、俺はしぶしぶとポケットから携帯灰皿を取り出す。

ベランダから部屋に戻ると、菜都美はテレビを眺めながらコーヒーを飲んでいた。ワインのつまみにしていたブルーチーズは乾きはじめていて、その佇《たたず》まいはなんとなく見棄てられた集落を連想させた。ずいぶん実家に帰ってねえな、ふとそんなことを思いながら菜都美の向かいに腰を下ろす。彼女はこちらをちらりとも見ない。そういえば昔から、なにかに集中すると周りの声が聞こえなくなる女だった。俺がチーズを眺めながらワインを飲むべきかコーヒーにすべきか迷っていると、

「じゃ、また今度ね」と感情の読めない声で突然に菜都美が言った。

一瞬、なんと言ったのか訊き返しそうになる。

「――え、あ、ああ。……食べ散らかしちゃったけど……」

「平気。またメールするから」

そう言って、菜都美はすこしだけ笑顔を見せる。考えようによっては笑顔に見えなくもない、というくらいの微妙な口角の角度だ。

……もう帰れってことだよな。釈然としないが、付き合ってもいないのにずうずうしく長居しすぎたのかもしれないし、それにまあ、下手に泊まったりして妙なことになるよりはいいのかもしれない。そう考えながら、俺は礼を言って菜都美の部屋を辞した。バイクを学校に置いてきたせいで明日《あした》の朝も満員電車だ。誰に向けていいのか分からない腹立ちを感じながら、混んだ電車に揺られて俺は家に向かった。


結婚してもいい。結婚したい。結婚してほしい。結婚して、永遠に自分のものにし

たい。誰かに対してそういう気持ちになったのは、俺にとっては百香里が初めてだった。

居酒屋での出来事があって以来、俺たちは学校ですこしずつ会話をするようになっていた。とは言っても生徒には雑談をしている姿を見せたくなかったし、事務仕事の大半を俺は体育教官室でやっていたから、彼女と話ができるのは朝や放課後に職員室で行き会った時のわずかな時間のみだった。

いったん距離が縮まると、百香里がどれほど特別な女なのか、俺は嫌というほど実感することになった。目が合うだけで心臓を鷲掴《わしづか》みにされてしまうような、得体の知れない力が彼女には備わっていた。それは百香里本人の意志すらも越えた場所にある力のように、俺には思えた。ある種の自然の風景が見るものに畏怖《いふ》を抱かせざるを得ないように、百香里はそこにただいるだけで否《いや》も応もなく圧倒的だった。いったい誰が、空を覆う台風や足元を揺さぶる地震を避けることができるだろう。百香里はそういう種類の女だった。そういう人間に出逢《であ》ったのは、初めてだった。

とらわれてしまった——、嬉しいのか哀しいのか自分でも分からない感情で、俺はそう思った。本当は初めて目にした瞬間から、特別な女だと俺は気づいていたのだ。自分自身よりも強いなにかに縛られてしまうことが嫌で、そういうことがなぜかやけに怖くて、きっと俺は慎重に彼女を避けてきたのだ。でも、もう遅い。

百香里と言葉を一言交わせただけで、その日の眠りにつくまでずっと胸の奥が熱かった。百香里と話せなかった日は、一日中風景が淀《よど》んで見えた。まるで中学生の初恋だと、俺は絶望的に思った。いや、それよりも酷い。

そのうちに学校だけでは物足りなくなって、休日に食事や映画に誘うようになった。百香里は優しくて控えめな女性だった。体はあまり丈夫ではないようで、貧血や発熱を時折起こしたが、年に一度の風邪すらもひけないような俺にとっては、それさえも神秘的に見えた。いつでもどこか薄く緊張しているかのように、声にはほんの微《かす》かな震えが含まれていた。その声を聞くたびに、俺はこの人を守らなければと、泣きたくなるような切実さで強く思った。

小さな頭にヘルメットをかぶせバイクの後ろに乗せ、奥多摩《おくたま》や日光《にっこう》や箱根《はこね》にも連れていった。上京してからあまり観光をしたことがないという彼女は、どこに連れていっても楽しそうに笑ってくれた。人の心の一番柔らかな場所までまっすぐに差し込まれてしまう針のような、それは苦しくなるくらい美しくて逃れようのない笑顔だった。

俺は理想の女を見つけた。こんなことは奇跡に近い。孤島にわずかしか生息していない貴重な蝶《ちょう》を、ものすごい偶然のはてに東京の片隅で目にしてしまったような気持ちだった。

やがて俺は、百香里が休み時間に生徒と話している姿を見るだけで嫉妬《しっと》を感じている自分に気づき、愕然《がくぜん》とした。彼女はたいてい多くの生徒たちに囲まれていたが、その頃は特に一人の女子生徒が百香里を追い回すように懐《なつ》いていた。一年の相澤祥子《あいざわしょうこ》という派手で人気のある女子生徒で、俺の担任するクラスの生徒だった。美人で成績も良くて天性のリーダーシップもある、ちょっとした学校のスターといったタイプだ。バスケ部の生徒の中にも、相澤に告白してフラれた男が何人かいたはずだ。低く光の差し込む廊下で、姉妹のように並んで歩く百香里と相澤の姿は、まるで古い映画から切り出したフィルムのように美しく胸を衝《つ》く眺めだった。

——そう、俺は情けないことに、十六歳の女生徒に嫉妬していたのだ。誰かに奪《と》られる前に、百香里を自分のものにしなければ。ばかげた話だが、俺は相澤祥子に背中を押されたことになる。クリスマスの夜に百香里と一緒に食事をし、その帰り道、駅に向かう路地で彼女を抱きしめ、俺は言った。

「好きです。だから俺のことも好きになってください」

はい、という彼女の震えた声は、今も耳に鮮烈に残っている。

信じられないくらいしあわせだった。

そして今では、あれは一生消せない声なのではないかと、時々本気で怖くなる。

＊　　＊　　＊

夏休みが明け、二学期の授業が始まった。

菜都美の部屋で飲んだのが梅雨時だったから、あれからもう二ヵ月以上が経ったことになる。ただただ仕事に追われるだけの日々だった。夏休みとはいっても教員は基本的に普段通り出勤だし、俺の場合はバスケ部の練習や遠征があったので普段よりもむしろ忙しいほどだった。菜都美とは何度か連絡を取ったが、結局予定が合わずにあの日以来会えずにいる。

そして考えてみれば、百香里とこんなふうに直接顔を合わせるのはもっと久しぶりなのだ。最後はいつだったか——たぶん四月、彼女が出勤できた最後の日だ。今、職員室で俺の目の前に立っている百香里は、一時期よりはいくぶん顔色も良くなったような気がする。夏だというのに白いブラウスの上に長袖《ながそで》のチャコールグレイのジャケットをきちんと着込み、濃紺のパンツをはいている。ジャージ姿の自分が、なんだかいつも以上に貧相に思える。そうだった。百香里はどんなときも、感心するくらい隙のない格好をしている女だった。ファッション誌のどのようなモデルよりも、なにを着ても驚くほどしっくりと似合う女だった。表情は綺麗《きれい》に消しているが——誰の心であっても無条件に震わせてしまうほどに、百香里はやはり透明に美しいのだった。

「じゃあ、そろそろ行きましょうか」

俺は百香里をうながす。

「はい、ご迷惑をおかけします」

「とんでもありません。校長が待っていると思います」

俺たちは互いに敬語で話す。心にはぴたりと蓋《ふた》をしているつもりだが、それでも漏れ出すような痛みがずっとある。せめて百香里もそうであってくれればいいのにと俺は思う。並んで歩き、職員室を出る。これから校長室に行き、正式に彼女の退職願を提出することになっているのだ。

「雪野先生!」

廊下を歩いていると、背中から叫び声がして女子生徒が駆け寄ってきた。二年の佐藤弘美だ。真面目な生徒だが交友範囲が広く、噂を広める中心になる。面倒だな、と考えているうちに、他の生徒も百香里の姿を見つけてぱらぱらと走り寄ってくる。先生、雪野先生と、皆口々に百香里を呼ぶ。これほど生徒たちから慕われているのにお前は学校を辞めるのかと、一瞬、俺は身勝手にも見当違いの苛立《いらだ》ちを覚える。百香里の退職手続きを進めたのは俺だというのに。あっという間に生徒たちに囲まれてしまい、百香里は困ったような笑顔を浮かべている。俺は気を取り直し、佐藤たちをたしなめる。

「佐藤、後にしてくれ。ほら、お前たちも」

生徒たちは不満そうに俺の顔を見る。それが思ったよりも強い眼差《まなざ》しで、俺は思わず怯《ひる》むような心持ちになる。百香里が取りなすように言う。

「ごめんね、みんな。五限の後までは学校にいるから、よかったら、後でゆっくりお話しさせてね」

不承不承といった体《てい》で、生徒たちは身を引いていく。行きましょう、と俺は百香里をうながす。歩きはじめる瞬間、視界の端に秋月孝雄の姿がちらりと見える。あいつも百香里のことを知っていたのだろうかと、俺はふと思う。

「雪野先生、もうよく分かってるだろうけど、教員なんてのはね。八時前に出勤し五時近くまで拘束され、もちろん五時になど帰れるはずもなく、残業手当もない。土日出勤も当たり前で、給与も民間並みになどと言われて減額され、そのうえ年金は民間に比べて不公平だなどと罵《ののし》られる。生徒にも保護者にも敬ってもらえず、文科省の言うとおりに授業しているだけなのに学校教育などは役に立たないと叩《たた》かれ、それなのに公僕なのだからと国旗掲揚、国歌斉唱を強制される。教育委員会の機嫌をうかがい、親の機嫌をうかがい、生徒の機嫌をうかがい、世間の機嫌をうかがう。こんなのはくだらない仕事です」

いったいなにを言い出すのだろうと、俺は呆《あき》れて教頭の顔を見る。隣のソファに座った百香里をうかがうと、神妙にうつむいて聞いてはいるが目元にかすかな微笑を浮かべているように見える。閉め切られた校長室には、クーラーのかすかな唸《うな》りと、昼休みの生徒たちの喧騒《けんそう》だけが小さく届いている。俺と百香里、テーブルを挟んで教頭と校長が、それぞれ並んで応接用の黒いソファに座っている。校長は先ほどから無関係のような顔をしてお茶をすすっている。教頭だけが喋《しゃべ》り続けている。

「ぼくはね、雪野先生。もうちょっと若かったら学校なんてすっぱり辞めて、塾でも開きたかった。理不尽な場所に居続ける理由なんて、本当は生徒にも教師にもないんです。でも辞めるには、ぼくはすこし歳を取りすぎてしまった」

分かりにくい冗談なのかと思ったが、どうも教頭は本気で喋っているようだ。完全に共感できるわけではないけれど、率直すぎる物言いにすこし胸が熱くなる。

「きみからの辞表は、残念だけど受け取らなければなりません。でも本当は、ぼくはきみのことがすこし羨《うらや》ましい」

教頭はそう言い終えてから、うながすように校長に視線を送る。校長はテーブルに置かれた退職願を手に取り、

「今までお疲れさまでした、雪野先生」とあっさりとした調子で言う。

「多大なご迷惑をおかけし、本当に申し訳ありませんでした。二年半、本当にお世話になりました」

凛《りん》とした声でそう言って、百香里は深く頭を下げた。


百香里が学校を辞めることになった理由は、ひとことで言ってしまえば彼女が心身を失調し、登校できなくなったことが原因だった。卑近な言い方をしてしまえば、いわゆる教師の心の病、だ。しかしもちろん、現実はそんなふうに簡単に言葉に収まりはしない。俺が語ったところで、あるいは当事者がそれぞれに語ったとしてさえも、実際になにが起こっていたのかは正確には誰も分からないだろう。

俺が覚えている最初の兆候は昨年の九月、クリスマスに百香里を抱きしめてから十ヵ月近くが経った頃だった。あの日以来俺たちが付き合っていることは、もちろん生徒にも教師にも伏せていた。

「伊藤先生、私のクラスの相澤祥子さんって知ってる?」

俺のアパートで夕食を食べた後に、百香里がそう訊《き》いた。元営業職の俺にとって、互いに先生と呼び合う教員同士の奇妙な習慣が違和感で、百香里のことはプライベートでは名前で呼ぶようになっていた。反面、百香里はいつまで経っても俺のことを先生と呼ぶ。癖なのよ、どうしても抜けないの。そういう彼女の言葉を俺はすこし寂しくも思っていたが、同時に、そういう不器用さが愛《いと》おしくもあった。

「知ってるよ。相澤が一年の時に俺、担任だったから。派手で目立つ子だったけど、問題も特にない子だったな」

俺はそう言いながら、そういえば百香里に告白することにした直接のきっかけは相澤だったなと思い出したが、そのことはもちろん言えない。

「そう……。相澤さん、今は私のクラスなんだけどね――」

百香里の話によると、二学期に入ってから相澤の態度が急に変わってきたそうだ。今まではまるで子犬のように百香里を慕っていた様子だったのに、最近はあからさまな敵意を見せることがあるという。

「私の授業だけわざと遅刻してきたり、声をかけても無視したりされるの」

「ふうん。あいつら夏休みのひと月で別人みたいに変わったりするからな」

俺はそう答えて、改めて相澤祥子のことを思い出してみる。父親はたしか有名広告代理店の部長クラスで、松濤《しょうとう》あたりに自宅を構えた結構な金持ちだったはずだ。本人も美人で華があって、それだけにいくぶんスポイルされた感はなくもないが、一年の時はすくなくとも問題はなにもなかった。とはいえ、実は女子生徒の心情となるとあまりよく分からないというのが正直なところだった。体育の授業は男女別だし、担任を外れてしまえばどうしても目は届かなくなる。注意して見てみるよ、とその場では俺は言ったのだと思う。ただ、あまりたいしたことだとは思っていなかった。生徒とのその程度の問題は、どの教師にとってもありふれたものだったからだ。

しかしそれから年末にかけて、百香里と相澤の状況は坂を転げ落ちるように急激に悪くなっていった。相澤はクラスを主導して集団で百香里の授業をボイコットしたり、百香里と話をする生徒を無視したりするようになっていた。奇妙なほどのカリスマ性を相澤は発揮し、クラスのほとんどが百香里を敵視するという構図を作り上げていた。授業に影響が出るようになると、職員室での百香里の立場もたちまちのうちに悪化した。当然、百香里は憔悴《しょうすい》しきっていた。しかしそのような状況に至ってもなお、俺はこれは百香里が自力で解決すべき問題だと思っていた。百香里には何度も相談されたが、三学期はただでさえ忙しい季節だったし、俺は相澤だけがトラブルの原因だとはどうしても思うことができなかった。百香里にもなんらかの落ち度があったはずだし、それならば百香里自身にもできることがまだいくらでもあるはずなのだ。相澤の担任は百香里なのだ。俺たちが自分で選んだ教師という仕事には、こういうことも最初から含まれているのだ。自力で解決することこそが今後の百香里のためだとさえ、俺は考えていた。

そのうちに、百香里が相澤の彼氏の男子生徒に手を出したのだ、という噂が学校中に流れ始めた。いかにも子供が言い出しそうな、ばかばかしい噂だった。それでも気になって探ってみると、どうも相澤の彼氏のほうが一方的に百香里に惚《ほ》れてしまったのだということが分かってきた。その男に告白され、もちろん百香里はいつものように断ったが、それが相澤のプライドを刺激したのだ。百香里に問いただしてみると、はっきりどの生徒とは明言しなかったが、やはりそういう経緯《いきさつ》があったとのことだった。俺はさらに調べを進め、百香里に告白したという男子生徒を特定した。それは牧野という三年男子だった。しかも俺の担任クラスの生徒で、去年までは俺が顧問をしているバスケ部の部長だった。牧野と話をすべきだろうかと、俺は迷った。牧野は責任感の強い真面目な生徒だった。百香里に惚れてしまったとしても、それは彼の責任ではない。しかし相澤祥子に対するなんらかの責任は、牧野にはあるはずである。それを指摘すべきだろうか。ただ、俺は自分自身が密《ひそ》かに百香里と付き合っているという事実に、どうしても後ろめたさを感じざるを得なかった。牧野に対して偉そうに語る言葉を、俺は果たして持ちうるのだろうか。迷っていた。本当は迷うべきではなかった。俺はあの時本当は、自分の都合など絶対に捨て去るべきだったのだ。

俺の逡巡《しゅんじゅん》の間に、事態はもはや誰の手にも負えぬ状況となっていった。人の手で放った火であっても、炎はある時点からそれ自体の勢いで燃え広がるようになる。悪意もそれと同じだ。もはや最初の悪意が誰のものだったかさえ、最後には分からなくなる。梁《はり》の最後の一本が燃え落ちるまでそれは燃え続ける。今ならば分かる。その梁がおそらくは百香里の味覚であり、心であり、体だったのだ。噂が生徒の親たちにまで広がる頃には、百香里は登校ができなくなるまで追い詰められていた。そしてそれでもなお当時の俺は、百香里の欠勤をある種の甘えだと思うことをやめられなかった。なにがなんでも学校に来るべきだ、そして相澤に対峙《たいじ》し、百香里は自分で問題を解決すべきだ。まだそれができるはずだ。俺はそう思っていた。

誰にとっても、暗く辛《つら》く、長い冬だった。

その冬には、仙台《せんだい》の実家に住んでいた俺の父が死んだ。俺は遅い子供だったから、父はもう八十を過ぎていた。膵臓《すいぞう》がんが見つかった時には既にステージⅣで、高齢の父は苦痛を伴う治療を拒否し、半年間の緩和ケアの後穏やかに亡くなっていった。父にも様々な葛藤《かっとう》はあったのだろうが、すくなくとも最後まで息子には弱みらしきものは見せなかった。お前には別に残してやれるものもたいしてないが、と、死の数日前に見舞った折に父は言った。

「まあせめて人生の中で、自分自身よりも深く愛することのできる相手を見つけることだ。それさえできれば、人生あがりみたいなもんだ」

百香里と別れることになった時、俺が思い出したのは父のその言葉だった。

俺は百香里を自分よりも愛していたのだろうか。たぶん、そうではなかった。そうなる遥《はる》か手前で、俺は立ちすくんでしまった。得体の知れない渦に巻きこまれるようにあれほど強く惹《ひ》かれ、頼み込んででも結婚してほしいとすら思っていた相手なのに——いや、今でもなんら変わらぬ強さでそう思っているのに、俺は嘘みたいに簡単に百香里の手を離してしまった。自分では全く気づかぬ間に、なにかが永遠に失われてしまった。俺たちの間にかつてあって、なにごともなければもっと強く太く育むことができたのかもしれない絆《きずな》のようなものを、俺たちは永遠に失ってしまった。

凍えるような雪の舞う三月のあの夜、久しぶりに俺のアパートを訪れた百香里を見た瞬間に、俺たちはこれで終わりなのだと即座に分かった。理解したというよりも、さえぎるもののない草原で分厚い雨雲が近づくのをただ眺めるように、別れはただ眼前にあった。長かった髪を、百香里は肩の上でばっさりと切っていた。俺を見る瞳《ひとみ》からは、かつてあったはずの俺に対する親愛や信頼の光が綺麗《きれい》に失われていた。その瞳に映っているのは、いちじるしい憔悴と、怯《おび》えと不審の色だけだった。俺はここまできてようやく、俺自身も相澤たちと一緒になって百香里を追い詰め続けていたことに気づいたのだ。

ほんとうにごめんなさい、と、心を直接撫《な》でるような震えるあの声で百香里は言った。

今まで迷惑をかけてごめんなさい。もう、終わりにしないといけないよね。

その最後の言葉さえ、考えてみれば俺は百香里から言わせたのだ。アパート近くのバス停から、すいた都バスに乗り込む百香里の後ろ姿を見ながら俺は思った。かつて俺は奇跡に出逢《であ》ったのに。それなのに、自分では指一本動かさぬまま、それを永遠に葬ってしまった。

下校をうながすチャイムが、人の減った校舎に響いている。
気づけば、まるで台風が去った後のような燃えるような夕焼けにあたりは包まれていた。荷物を整理し終わり、一人で校門から出ていく百香里の姿を、職員室の窓から俺は見おろす。何人かの生徒が百香里に駆け寄っていく。生徒たちは百香里に取りすがって泣き出す。百香里は優しげな表情で、彼らになにごとかを話しかけている。そういえば俺も百香里も最後まで泣くことすらできなかったのだと、夕焼けの切ない赤に染まったその笑顔を見つめながら、俺は思う。

＊　＊　＊

台風の多い秋だった。
巨大な風と雨の塊は、関東にやってくるたびに大気を激しくかき回し、夏のような暑さや冬めいた寒さをいきなり連れてきては、そのたびに人間を翻弄《ほんろう》した。それでも秋は徐々に深まり、銀杏《いちょう》並木を陽当たりの順番に黄葉させていき、すこしずつ葉を落とさせ、人々の服を一枚ずつ厚くしていき、やがて冬にその場を明け渡していった。

百香里とはもう二度と会えないだろう。本当ならば一生をともに過ごすべきだった相手が、自分の人生を決定的に通り過ぎてしまった。その後悔は死ぬまで続くのかもしれない。それでも、雨がやんでもその湿り気がゆっくりと土に染み込んでいくように、いくつかのエピローグを百香里は残した。

百香里が学校を去った二学期のあの日、ひとつの事件があった。秋月孝雄が、放課後に三年生数人と殴り合いの喧嘩《けんか》をしたのだ。目撃した女子生徒の報告を受けて、俺が現場をおさめに行った。喧嘩というよりは、秋月が一方的に殴られたようだった。その三年生のグループの中に、憮然《ぶぜん》とした表情の相澤祥子の姿があった。秋月が相澤を殴ったのが事の発端だというが、誰もそれ以上の詳細を話そうとしなかった。相澤の頬には傷ひとつなく、秋月の顔は酷い内出血で黒ずんでいた。

本来ならば重大な暴力事件だが、俺は無理に事情を訊《き》きだすことができなかった。

誰もが、百香里が残した濃い不在の影の中にいた。ただ、俺には決してできなかったことを、秋月はやったのだと思った。病院に向かうタクシーに嫌がる秋月を無理矢理乗せ、後部座席でむっつりと黙り込んでいる姿を横目で見ながら、俺は秋月孝雄に対しすこしだけ好感を持っていることに気づいた。俺には見えない世界を、こいつはこいつなりに抱えて生きているのだろう。

休日の街で相澤祥子を見かけたのは、暮れも押し迫った十二月の終わりだ。学校は既に冬休みに入っていた。特に目的もなく渋谷を歩いていた時に、カフェの窓際に座っている相澤の姿が目に入った。ぼんやりとした様子で、一人で煙草をくわえていた。モカ色のレザージャケットを着てくっきりとした化粧をし、染めた髪をゆるく巻いたその姿は、なるほど大学生くらいに見える。喫煙は誰にも咎《とが》められないだろう。

俺は店に入って相澤の隣に座り、彼女の指から無言で煙草を取りあげた。相澤が驚いた顔で俺を見る。ニットキャップを深くかぶり、ジャージ姿ではなくダウンジャケットを着込んだ俺を、相澤は誰か分からないらしい。

「吸うなら見つからないように吸えよ」

そう言って灰皿に煙草を押しつける俺をしばらく凝視してから、相澤はようやく不機嫌な声を出した。

「なんだ、伊藤先生じゃん。プライベートに構わないでくれます？」

まったく悪びれた様子がない。それでも一人きりの姿が妙に哀しげに見えて、どうしても叱る気力が湧いてこなかった。俺は自分の煙草を取り出して火を付ける。これみよがしに煙を吐き出す俺を、相澤は恨めしそうに睨《にら》んでいる。窓の外を行き交う人々を眺めながら、俺は言う。

「……お前、なんかあったのか？」

「なにもない日なんてない」

ぶっきらぼうに呟《つぶや》いた相澤の顔を、思わず俺はじっと見る。この距離で見ると、頬も額もまだほんの子供のそれだった。さっきまで泣いていたかのように、目尻《めじり》が赤く潤んでいる。――痛々しい、と俺は思った。どれほど大人びて見えても、どれほどクラスメイトを上手《うま》く操ることができても、こいつはまだ子供なのだ。

「……先生は？　なんかあったの？」

黙り込んでいる俺を不気味に思ったのか気まずかったのか、相澤が俺に訊く。――

俺は？　なんかあったのか？

なにがあって、俺はここにいるのか？　考える。

「俺は……」

「ずっと前に……」

俺はずっと前に、生徒を怪我させたことがある。

教師になりたての頃だ。最初に赴任した高校で、着任早々校長から「伊藤先生は生徒からの憎まれ役になってください」と告げられた。とにかく生徒を叱って緊張感を与えてほしい。フォローは担任がするから。そう言われ、友人のような関係を生徒と築ける教師になりたいなどと甘っちょろいことを考えていた当時の俺は、大いに失望し反発もした。向いていない営業職に三年も耐えて、ようやく念願の教師になったのだ。俺には俺の理想がある。

だがその理想は、受け持ったばかりのハンドボール部であっけなく崩れた。他校との練習試合で、俺のチームの一人が試合中にゴールポストに激突して脳しんとうを起こしたのだ。命に別状はなかったが、その生徒は後遺症で左目が弱視になってしまった。ショックだった。どのように償えばいいのか見当もつかなかった。試合中の事故ということで俺の責任は問われず、本人も親も誰も俺のことは責めなかった。それでも、俺は生徒たちの気を引き締めていなかったことを強く悔やんだ。事故も怪我も、緊張感が緩んだ時に起きるのだ。体育教師の役割はなによりもまず、生徒に怪我をさせないことにあったはずなのだ。

その場にいるだけで彼らを緊張させる存在になろう。そのためには、理不尽であっても生徒を怒鳴ろう。生徒に恐れられ、気を緩める隙を与えぬ教師になろう。それが、俺が教員一年目に決心したことだった。

「——ずっと前になんなのよ？」

「……なんでもねえよ。煙草なんか吸うな。肺がんのリスクが高まるし肌が荒れるし金もかかる」

「副流煙まきちらしながら言わないでよ！」

片手で俺の吐いた煙を払いながら、相澤は本気で嫌がっている。その姿が子供っぽくておかしくて、俺は笑う。

「もお、先生なんなのよ！」

「はは、悪い。俺なにも注文してなかったからコーヒー買ってくる。お前もなんかいるか？　おごってやるぞ」

相澤が怪訝《けげん》そうな表情で俺を見ている。構わず席を立ちながら俺は思う。百香里が永遠に去ってしまったのならば、俺はなにかを変えなくてはならない。そしてもう二度と会えない百香里に今から俺ができることがあるとしたら、それはきっと相澤祥子に対するなにかだ。

「え、マジ、なんで？　じゃあじゃあ、モカチップフラペチーノ！」

背中に聞こえる相澤の声に片手で応《こた》え、俺は歩き出した。

ますらをや　片恋《かたこひ》せむと　嘆《なげ》けども　醜《しこ》のますらを　なほ恋ひにけり

（万葉集二・一一七）

訳：立派な男子のますらおであるわたしが　こんな片思いをするなんてと　嘆いてみてもみっともないますらおだ　ますます恋しい

状況：舎人皇子《とねりのみこ》が舎人娘子《とねりのおとめ》へ作った歌。官人として立派な男であるはずの自分なのにコントロールできない恋心にとまどっている。

第七話

憧れていたひとのこと、雨の朝に眉を描くこと、
その瞬間に罰だと思ったこと。——相澤祥子

誰かにばったり会えないかな。誰か、わたしをここから連れ出してくれないかな。そんなしょーもないことを考えながらカフェでぼーっとしていたら、あろうことか伊藤先生に会ってしまった。やけにガタイのいいオッサンが隣に座ったなと思ったとたん、くわえていた煙草をいきなり取りあげられたのだ。なになにだれだれだれ!? 一瞬ちょっとした恐慌状態になる。現状把握せねばとニット帽のオッサンをじーっと見つめると、それが伊藤先生だった。高一の時の担任教師で、学校ではいつもバリバリの体育教師的ジャージルックだから分からなかった。襟をぴしっと立てたキルティングダウンなんかを着てて、学校よりもさらにチンピラ感が増している。

彼は生徒たちから結構恐れられているコワモテ教師なのだが、なぜか今日のわたしの喫煙は叱られず（煙草なんてやめろと言われはしたけど妙に迫力不足だった）、そのうえキャラメルフラペチーノまでおごられてしまった（本当はモカチップフラペチーノと言ったのに先生が間違えた）。ほら、巨大サイズにしてやったぞと、押しつけがましい調子でグランデよりさらに大きなヴェンティサイズのカップを先生は差し出す。

「……ありがとうございます」

わたしがストローで一口飲み込むのをじっと見ている。落ちつかない。居心地悪い。いったいいなんなの。

「美味《うま》いか、相澤祥子？」

なんでフルネームで呼ぶんだよと思いながら小さく答える。

「……普通です」

「なんだと？」

「美味いです、はい」

「そうか。じゃ冬休み明け、進路指導室に来い」

「はあ？」

「飲んだだろ、それ」

「なにそれ、きたねー！」

「勉強になったな。タダより高いものはない」

「なんだよもー、先生が勝手におごるって言ったんじゃん！」

ぶつぶつ文句を言い続けるわたしを無視して、伊藤先生は進路指導の日時を念押ししてからラテを片手にさっさと店を出て行ってしまった。ムカつく。非常にムカつく。でも。

でも、乱暴に頭を撫《な》でられたようなくすぐったい嬉《うれ》しさも、実はかすかにあった。

高校三年の十二月だというのに、わたしの進路は未《いま》だに決まっていない。一年間、周囲からなんと言われようと進路希望用紙を白紙で提出し続けたわたしは、教師たちにとってはもはや卒業さえしてくれればいいというアンタッチャブルな存在だったはずだ。なぜこんなことになってしまっているのか、わたしは自分でもそれがよく分からないのだけれど。

特大サイズのフラペチーノも飲み終わってしまった。いつの間にか空よりも街のほうが明るくなりつつある。ここにいつまでも座り続けるわけにもいかず、わたしはマスクをし、イヤフォンを両耳に押し込み、マフラーを首に巻き黒のニットをかぶり、のろのろと店を出る。本当だったらサングラスもかけたいくらいだけどそれじゃさすがに怪しすぎるから、目を伏せてとりあえず坂道をくだりはじめる。眉《まゆ》を描き睫《まつ》毛《げ》を盛りチークをさしリップを塗って、でも街ではその全部に蓋《ふた》をして、わたしはいったいどうしたいのだろう。ぎらぎらと発光しはじめた街の中を、どこに行けばいいのかも分からないままに、わたしはとにかく歩く。いつまでも覚めてくれない悪夢の、でもぜったいどこかにあるはずの出口を探すみたいに。

＊　＊　＊

誰かがわたしをここから連れ出してくれないかな。

そんなぼんやりとした望みを、わたしはいつから抱え続けていただろう。中学生、いや小学校高学年の頃からだっただろうか。

ここのなにがそんなにイヤだったって、とにかく男子がイヤだった。つまり世界の半分である。そしてその男子と結ばれなければどうやらしあわせにはなれないという、この社会の仕組みもイヤだった。だからつまり、世界の大半がわたしはイヤだったのだ。

だいたい、廊下ですれ違っただけでブスとかデブとかシネとか囁《ささや》いたり叫んだりする生物を、いったい誰が好きになれるだろう。自分たちだってニキビだったり汚かったりクサかったり二分に一回くらいエロいことを考えたりしているくせに。

パパやお兄ちゃんも、わたしはあまり好きではなかった。パパが外に恋人がいるというのは我が家では暗黙の了解だったし、有名私立に通い小学生の頃から彼女の途切れたことがないという超リア充・三つ年上のお兄ちゃんは、ことあるごとに「おまえってホントにうちの子か？」と冷たい目でわたしを見た。

そんな嫌悪の対象でしかない男子に溢《あふ》れた世の中で、さらにうんざりするのは中高生に蔓延《まんえん》する恋愛至上主義である。いやそれどころか昨今は、小学生ですら恋をして当たり前だと思われている。小学生向け雑誌にまで「いまJSに大人気！ ゆるキャラ体型でもスタイル良くみえる着やせモテ服特集！」なんてのが載っていたりする。スタイル良い＝モテのためなのかよ。だいたいゆるキャラ体型ってなんだ。てか小学生雑誌が自分でJSって言うな。がっくりと床に手をつきながら、小学生時代のわたしはしみじみと腹を立て絶望したものである。だから中学生になってからも、わたしは恋バナ的話題とは完璧《かんぺき》に無縁だった。

「足利家《あしかが》がどうとかさー、わけわかんなくない？」

「あーうちも日本史無理。だいたいアシカガって読めなくね？ アシリじゃねえのあれ？」

「わたしまだ英語のほうがマシかも」

「んー、でもうちら日本人じゃん。アメリカなんて一生行かないじゃん」

「まーねー。学習意義ナゾだよねー」

昼休みに友達のサヤちんと交わす会話はだからいつもこんなかんじで、あとはまあ「今日あっいねー」「さむいねー」「台風だねー」「エルニーニョの影響だよねー」てなふうで、いま思えば我ながらちょっとかわいそうになっちゃうくらい色気がなかった。

そんな非モテど真ん中の中学時代、わたしには二人の仲の良い友人がいた。同じ小学校出身のサヤちんと勅使河原《てしがわら》である。サヤちんはわたしと同じく低身長やぽっちゃり地味系黒髪女子で、勅使河原も同様に地味系ではあったのだけれど、男子だった。中学のグループともなると普通は同性同士でつるむものなのだけれど、勅使河原は未だに小学生男子のメンタリティなのか、平気な顔でわたしたち女二人の中に収まっていた。お調子者だけどわたしの悪口を決して言わない勅使河原は、わたしにとっては男子ではなかったのだ。

そんなわたしたち三人のグループは、言うまでもなく学校ヒエラルキーの底辺だった。クラスの大半はわたしたちに事務的用件以外では話しかけてくることなく、一部の特権階級イケてるグループには積極的にキモがられ、教師たちに関心を向けられることもないグループ。人畜無害、でもできれば目につく場所には出てこないでね、そういうことを当然のように要求されている階層。まあ中坊なんてしょせん超絶ガキだからなーと、自分もガキなくせにわたしは悟ったようにあきらめ混じりに思っていた。

「相澤相澤、ちょっと来いよヤベーよこれ！」

中学二年生の放課後、勅使河原が興奮した様子でわたしを手招きする。なによ、とわたしはつっけんどんに答えながらも窓際の席に向かうと、サヤちんが背中を丸めてなにやら一生懸命シャーペンを動かしている。このところわたしたちの間で流行《はや》っているナンクロをやっているのだ。ナンクロ、ナンバー付きクロスワードパズルである。

「この本テシテシが持ってきたんだけどね、もうちょっとで解けそうなんだ」と、真剣な表情で手元を見つめたままサヤちんが言う。勅使河原がつばを飛ばしながら説明する。

「『激烈人生サバイバル編』で、十文字で、最初が『ド』、最後が『ク』、9番のマスはたぶん『ヨ』。これが分かれば一気に解けるぜ！」

わたしは身を引いてつばを避けつつ、勅使河原の言葉を頭に入れる。勅使河原は名前こそ公家《くげ》系でイケメンっぽいけれど、実際はお世辞にも格好いいとは言えない。ひょろっとした長身に手足も妙に長く、落ち武者みたいな太い眉にぼさぼさの長髪。妖《よう》怪《かい》辞典で見た「手長足長《てながあしなが》」みたいだ。こいつはわたしに妙に馴々《なれなれ》しく、わたしの姿を見るといつもアイザワアイザワ！　と大声を上げるのだ。サヤちんがテシテシと呼んであげているのを聞くたびに、なーにがテシテシだよおまえには可愛すぎんだよとつい思ってしまう。

「……ドウチョウアツリョクじゃない？」と、すこし考えてわたしは言う。

「ん？」と妖怪顔をしかめる勅使河原。

「……あ、ほんとだ！　縦が『アザムキ』『ウソツキ』『カソウテキ』になる！　『同調圧力』だね、さすが祥子！」

「おお！　相澤おまえスゲーな！　ドウチョウアツリョクか、なるほど！」

おまえは同調圧力の漢字分かってないだろ、と勅使河原につっこむのも面倒で、でも二人から盛大に褒められてわたしも満面の笑みになってしまう。それにしてもなんつーシビアなパズルなんだ。人生サバイバル編、同調圧力。

そう、でも確かに、人生をサバイブするには同調圧力と戦わなければならない。女子はこうあるべき、都内のJCはオシャレすべき、青春は恋愛とともにあるべき。そういう圧力《プレッシャー》と戦い続けるか、――あるいは自分が同調圧力そのものの側に立つかだ。

中三の春、わたしは一念発起した。いつまでも続く人生の戦いにいいかげん疲れ切って、もういっそのことあちら側に立ったほうがいいんじゃね？　いやむしろそうすべきだ、と決心したのだ。ここから連れ出してくれる誰かなんて決して現れない、いいかげんそれが分かったのだ。だったら自分で自分を連れ出すしかないのだ。

「わたし決めた！　おしゃれになる。おしゃれになって人生を変える。もう変えまくる！」

放課後の帰り道、国道２４６号の歩道橋からちょろちょろと流れる渋谷川を眺めながら、わたしはサヤちんと勅使河原に宣言した。二人はぽかんとした顔でわたしを見る。二人の後ろに架かった首都高にはゴオンゴオンと車が走りまくっている。

「ていうか三人で変わろうよ！　昼休みや放課後に教室の隅でナンクロと将棋とコックリさんをひたすらやり続けるなんてさ、東京の十四歳の青春じゃないよ！　それってわたしらキモいんで近づかないほうがいいデスヨって自分で言ってるようなもんだよ！」

わたしの突然の宣言に、二人はうろたえまくった。

「やだやだ祥子、うちらずっと変わらないって約束したじゃん！　成長なんてしないって約束じゃん！」とサヤちんはした覚えもない約束を持ち出して取り乱し（きっとなんかのＪポップの歌詞を現実と混同していたんだと思う）、勅使河原は真剣な妖怪

顔で、

「相澤、なにか悩みごとがあるなら俺だけには話してみろ」と、誰なんだおまえはと問いたくなる台詞《せりふ》でわたしの肩に手を置き顔を覗《のぞ》き込む。わたしたちの後ろを「キモオタっていっつも楽しそうな」と聞こえる声でイケてる男子グループが通り過ぎる。

わたしはそれを聞こえないふりをして、

「……わたしが変わっても、うちらずっと友達だからね」

と、自分までなぜか芝居がかった台詞を涙目で言ったのだった。


最初にやったのは、メイクの練習だった。本屋でモテ系雑誌を買い、「あの人から愛されるLOVEメイク♡」ページを凝視し、レクチャーに沿って自分の顔タイプを「まる顔／うす顔／ハデ顔／レトロ顔」の中から「レトロ顔」と見極め(ちょっとした屈辱だった)、大量にあるママのメイク道具から慎重にコスメを選び、泣きたくなるような失敗を繰り返しながら「ぷっくり涙袋」を描いたり「いらないエラをさりげなくカット」したり「チークの位置ですっきり小顔に」したり「リップラインを描き足してツヤぷるリップ」にしたりした。

それから、お小遣いを握りしめてネットで吟味しまくった美容院に行った。震える声で電話をかけて三日後の予約をし、その三日間は緊張でろくに食事も喉《のど》を通らなかった（でもおかげでちょっとだけ痩《や》せた）。

そのようにして裏原宿の水族館みたいなガラス張りの美容院で髪を切ってもらったわたしは、鏡に映った自分の姿を見て驚いた。わたしは我ながら、ちょっとだけ可愛くなっていたのだ。多すぎた黒髪はすっきりと梳《す》かれ、アシンメトリーになった前髪はさらりと眉《まゆ》にかかり、両頬に垂らされた毛先は鎖骨の上でくるりと内側にカーブしている。新しい髪型に縁取られた元・レトロ顔は、最新のメイク技術のおかげもあってまあまあ今風の女子には見える。もしかして、ひょっとして、わたしの試みは成功するのではなかろうか。手応《てごた》えめいたものを感じた瞬間だった。

さて次のステップはダイエット、だったはずなのだが、それについては結果的にする必要がなかった。五月が過ぎて十五歳になったとたん、遺伝子の奥深くに眠っていたスイッチが急にONになったみたいに、わたしはみるみる痩せはじめたのだ。ぐんぐんと背が伸び、子供のように丸く短かった指はほっそりと長くなり、声や肌までが細く白く変わったような気さえして、おっぱいはだんだん重たくなった。そして最後には、一本だけ残っていて密《ひそ》かに超コンプレックスだった乳歯も、とうとう永久歯に生え替わった。がっちん。スイッチなのかレールなのかバージョンなのか分からないけど、なにかが切り替わる音が聞こえたような気がした。

夏休みの最後の夜、わたしはお風呂《ふろ》場《ば》で髪を染めた。すこしだけオレンジがかったダークブラウン。制服のスカートの裾《すそ》も自分で上げた。裁縫とか編み物とか地味系手作業はもともと得意だったから、物置部屋で埃《ほこり》をかぶっていたミシンを引っぱりだしてきて、すいすいとまつり縫いをキメてみせた。がっちんがっちんがっちんがっちん、ミシンの針の進む音が、わたしをここから連れ出してくれる乗り物の音みたいに聞こえた。

深夜、階段の踊り場の姿見で、わたしは制服を着て自分の新しい姿をチェックした。モテ系雑誌のモデルのような女子が、そこにはいた。くるくるとその場で回った。髪のハイライトがオレンジ色にふわっと光って、短いスカートから伸びた白い太ももは我ながらなんだかエッチでドキドキした。

「おまえ、捨て子じゃなかったんだな」

気づいたらお兄ちゃんが二階からわたしを見おろしていた。そう言わせたのは嬉《うれ》しくはあったけれど、お兄ちゃんの粘ついた視線がなんだかイヤで、わたしは返事をしなかった。

「うぎゃーなんじゃそりゃー、かわいー！」

「そうかなそうかな？　おかしくない？　行きすぎてイタくない？」

「ぜんっぜん！　んーとねんーとね、今だから正直に言うとね、祥子がメイクをしはじめた頃は無理してんじゃないかって思ったんだけどね、今はもう完璧《かんぺき》！　可愛すぎる！　これスカウトくるよ、原宿行っちゃダメだよ声かけられるよ、いやむしろ行くべきか？　うん行くべきだ、行こう原宿！」

九月、夏休み明けの教室で、サヤちんはわたしの姿を素直に褒めてくれた。サヤちんに嫌われたらどうしようと、実はそれが一番の心配事だったわたしは、涙が出るほどホッとしてしまった。勅使河原の反応はどうだろうと、楽しみになる。ちょうど背を丸めた妖怪《ようかい》顔が教室に入ってくる。

「おはよー」とわたしは声をかける。

ぎょっとした目でわたしをちらりと見て、すすす、と素通りされてしまった。わたしはムカついて後ろから頭を叩《たた》く。

「おはようって言ってんだろ勅使河原！」

勅使河原は怯《おび》えた目をわたしに向け、すみやかに逸《そ》らし、またわたしを見た。がーんという音が聞こえるくらい口を開いて、表情が驚きに変わる。

「ああああああ、相澤か!?」

まさか気づいていなかったとは。

「おまえ……」と絶句した後、勅使河原はわたしを廊下に引っぱっていき声をひそめて言う。

「おまえ、家でなんかあったのか？　なにか悩みごとがあるなら俺だけには話してみろ」

「おまえはそれしか言えないのかよ！」

呆《あき》れてそう返しつつ、勅使河原の顔を見上げる角度が以前と変わらないことに気づく。自分の背が伸びたぶん、サヤちんの頭は視線の下になったのに。こいつも背だけは伸びたのか。なにかを意識するより前に頬がふいに赤くなってしまって、わたしは慌てたように教室にもどった。


二学期からの世界は、一学期までとは別物だった。

学校ですれ違う人たちは、男女問わずわたしを見た。「だれあれ？」「かわいー」なんて声が聞こえたりもした。そのたびにサヤちんと勅使河原はなんだか居心地が悪そうだったけれど、わたしは長く続いた雨がようやくやんだような、晴れやかな気持ちだった。

なによりも大きく変わったのは、男子、というよりも男の人たちの視線や態度だった。駅や街を歩いているだけで、電車に乗っているだけで、脚や腰や胸や顔に男の人の視線を感じた。世の中の男たちが見ず知らずの女子にこんなにも無遠慮な視線を投げつけていたなんて、わたしは今まで知らなかった。

満員電車の中では、ときどき痴漢に遭うようになった。それはそれはおぞましい体験だった。サヤちんに相談したら「大人しそうに見えるからじゃない？」と言われ、わたしはメイクをきつめにして髪の色をもっと明るくした。それだけで痴漢はずいぶん減った。わたしの中身は寸分違《たが》わずわたしのままなのに、外見を変えるだけで世界の反応がこんなにもくるくる変わることに、わたしは驚きと戸惑いと、すこしの失望と妙な快感を感じたのだった。

ある日、放課後にいつもの三人でナンクロをやっていたら、「祥子、それちょっとくれよ」といきなり飲みかけのイチゴジュースを奪われた。驚いてイチゴの行き先を見ると、イケてる男子グループの一人の手に握られていた。男子による突然の名前の呼び捨て＆ストローの間接キスに驚愕《きょうがく》しているのはわたしたち三人だけで、イケてる人たちはそんなこととなんとも思っていないみたいだった。そこから引っぱられるようにして、ハデ系女子グループとの交流も生まれた。そのうちにサヤちんもメイクをするようになって、放課後にハデ系の女子たちと一緒に原宿を歩いて、怪しげなスカウトから本当に声をかけられたりした。わたしは新しい友人たちと人目もはばからずきゃーきゃーと大声で街を歩きながら、そうそう、東京の十代の青春ってこうだよねと、噛《か》みしめるように思ったのだった。

世界は格段に明るく、生きやすくなった。

もう誰も、わたしに向かって悪口を言わなくなった。世界はわたしに対して、優しく甘くなった。変わらないのは勅使河原だけだった。勅使河原だけは相変わらず、「おめーのスカートは短すぎなんだよ裾戻せ！」とか、「あまり知らない男子と親しく話すのはボクちょっとどうかと思うな」とか、おまえはわたしの父親か！　と言いたくなるような小言を言い続けた。そういう意味ではなかなか信頼できる奴なんだなと見直したりもしたけれど、わたしたちが三人だけで過ごす時間は、だんだんと少なくなっていった。そのうちに放課後のナンクロもしなくなった。飽きてブームが去ったのか、それともわたしたちの関係自体にわたしたちが飽きたのか、よく分からなかった。そしてあっという間に卒業式が来た。勅使河原は男子校に行くことになり、わたしとサヤちんは同じ高校に進学した。小学校から続いていたわたしたち三人の関係は、そのようにして風船から自然に空気が抜けるように、なんとなく終わっていった。

高校生活は、初めから楽しいことばかりだった。

携帯のアドレス帳は男女問わず新しい名前で溢《あふ》れ、週に一度は友達の部屋や二十四時間営業のハンバーガーショップなんかで徹夜で遊んだ。遊ぶことに忙しくて、サヤちんと一緒に入った吹奏楽部ではすぐにわたしは幽霊部員になってしまった。

そしてわたしは、恋に落ちた。

といっても相手は男子ではなく、若い古典の女性教師だった。だからその気持ちは「結ばれたい」とか「付き合いたい」とか「触り触られたい」とかではなかったと思うけれど、恋愛経験がほぼゼロのわたしにとっては、それは恋と呼ぶほかないような感情だった。

おおお、教壇に天然モノの美女がおるぜよ！　初めてのその先生の授業で、わたしはまるで沿岸専門の漁師がいきなりの遠洋漁業でシロナガスクジラを目撃してしまったかのような衝撃を受けた。分かりにくいか。とにかくつまり、わたしは養殖モノ＝メイク美女についてはちょっとした権威と言っていいくらい詳しかったから、彼女のあっさりしたメイクが、引き立たせるためではなく抑えるためのものだとすぐに分かったのだ。きっとこの人は子供の頃からものすごい美人だったに違いない。美しさを抑えることが必要になる人生なんて、わたしには想像もできなかった。声は甘く優しく、彼女の授業ではわたしは吐息の一つも聞き逃すまいと、ものすごく集中した。先生の声で「相澤さん」と呼んでほしくて、その時に完璧な答えを言えるようになりたくて、古典の勉強だけは異様にがんばった。先生は誰に対しても公平で、そしてとても善良な人だった。もし仮に、わたしが中学時代のわたしのままであったとしても、この人は一ミリも態度を変えないだろう。わたしはなぜかそう確信することができた。

その人は、雪野百香里先生といった。

「あ、雪野先生！　せんせーせんせー、今から帰りですか？」

わたしは放課後に雪野先生の姿を見かけると、いつでも全力で駆け寄った。しっぽをぶんぶん振っていることを隠しもしなかった。ゴツい伊藤先生なんかじゃなく、雪野先生が担任だったら良かったのにと何度も思った（とはいえ、視線に媚《こ》びが一切含まれない珍しい男性である伊藤先生のことをわたしはキライではなかったのだけれど）。

「あら相澤さん。うぅん、わたしはまだ職員室で仕事」

はあああん。名前呼ばれた！

「じゃー終わるまで待ってるからさー、せんせー一緒に帰ろうよー」

「だーめ。まだ遅くなるし」

「待ってるよお」

「だめです」

「じゃメアド教えて」

「どうしてそうなるの」と雪野先生は笑いながら優しく諭すように言う。

「教師のメアドなんて知ったって楽しくないでしょ。相澤さんまだ高校生になったばかりなんだから、まずは同世代の友達を増やしたほうがぜったいいいよ」

口調は優しいけれど、こんなふうに雪野先生はなかなかガードを解いてくれなかった。そんなことないよ男の先生とはもう何人もメアド交換したよ、それどころか合コンだと大学生とリーマンががつがつこっちを口説いてくるよ、でもわたしは雪野先生のことをもっと知りたいんだよ。――そんなことを口に出して言うこともできず、ただひりひりと、わたしは先生せんせいと想い続けることしかできなかった。

朝十時からもう三時間も改札口にいて、声をかけてきた男は三人。これが渋谷や原宿や新宿だったら経験的にもっとずっと多いのだけれど、ここ千駄ヶ谷駅には体育会系っぽい妙に硬派なかんじの人が多くて、値踏みするような視線を浴びることもほとんどない。ここが先生が住んでいる街なんだな、落ちついてて広々しててなんか先生っぽいなサスガだな、そんなことを考えながら、わたしは白のニットワンピに黒のチェスターコートというちょっと気合いの入った格好で、改札前の柱に寄りかかっている。道路を挟んだすぐ向こうには、東京体育館の甲羅のような銀色屋根が秋の日差しをギラギラと反射している。

「ねえ、誰か待ってるの？」

四人目の男の声。でもまあ、声をかけられること自体はそれほどイヤではない。ついていくことはないけれど、自分の価値を認められたような気持ちにはなるから。今度の人はアパレル系・装飾過多の服に身を包んだヤサ男だ。

「待ってます。彼氏です」

わたしは無表情に答える。でもさっきからずっと一人じゃん、と食い下がられたのと、あれ相澤さん？　という甘い声が聞こえたのは同時だった。

「やっぱり相澤さん。どうしたの、あ、お友達？」

「ゆっ、ゆっゆっゆっ、雪野先生！」

目の前には、ベージュのガウンコート姿でいつもよりちょっとカジュアルな雪野先生が立っていた。ストーキング作戦が成功しずっと待っていた人にやっと会えたくせに、わたしは急に恥ずかしくなる。先生、と聞いて装飾過多男がこの場から黙って離れていく。

「ぜんっぜん知らない人ですっ！」

「ふうん。誰かと待ち合わせ？」

「いえっ、えーと、あの、しょ、しょ、しょーぎを！」

「しょーぎ？」

「あの、将棋の神さまにお参りを！」

わたしは口からでまかせを言ってしまう。駅のホームに将棋の駒の像が立っていたのをとっさに思い出したのだ。雪野先生はなるほど、という顔をする。

「ああ、たしか近くにそんな神社があったね。相澤さん将棋するんだね、なんか素敵」

そう言って先生は、相手をとろとろに溶かすような笑顔をにっこりと見せる。はあああん。先生こそ素敵！

その日の残りは、とてもしあわせだった。お参りも終わったし（もちろんそれは嘘だけど）わたしちょっと公園でも行こうかなって思ってるんですと伝えると、わたしもちょうど公園で本でも読もうかなって思ってたのと、雪野先生が言った。近くの国定公園に二人で行った。入場料の二百円を、今日だけ特別ねと言って先生が払ってくれた。わたしは地味時代に培ったスキルでお弁当を持ってきていて、二人で分けあってそれを食べた。学校の噂話をしたり、わたしはちょっと同情をひけるような家庭の事情を話したり、先生は好きな本のことや、自分の高校時代の話をしたりしてくれた。

秋の太陽はあっという間に傾く。閉園のアナウンスの流れはじめた公園を出て、わたしの乗るバス停まで先生はついてきてくれた。住宅と背の低いビルが混在して並ぶこぢんまりした街の角を曲がると、ちょうど建物の隙間から、夕日がスポットライトみたいにわたしたちを、ぴかーっとまっすぐに照らしていた。後ろを見ると、二人の影がアスファルトにくっきりとどこまでも伸びている。透きとおったオレンジ色のライトに縁取られて、雪野先生はきらきらと光っていた。わたしも同じように光っていますようにと、わたしは祈った。わたしも先生みたいになれますように。そしてこのしあわせな日々がいつまでも続きますように。でもそういうわたしの願いとは無関係に夕日はすとんとビルの向こうに姿を消し、わたしたちは群青色の冷たい薄闇に塗りこめられていった。先生にどうしても伝えたいことがわたしにはあったはずで、だから先生の使う駅をこっそり調べて休日の朝から待ち伏せまでしたというのに、でもそれを言葉にはできないのだった。

そんなふうに、高校の最初の一年間は楽しくしあわせに、でもなにかちょっとだけ一味《ひとあじ》足りないような、その調味料の名前がどうしても思いつかないような、そんなくすぐったいようなもどかしさの中で過ぎていった。

サヤちんとはクラスも違ったから、その頃にはもう会う機会もほとんどなくなっていた。それでも廊下や駅で行き会うと、わたしたちは短く言葉を交わした。共通の話題はもうほとんどなかったけれど、勅使河原の噂話だけはすこしだけ盛り上がった。男子校で応援団に入ったらしいとか、髭《ひげ》を伸ばしはじめたらしいとか、なぜか金髪に染めたらしいとか。勅使河原のことを思い出すとなんだかへんに切なくなって、そんなふうに湿った感情がなんだかイヤで、ねえ今度久しぶりに三人で遊びに行こうよと明るくわたしは言った。勅使河原も誘ってやってさ。いいね、あいつ泣いて喜ぶかもね。いや喜びを隠して逆にツンツンするんじゃね？　楽しみだね。メールするね。

でも、わたしは結局メールはしなかった。牧野先輩に会ってしまったから。今度こそ本当に宿命的に、男の人に、わたしは恋をしてしまったから。

誰かがわたしをここから連れ出してくれないかな。

牧野先輩を地下鉄で見たあの瞬間、わたしは長い間忘れていたあの気持ちを思い出した。わたしがずっと待っていたのは、もしかしたらこの人だったのかもしれない、そう思った。

高校二年生になったばかりの四月、学校帰りの混みあった銀座《ぎんざ》線の中、牧野先輩はドアに寄りかかり文庫本を読んでいた。わたしも先輩と同じ側のドアに、でも一列分の座席を挟んで、遠く向かい合うようにして一人で立っていた。学校ではいつでも華やかな男女に囲まれている先輩が、今は一人きりでいる。わたしにはそれが意外で、でも考えてみればわたし自身もそうだった。わたしたちの間には六メートルほどの距離があったけれど、それだけ離れていても、文字に落とした先輩の長い睫毛《まつげ》がなんだか哀しそうに震えるさまが、わたしには見えたような気がした。たったそれだけで、わたしは先輩のことをどうしようもなく好きになってしまった。

牧野先輩は、いわゆる学校の有名人だった。背が高くてイケメンで、バスケ部のキャプテンで勉強もよくできて教師からの信頼も厚く、同じように華やかな雰囲気の人たちがいつでも周囲を取り巻いていた。女の子と二人だけで歩いている姿も時々見かけた。「わたし先輩のこと好きです」と告白した時も、だから最初から玉砕覚悟だった。

「祥子っていったよね」

と、先輩は涼しげな声色で、最初からわたしを呼び捨てにしてこう言った。

「オレ、付き合った相手にだけはワガママになっちゃうかもしれないよ。それでもいいの？」

信じられない答えだった。なって！　わたしだけにワガママに！　そう声に出すこともできず、まるで一生治らない病気を告知された時のようなこれ以上ない深刻さで、わたしは泣きそうになりながらこくこくと頷《うなず》いたのだ。

高校二年の春は、だからわたしはものすごくしあわせだった。人生で初めての彼氏ができた。その彼氏は学校のスターだった。足りないと思っていた一味はこれだったのだ。そのうえ、四月からの担任は念願の雪野先生だった。盆と正月っていうか、クリスマスとハロウィンっていうか、結婚式と出産祝いっていうか、なんかよく分かんないけど人生の祝福がここにきて一気に降ってきたみたいなかんじだった。わたしは浮かれた。この状況で浮かれるなというほうが無理だった。だから牧野先輩が最初の宣言通り（そう、いま思えばあれは宣言だったのだ）「わたしだけにワガママに」なっていっても、ただひたすらにしあわせを感じるだけだった。

「あれ祥子、髪巻いたの？」

「あ、はい。あんまり慣れてないから下手ですけど……」

牧野先輩の声にうつむいてわたしは答える。似合ってるよ、と先輩は言って、大きな手を優しくわたしの頭に乗せる。それだけでわたしの頬は燃えそうに熱くなってしまう。

「なに祥子ちゃん真っ赤じゃん。かわいーねー」

「いーなー牧野。俺もこんな彼女欲しいなー」

先輩の友人たちが口々にからかう。駅までの帰り道、わたしは先輩の部活が終わるのを待ってから一緒に帰るのが習慣になっている。

「ばーか、祥子より純粋な子はうちの学校にいないよ」そう言って先輩は笑う。言ってくれるねー、とか、ノロケんなら金払え！　とかの賑《にぎ》やかなやりとりの後、先輩の友人たちは別の路線で帰っていく。わたしは先輩と二人で電車に乗る。自分の降りる駅までは十分もかからないのだけれど、先輩がすこしでも一緒にいたいと言ってくれるので、先輩の駅までさらに二十分間、わたしは一緒に電車に乗る。二人だけになると、先輩はすこし変わる。最初はあまり変わらなかったのだけれど、だんだん違うヒトになるようになってきている。

「祥子、この髪さ」先輩はちょっとだけ乱暴にわたしの髪を引っぱるように撫《な》でながら、さっきまでとおんなじに優しい声で言う。せっかく巻いた髪が崩れちゃうのを気にしつつ、わたしは先輩を見上げる。

「ほんとに巻くの慣れてないんだね。これ下手すぎだって。それにオレ、もっと明るい髪の祥子が見たいよ。そっちのが似合うって」

そうなんだ、とわたしは思う。帰り道のドラッグストアでさっそくヘアカラーを探す。思い切ってピンク系にぐっと明るく、その晩わたしは髪を染める。翌日の学校では皆が新しい髪を褒めてくれる。かわいー、大人っぽいねー。でもわたしは先輩と二人きりになるまでは安心できない。周りに友達がいなくなると、先輩は穏やかな笑顔のままわたしの髪を摑《つか》み、わっしわっしと、髪が抜けそうなくらい強く撫でる。痛い痛い痛い、好き好き好き、わたしの髪は悲鳴を上げる。

「ははっ、これさすがに明るすぎだって。ヤンキーじゃないんだからさ。これ見ちゃうとやっぱ黒髪なんじゃねーのって思うよ」

そしてわたしはその夜に、髪を黒く染め直す。短期間に何度もそんなことを繰り返すから、わたしの髪はツヤをすっかり失ってギシギシだ。それでもわたしは、牧野先輩がわたしにだけは違う顔を見せてくれることがしあわせで嬉《うれ》しくて、どうしたら喜んでもらえるだろうかとそればかりを考える。

「祥子って処女でしょ？」

放課後の三年生の教室で、ふと二人だけになった瞬間に、さっきまでのみんなとの携帯ゲームの話と全く同じテンションで突然に先輩は言う。

「え？　あ、あー、えーと……」

わたしはこれが冗談なのか真剣な問いなのかと迷う。先輩が今なにを求めているのか、間違えてはいけない。窓の外のグラウンドが巨大なレフ板みたいになって、教室の中は蛍光灯もつけていないのにオレンジ色の間接光に満ちている。放課後の廊下のざわめきが、イヤフォンの音漏れのようにドアの向こうに充満している。学校が最も学校らしく美しい時間だと、わたしは思う。

「ね、オレ訊《き》いてるんだけど」

先輩の整った顔は、レフ板効果でグラビア写真みたく嘘のように綺麗《きれい》。襟足の髪が柔らかく光っている。答えなきゃ。

「あのー……。は、はい、ぶっちゃけ生娘《きむすめ》ですっ！」

わたしはモウレツな恥ずかしさにくらくらしながら答える。

「ははっ、なによキムスメって。それ、オレの誕生日までとっといてね。他の男のこと知ってる女に、オレ一ミリでも触りたくないから」

そう言って、先輩はわたしの熱くなっている頬に手を触れてくれる。唇が近づく。キスだ！　わたしはぎゅっと目をつむり、先輩の唇の感触を待つ。でも、いつまでたってもそれは来ない。ははっ、という乾いた笑い声が聞こえる。

「祥子、目、思いきりつぶりすぎ。すげーブサイクになってるよ」

わたしは恥ずかしくて泣き出しそうになる。ああ、キスされる練習もしておかなくちゃ。来月の先輩の誕生日まで、わたしは正気を保てるだろうか。先輩がオレンジの光の中で涼しげにわたしを見ている。ズキズキと刺すような、それでもしあわせとしか表現できない痛みが体を包む。

おまたせー、帰ろうぜ。先輩の友達が教室に顔を出し、先輩は優しく「行こう、祥子」と言う。脇の下にぐっしょりかいた汗が恥ずかしくてわたしは逃げ出したくなる。でも、わたしは決して逃げられない。

ただひたすらに暑い夏だった。

それから先輩の誕生日までの一ヵ月間、わたしは汗とか臭いとかそういう分泌物を先輩の前で出すのが恥ずかしくて、がむしゃらに水分を控えたりそのせいで脱水症状で倒れたり、でもあまり痩《や》せすぎると先輩を失望させちゃうかもと思いつき夜中に急に牛丼屋に出かけたり、でも安いお肉は体臭になっちゃうかもと後悔してトイレで吐いたりと、目隠しをされた小動物のようにやみくもに右往左往していた。無事に処女をなくせた時にはほんとうにホッとした。処女じゃなくなったら先輩に捨てられちゃったりしないかなという心配も実はあったのだけれど、そんなことはぜんぜんなく、先輩は変わらずに優しかった。


そしてその日も、ひたすらに暑い日だったはずだ。

暑さがちょっとでもましな日なんて、あの夏はなかったはずだから。でもその日のことを思い出そうとすると、汗とか気温とか湿度とか、そういう体感みたいなものがきれいに抜け落ちていることに気づく。その日を境に、わたしは自分自身がなにをどう感じているのかを、たぶん見失ってしまったんだと思う。

夏休み直前の、それは放課後だった。

わたしは雪野先生に頼まれていたクラスのプリントを集計し終わって、わーい先生とお話ししようと、なんだか久しぶりに友達に会うような気持ちで国語科準備室に向かっていた。牧野先輩たちが六月に部活を引退して以来、わたしはなんだかんだと先輩関連で忙しくてあまり他の人と遊ぶ時間がなかったのだ。

階段を昇り廊下を曲がり、準備室のドアをノックしようとしたところでわたしは足を止めた。準備室の中から、言い争うような気配がした。どうしよう、出直したほうがいいのかなと考えていると、

「いいかげんにしなさい！」

と怒鳴り声が聞こえた。雪野先生の声だった。部屋の中から足音が近づいてきて、わたしは慌てて階段の陰に隠れた。

部屋から出てきた制服姿の男性は、牧野先輩だった。二人きりになった時に時々見せるちょっとだけ残酷そうな微笑みが、顔に張りついていた。なにごともなかったようないつもの落ちついた歩調で、先輩は三年生の教室のほうに歩いて行ってしまった。

なにが起きたのか分からず、わたしはプリントを抱えたまましばらくぼーっとして

いたのだと思う。でもきっと、わたしが知らなければならないなにかが起きたのだ。あるいは、知ってはいけないなにかが。足音を殺して、わたしは先輩の教室に向かった。ぎゃははははは、と何人かの爆笑が聞こえてくる。

「つーか牧野、おまえあれ本気だったの？　ほんとに雪野ちゃんに迫ったワケ？」

「バカだこいつ！　てか逆にすげーよ。相手にされるわけないじゃん！」

「そうかな」

と、牧野先輩のいつもの落ちついた声が聞こえる。

「時間かけて押しまくれば落ちるタイプだとオレは思うよ。男がいないと駄目って顔してんじゃん、あのおばさん」

先輩たちがなんの話をしているのか、わたしにはよく分からなかった。いや言葉の意味はもちろん分かるのだけれど、わたしの全身が全力で理解することを拒否していた。

その日は先輩に黙って一人で帰った。そんなことをしたのは、付き合いだしてから初めてだった。一度先輩から電話があったけれど、わたしは出なかった。帰り道、家に着いてから、お風呂《ふろ》の中で、わたしはぐるぐるとあらゆる可能性を考え続けた。ありとあらゆる、今日耳にした言葉たちがただのわたしの妄想あるいは勘違いであるという可能性を。あんまり考え続けて激しい頭痛がした。先輩にメールしたくてたまらなかった。先輩からもう一度電話かメールが来ることを必死に願った。どんなワガママでもいいから、わたしに言いつけてほしかった。でも来なかった。わたしはそれを知っていた。先輩が一度着信をくれたのだから、次はわたしの番なのだ。先輩は絶対に、二度続けては連絡をしてこないのだ。これは決して破られることのないルールなのだ。口に出して二人で決めたわけではないけれど、わたしはこのことを身に沁《し》みて知っていた。


翌朝のホームルームで、雪野先生はいつもと同じだった。別に男が欲しそうな顔なんてしていない、そうわたしは思った。やっぱり昨日のことはわたしの勘違いだったんだ。昼休み、昨日渡せなかったプリントを、わたしは先生のところに持っていった。ありがとう相澤さん、と先生はいつもの優しい声でわたしに言った。

「でも昨日はどうしたの？　わたし、準備室でしばらく待ってたのよ」

「あ、ええと、なんか急用ができちゃって。ごめんなさい」と、わたしは答えた。

ほら、やっぱりわたしの勘違いだったんだ。わたしは今度こそそう確信をした。だから、放課後には安心して先輩の教室に行った。

「牧野先輩、雪野先生が好きなんですか？」

安心したはずだったのに、勘違いだと確信したはずなのに、先輩に向きあって最初に出てきた言葉がこれだった。わたしは自分で自分の言葉にうろたえた。どうしてそんなふうに思うの？　と不思議そうに訊《き》き返され、あの、昨日国語科準備室で、とまるで自分が悪いことをしてしまったような気持ちになりながらわたしは答えた。

「あれ、聞こえちゃった？」

なんでもないことのように、表情すらぜんぜん変えずに、先輩はさらりと言った。

「好きとかじゃないよ。でもなんか気になるじゃん雪野ちゃん。なんかミステリアスっていうかさ。まだやってないよ。まあそのうちやれると思うけどね。女ってさ、あのくらいの年齢が一番淫乱《いんらん》だっていうじゃん？」

「……そうなの？」

「そうだよ。聞いたことない？　祥子もさ、なんかやっぱまだ固いじゃん」

そうなんだ、とわたしは思った。

「そうなんだ」と、だからわたしは呟《つぶや》いた。そうか、わたしが悪いのかな。ぜんぜん悪びれたところのない先輩の声を聞いていると、だんだんそう思えてくるのだった。

その日以来、先輩はメールの返事を返してくれなくなった。わたしが電話をしてもメールをしても、決して返事をしてくれなくなった。放課後に会いに行けば会える。友達と一緒に、駅まで帰ってくれる日もある。でもわたしと二人だけになることを、先輩は避けているように見えた。先輩がわたしと二人だけになってくれる時は、やれる時だけだった。先輩の家で両親が留守の時か、わたしがホテル代を払える時には、先輩はわたしを抱いてくれた。やっぱ祥子はまだなんか固いじゃん。そう言われることが怖くて、わたしはどんなことでもやろうとした。でもそうしようとすればするほど、わたしの体は固く乾いていくのだった。そのうちに先輩は、わたしを抱かなくなった。

高二の夏休みは地獄だった。

決して返事を返してくれない先輩に会いたくて、先輩の地元までなんども行った。先輩はわたしを見つけても、きれいに無視をした。本当にわたしが見えていないみたいに。それがあまりにも自然な無視だから、本当に自分はここにいないんじゃないかって心配になってしまうくらいだった。それでも一度だけ、先輩の家の前で、先輩がわたしに声をかけてくれたことがあった。「祥子、おいで」と言う優しげな声も表情も以前とおんなじで、ああ、今までのことはやっぱりわたしの妄想かなにかだったんだと、泣きたくなるくらいにわたしはホッとした。実際に泣いていたと思う。でも、先輩がわたしを連れていった先は交番だった。ストーキングの相談なんですけどと先輩が警官に言うのを聞いて、わたしは怖くなってその場から走って逃げ出してしまった。


わたしには理由が必要だった。

わたしのなにがいけないのか、いけなかったのか、どうすれば許してもらえるのか、それとももうぜったいに、わたしは許してはもらえないのか。

——雪野先生が悪いんだ。

がらんとしたリビングでコンビニのおにぎりを食べながら、わたしは唐突にそう気づいた。そうだ、どうして今まで分からなかったんだろう。雪野先生が、わたしから先輩の気持ちを奪ったのだ。

わたしはそう気づき、そのとたん、ようやく全身から力が抜けるほど安心した。そうだったんだ。じゃあ、今まで先輩を全力で好きでいたのとおんなじ強さで、わたしはただ、雪野先生を全力で憎めばいいのだ。

かんたんじゃん。

久しぶりに晴々とした気持ちで、わたしはそう思ったのだ。

＊　＊　＊

あれから何年かが経って、今ならばわたしは分かる。

わたしは最初から牧野先輩に徹底的に舐《な》められていたのだろうし、雪野先生はただ優しいだけの被害者だった。今のわたしが当時の相澤祥子や牧野真司に会えたとしたら、もっと適切な処置ができたはずだと思う。彼らが本当に求めていたはずのものを、もっと正しい形で引き出して、導くことができたはずだと思う。でも当時は——

……なーんて回想形式でソウタイ化して語ることができれば、わたしも、わたしの話を聞いてくれるかもしれない誰かも、きっとホッとすることだろう。でも残念ながらこれは終わった話ではなく、今も続いている話だ。

牧野先輩が単に甘えまくったガキであることも、わたしも同じであることも、雪野先生に責任なんてあるわけないってことも、わたしは今だってちゃんと分かっている。

「好きだったのに好きだったのにっ！」

そう叫びつつ、泣きながら雪野先生を殴り続ける夢を、わたしは今でも見る。

＊　＊　＊

わたしには、自分でもびっくりするくらい力があった。

まるで目の前に交通標識でも浮かんでいるみたいに、どうすれば雪野先生を効果的に追い詰めることができるのか、その道筋がすごくクリアに見えていた。わたしってこんな才能があったのねと、自分でもちょっと感動してしまうくらいだった。

最初にやったのは、雪野先生の授業に遅刻することだった。三十分遅れて、わざと教室の前の入り口から堂々と入った。「相澤さん、遅刻ですよ。どうしたの？」そう先生に訊かれてもしばらく答えず、先生の顔をじっと睨《にら》んだ。それから、「ご自分の胸に訊かれたらどうですか」とぶっきらぼうに言って席についた。わたしが最初にしたことは、それだけだった。それだけでクラスメイトたちはなにか事件の匂いを嗅《か》ぎとり、普段と違う空気が教室に作り出された。

祥子、雪野先生となにかあったの？　休み時間に友達からそう訊かれても、わたしは言葉を濁した。ううん、ちょっとプライベート。わたしが目を伏せてそう言っただけで、友達は本気で心配してくれた。わたしは夏休み明けに実際にげっそりと痩《や》せ細っていたし、それに今まで誰かの悪口を言ったこともなかったから、わたしがなにかの被害者なのだと皆は簡単に思い込んだ。

もちろん雪野先生もわたしを心配して、なんども声をかけてきてくれた。わたしは「ごめんなさい」と言って具体的な話を避け続けた。三ヵ月ほども、慎重に粘り強く、わたしはそういう態度を続けた。すると、まずはわたしと仲のよい女友達から、同じように雪野先生を避けるようになっていった。雪野先生は生徒からも信頼の厚い人だったけれど、わたしからは決してなにも話さないことが、雪野先生にもなにか原因があるに違いない、と彼女たちに思わせていた。

そのうちに、雪野先生と牧野先輩が怪しいという噂が立ちはじめた。実際は、牧野先輩が今でも勝手に先生を追い回しているか、あるいは先輩が憂さ晴らしに自分で噂を流したかのどちらかだろうと、わたしにはすぐに分かった。こんなのは今までにもなんどもあった、すぐに立ち消えてしまうくだらない噂話だ（「雪野ちゃんが相手にするわけないじゃん」で終わる）。でも今回はわたしの沈黙が、噂にある程度の信憑《しんぴょう》性《せい》を与えた。

これは先輩からわたしへのパスなんだ！

　わたしはそう思った。その頃にはわたしは先輩とは会話もできなくなっていたけれど、先輩は噂の提供という形で、一緒に雪野先生を追い詰めようとわたしに言っているのだ。そう思った。先輩とこれをやりとげなくちゃ。わたしはあらためて決心した。

「祥子、もしかして牧野先輩と雪野先生がなんかあったの？」そういう友達からの質問に、わたしはただ目を潤ませた。演技をする必要もなく、わたしの目はその話をされるだけで実際に涙をこぼすのだった。


「祥子ちゃん、学校は楽しい？」

　夕食を食べながら新しいママにそう訊かれた時、そろそろこっち側からも攻められるかな、とわたしは思った。

「んー……。古典の授業だけがね、ちょっと困ってるっていうか。みんな騒いでてさ、あんまりちゃんと授業になってないんだよね。若い女の先生だからちょっと舐められてるのかもしれないけど、わたしも来年受験だしさ」

　食卓に並んだやけに高級そうなお肉をがんばって胃に送り込みながら、わたしはママにそう言った。わたしと十歳ちょっとしか離れていない、以前のママをそのまま若返らせただけのように見える美しい知らない女は、娘にしてやれることがようやく見つかった、とばかりに顔を輝かせたように見えた。

本当にかんたんだった。

ママはなにやら複雑な経路を辿《たど》って、娘のかつてのボーイフレンドと問題の古典教師の間にある噂まで聞きつけてきた。その頃には、わたしのクラスでは本当に雪野先生の古典だけが授業にならないほど荒れるようになっていた。何人かの真面目な生徒が「雪野先生の授業では受験勉強にならないから困る」と職員室に訴えたのと、親の側から都の教育委員会にクレームが入ったのは、ほとんど同じタイミングだった。

本当に気の毒なくらい、雪野先生は無力だった。雪野先生はただただ誠実で善良なだけだった。わたしには力があって、先生にはそれがなかった。簡単で残酷な事実だった。

やがて牧野先輩が卒業し、わたしには雪野先生を追い詰める動機も理由もなくなった。それでも、事態はもうわたしの手を離れて、どこまでもぐるぐると勝手に回り続けていた。ポケットに入れっぱなしにしていたイヤフォンのコードが、気づくと勝手にぐちゃぐちゃに絡まって固結びになっている。そんなかんじだった。何人かの生徒たちは雪野先生への嫌がらせを続け、雪野先生は勝手に病んでいった。あれだけ憧《あこが》れ続けた雪野先生が、今では暗くて不健康なただのおばさんに見えた。わたしは新しい恋人を作り、簡単に別れ、また作り、そういうことを繰り返すようになった。

そしてある梅雨の晩、ママが嬉《うれ》しそうな表情でわたしに報告してきた。あの先生、退職することが決まったって。わたしは返事をせず黙って食卓を立ち、トイレに行き喉《のど》に指を入れ、あの女の作った料理をすべて吐いた。自動的にぽたぽたと、涙もこぼれた。わたしはただ一度の嘘すらつくことなく、雪野先生を学校から追い出したのだ。


高校三年の六月、わたしは偶然に勅使河原に会った。

突然の夕立に駆け込んだ、渋谷駅の軒下だった。空気はひどく蒸していて、メダカくらいの小さな魚だったら空中を泳げるんじゃないかって思うほどの湿度だった。なにげなく横を見たら、わたしから一瞬遅れて駆け込んできたのが勅使河原だった。

「……ん？　お、おおおおお！　おまえ、相澤か⁉」

勅使河原がわたしに向かって叫んだ。

「勅使河原……」

わたしも驚いて呟《つぶや》いた。びしょ濡《ぬ》れの勅使河原は髪も染めておらず、髭《ひげ》も生やしていなかった。相変わらずダサくてキモくてただ背だけが伸びていて、ブレザーがぜんぜん似合っていなかった。口を思いきり開けて満面の笑みで、今にも抱きついてきそうな勢いで勅使河原はつばを飛ばした。

「相澤あああああ！　ああもう久しぶりだなーっ、二年ぶりか！　元気だったかよおおお！　なんかさらにケバくなったなーおまえーっ！」

わたしは勅使河原が目の前にいるということになんだか現実感が持てず、飛んでくるつばを避けることもできなかった。ただ夢の中にいるかのように、ぼんやりしていた。

「ん？　なんかおまえ暗くない？　家か学校でなんかあったのか？　なにか悩みごとがあるなら俺には話せよ」

なにかが崩れてしまいそうだった。こんなふうに言われてしまったら――わたしがずっと言ってほしかった言葉を、こんなふうに勅使河原から不意打ちで言われてしまったら、わたしはもうダメになってしまう。雨で制服のブラウスから透けているはずの、派手な下着がどうしようもなく恥ずかしくなる。勅使河原にしがみつきそうになるのを必死でこらえ、泣き出すのを必死にこらえ、わたしは言った。

「わたしに話しかけんなキモ男。こっちが恥ずかしいんだよ」

勅使河原を見ずに、逃げるように改札口をくぐった。階段を走って昇り、行き先も確かめず電車に飛び乗った。勅使河原とあれ以上話し続けたら、牧野先輩がわたしにしたのと同じことを、今度はわたしが勅使河原にしてしまうような気がした。それがひたすらに怖かった。

＊　＊　＊

高校最後の夏休みが明け、二学期が始まった。

その日、わたしは午後から学校に出かけた。特に理由もなく、いつもの銀座線ではなく山手線《やまのて》に乗り、遠回りして学校に向かった。真夏日、という文字をそのまま絵にしたみたいに眩《まぶ》しく晴れた日だった。座席に座り、強い日差しが車内に落とす光の水たまりをぼんやりと見つめた。レールのカーブに沿って水たまりはゆっくりと移動し、一人ひとりの体を順番に浸していく。その光がわたしの足元に到達した瞬間に、ふいに、わたしは高校入学の初日のことを思い出した。

あの日、わたしはサヤちんと二人で登校するために山手線に乗ったのだ。新しい制服に身を包んだ誇らしい気持ちと、うきうきとしたあの日の会話を、今もここにあるかのように鮮明に思い出す。

ねえ、高校ってどんなかな。みんな大人っぽいのかな。先生って怖いのかな。優しい先輩がいるといいな。好きな人できるかな。優しい彼氏、できるといいな。


その一年生の見知らぬ男の子が教室に入ってきた時、わたしには一目で分かった。いや、姿を見る前から、廊下からかすかな足音が聞こえてきた瞬間に、わたしには分かった。——誰かわたしをここから連れ出してくれないかな。ずっとずっと昔に抱いていたあの気持ちを、わたしはふいに思い出す。

わたしはつるんでいる友人たちと、放課後の教室でいつものように時間をつぶしているところだった。今付き合っている相手がいまいちイケてなくてどうこうとか、そういうどうでもいい話をしていた。その日はまるで台風が去った後のような真っ赤な夕焼けで、陽が沈んでからも教室は赤黒い残照に包まれていた。

その男の子はわたしたちの姿を認めると、机をかきわけるようにしてまっすぐにわたしのところまで歩いてきた。とても真剣な表情をしていた。おまえたちを許さない、瞳《ひとみ》がそう言っていた。

やっと来た——とわたしは思う。遅《おせ》えんだよ！　と、この大人しそうな男の子を怒鳴りつけたくなる。今さらのこのこと現れたところで、もうなにもかも手遅れなのに。

「なんだ？　一年」

友人の男がいぶかしげに訊《き》く。男の子はそれを無視し、

「相澤先輩って」

と言いながらわたしの目の前に立つ。

「だれ？　あんた」

わたしは返事をしてあげる。わたしがそうだよ、と教えてあげる。彼は息を深く吸い込んでから、静かな声でわたしに言う。

「雪野先生、辞めるそうですね」

「はあ？」

わたしは心の底から苛《いら》つく。こいつはなにも分かってない。なにもかも、もう手遅れなのだ。

「関係ないんだけど、あんな淫乱《いんらん》ババア」

そう言った瞬間、わたしの頬は彼の平手で殴られる。

これは罰だ、とわたしは思う。

世の中の　苦しきものに　ありけらし　恋に堪《た》へずて　死ぬべき思へば

（万葉集四・七三八）

訳：この世にあって　苦しいもので　あるようですね　恋に苦しみ　死ぬ思いをしているので

状況：坂上大嬢が大伴家持へ贈った二首のうちの一首。恋に苦しみ思いつめるさまが、素直に表現されている。

第八話　降らずとも、水底《みなそこ》の部屋――秋月孝雄

その女の頬を叩《たた》いた瞬間、手のひらに嫌な感触が残った。粘つく汚水が骨まで沁《し》みたような、気味の悪い暴力の後味だった。しかしまだ足りないと秋月孝雄は思う。心臓から憎悪が、まるで血液のように噴き出し続けている。

「なにすんだコイツ!」

横から声がして、女を叩いた右腕を男の手に摑《つか》まれた。振り払い、男のことは無視して女を睨《にら》みつける。相澤という三年女子。この女が、あ、の、人を。

ふいに正面から近づく人影に気づき、次の瞬間には激しい衝撃で机に倒れ込んだ。派手な音を立てて耳の真横で机が倒れ、目を開くと目の前が床だった。すこし遅れて唇の裏が燃えるように熱くなる。

なんだ、こいつら何人いたんだ?

怒りに飲み込まれてそれすら見えていなかった。口の中にどろりと血の味が溢《あふ》れてくる。顔を上げると、Tシャツ姿の大男がつまらなさそうな表情で孝雄を見おろしている。湧き上がってきた恐怖と後悔を血の塊と一緒に飲み込み、孝雄は低い姿勢のまま大男の腹に突っこむ。重い丸太に体当たりしたような感触の直後、背中に硬い肘《ひじ》を打ち込まれる。床に崩れる。間髪入れずに腹を二度蹴《け》られる。内臓を刺されるような痛みに、反射的に体が丸まる。しかし上着を引っぱられ、強引に立たされる。視線の十センチ先に分厚い胸板がある。まるで鉄の柱のような大男に、孝雄は襟首を摑まれている。

「ちっくしょう!」

叫びながら男の顔を目指して拳《こぶし》を突き上げるが、片手で簡単に防がれてしまう。手の甲で張るようにして頬を打ち鳴らされ、返す手で顎《あご》を打たれる。たいして力も込めていないふうなのに、顔面がたやすく歪《ゆが》む。靴の裏を腹に置かれた、と思った瞬間に、思いきり蹴り飛ばされる。孝雄は割れるような金属音を立ててロッカーに背中からぶつかる。熱い空気の塊が肺から吐き出る。

なんだこれ——めちゃくちゃ痛《いて》え。

「おまえなんなの?　祥子になにすんの?」

耳鳴りに混じって、大男の軽蔑《けいべつ》したような声が頭上から降る。「祥子、知らない子だよね?」

相澤の横にいた女がいぶかしげに言う。相澤は黙ったままだ。なんなんだ俺は、めちゃくちゃ弱いじゃねえか——泣き出しそうにそう思いながら、孝雄はなんとか上半身を持ち上げる。目の前の三年生男女数人を、精一杯の憎悪を込めて睨《ね》めつける。薄笑いを浮かべて彼らは口々に言う。

「あれでしょ？　また雪野の犠牲者」

「マジ？　おまえもあのババアに惚《ほ》れちゃったの？」

「やっぱ一回くらいやらせてもらった？」

「さすがビッチだよな雪野ちゃん。でもキモくね？　おまえ雪野ちゃん歳いくつか知ってんの？」

「ちょっとかわいそう。だまされちゃったんだねえ」

「でもこれからは付き合ってもらえるかもな。もう雪野教師じゃねえんだから」

無表情に目を伏せたままだった相澤が、ふいに顔を上げて孝雄を見る。歪んだ笑顔に見える表情で、唇を開く。

「感謝してよね、きみ。わたしがあのババアを辞めさせてあげたんだから」

とたん、孝雄の指先までが怒りに燃える。大声を上げながら相澤に殴りかかる。しかしふたたび大男に阻まれて、孝雄はまた殴られる。殴られ蹴られながら、なぜ、と孝雄は思う。

なぜ、なぜ、なぜ。
あの人は、
あの雨女は、
雪野先生は、
なぜ俺に、なにも――。

＊　＊　＊

俺はとらわれてしまった。

孝雄はそう思う。雨と光に囲まれたあの東屋《あずまや》で、あの足の冷たさに触れた瞬間に、俺はどうしようもなくとらわれてしまった。

あの日、あの人の足に触れ、その形を数字に換え、その輪郭を鉛筆でなぞった。そうやって写し取った紙までにもあの人の匂いが宿ったようで、あの人のかけらを思いがけず手に入れたようで、それだけで全身が熱くなった。

しかし、まるで孝雄がそれを手に入れたことと引き換えのように、あの日を最後にぱたりと雨が降らなくなった。梅雨が明けたのだ。そして雨が降らないまま、夏休みが来た。東屋に行く口実を、孝雄は完全に失ってしまった。

八月初旬のある日、兄が家を出た。孝雄も朝から引っ越しの手伝いをした。母は二ヵ月前から家出中だったから（とはいえ週に一度ほどは帰ってきて、気まぐれに夕食を作ったり孝雄に作らせたりはしていたけれど）、実質的に孝雄は初めての一人暮らしとなった。兄と共有していた八畳の和室、その空いた半分をどう使ってよいのか分からないまま、がらんとした部屋で一人で食事をし、一人で寝た。部屋の空白にも思考の隙間にも、気づけばあの人が満ちていた。一人でいるということは、あの人がここにはいないと知ることだった。あの人が別の場所で、俺の知らない時間を過ごしているのだと、間断なく知り続けることだった。

孤独の意味を、孝雄は初めて知った。会えないことが苦しかった。それはほとんど肉体的な痛みだった。今こうしている最中にも、俺の知らない誰かがあの人の横にいるかもしれないのだ。あの甘く震える声を聞き、光が縁取る髪に見とれ、心に直接届くような匂いをかぎ、薄いピンク色の足の爪に――もしかしたら、そっと触れたりしているかもしれないのだ。

眠る前に雨を祈り、目覚める前に雨を祈った。それでも雨は降らなかった。俺がこんなにもわがままに雨だけを願ってしまうから、神さまが意地悪をしてもう二度と雨は降らすまいと決めたのだ。気づけばそんなことを真剣に考えていて、このままでは俺は駄目になる、と本気で怖くなった。

こんな独りよがりの苦しみには意味などない。それが分かる程度には、ぎりぎりの冷静さは残っていた。確かに、俺は恋に落ちてしまっている。でもそれによって弱くなってしまったのでは、あの人の周囲にいるのであろう大人たちには決してかなわない。だから、恋によって弱くなるのではなく、恋によって俺は強くなるのだ。脳がすり切れるほど考え尽くしたその果てに、孝雄はそう決心した。痛がりすぎる心の一部を殺すのだ。そして自分がなにをすべきかを見きわめ、どうすればあの人に届くのかを考え、足と手を動かすのだ。

だから夏休み中、なるべく多くの時間をアルバイトに割いた。やがて待ち望んでいた雨が降ったが、その日も振り切るようにして午前中から店に出た。シャオホンの去った中華料理屋には、仕事はいくらでもあった。シャオホンならばどう動くだろう、それだけを考えて仕事に集中した。稼いだ金の七割を貯金し、高校卒業後の学費に備えた。靴の専門学校に行くつもりだった。残りの三割は、靴作りの材料費に充てた。

——私ね、上手《うま》く歩けなくなっちゃったの。

あの日、あの人はそう言った。

だから俺は、あの人がたくさん歩きたくなるような靴を作るのだ。それが、あの人まで届くかもしれない、俺の辿《たど》れる唯一の道だ。アルバイトから帰った一人の部屋で深夜まで靴作りをしながら、孝雄はそう考える。あの足を写した紙、今でも手に残るあの柔らかな形。それらを手掛かりに木型を削り、あるいはパテを盛り、靴のための形を作る。ノートに何ページも靴のデザインを描き連ね、悩み抜いたすえに一つに絞る。型紙を作る。それを革にあてて、銀ペンで輪郭を描く。幾度も失敗を繰り返しながら、革包丁で切り取っていく。切り取った革をパズルのように組み合わせ、立体的に縫い合わせていく。そういう作業のたてる様々な音が、がらんとした部屋に吸い込まれていく。どこまでも水を吸い込む乾いた布のように、夜の空気は音をそっと閉じ込め続ける。

一人の部屋のこの静けさが、この孤独が、俺をきっと大人にするのだ。そう、祈るように孝雄は思った。

アルバイトをしながら靴を作る、しかしそのための時間としては、夏休みはまるで足りなかった。あっという間に八月が終わり、手に入れたのは十五万に届かない貯金と、無駄にしてしまった革の山、作業中にできた手の切り傷だけだった。アッパーすら満足に縫い上げることができていなかった。この調子ではいつになったら靴を完成させられるのか、自分でも見当がつかなかった。それでも、学校が始まることは孝雄の気持ちを励ました。これで雨が降れば、また堂々とあの人に会いに行ける。――学校をサボるのは雨の午前中だけにしようって決めてるんです。いつだったか俺は、あの人にそう言ったのだ。今度会えたら、なにを話そう。ほとんど暗記しちゃいました、そう伝えようか。え、なにを？　と不思議そうな表情で彼女はきっと訊《き》く。プレゼントしていただいた、あの靴の本です。そう伝えて、実際に暗唱してみようか。あの人は驚いてくれるかもしれない。喜んでくれるかもしれない。

そんなことを考えながら、二学期の授業初日、孝雄は弾む気持ちで登校した。

だから、昼休みに職員室の前で唐突に彼女とすれ違った時、孝雄はそれが誰なのか気づかなかった。たっぷり数秒ほども遅れてから、え、と思った。

「雪野先生！」

孝雄が振り向くよりも前に、一緒に歩いていた佐藤弘美が驚いた声を上げ、その人に駆け寄っていった。佐藤の背中を目で追うようにゆっくりと振り向くと、その先に、担任教師の伊藤と並んで彼女がいた。

……ゆきのせんせい？

意味が分からずにただ立ちすくんでいると、他にも何人かの生徒たちがすがりつくように彼女に駆け寄っていった。皆口々に先生、と言っている。

——ごめんね、みんな。

その声を耳にした瞬間、ぞくり、と全身が震えた。俺の知っている、あの甘やかに震える声。なぜ学校で。孝雄は混乱する。

「五限の後までは学校にいるから、よかったら、後でゆっくりお話しさせてね」

彼女は取り囲む生徒たちにそう言ってから、まぶたを伏せ、それからふいに孝雄を見た。まっすぐに目が合った。泣き出しそうな表情を、彼女はしていた。

——あの人なんだ。

姿を目にできた喜びが条件反射で体に満ち、すぐにそれは腹立ちのような気持ちに押し流され、次に困惑と疑問が押し寄せた。まるで周囲の酸素が強風に吹き飛ばされてしまったかのように、急に息が苦しくなった。

「雪野ちゃん、学校に来たんだな」

隣にいた松本の驚いたような口調が、やけに遠く聞こえた。

雪野先生になにがあったのかを、佐藤と松本が教えてくれた。

去年から、自分の担任クラスの女子たちにずっと嫌がらせを受けていたこと。彼氏を奪われたと逆恨みされ、集団で授業をボイコットされ、保護者まで巻き込んで、学校に来られなくなるほど追い詰められていたこと。ついに学校を辞めることになったこと。そのすべての発端と中心に、相澤祥子という女子生徒がいること。

猛然と腹が立った。相澤という女への腹立ちなのか、教師だと黙っていたあの人への腹立ちなのか、それともなにも知らなかった自分自身への怒りなのか、判然としなかった。

それでもとにかく、胸の奥で暴れ続ける感情を抑えつけたまま、なんとか放課後まで時間をやりすごした。下校のチャイムが響く中、校門から出ていくあの人の後ろ姿を、二階の教室から黙って見おろした。やはり何人かの生徒があの人にとりすがり、泣いていた。夕焼けがやけに毒々しく赤い日だった。その足で、三年生の教室に一人で向かった。相澤という女を探し出し、雪野先生、辞めるそうですね、と孝雄は訊いた。訊いてどうする、ということまでは考えていなかった。

関係ないんだけど、あんな淫乱《いんらん》ババア。

そう吐き捨てられ、なにかを考えるより先に手が相澤の頬を張っていた。

＊　＊　＊

道を間違えたことには途中で気づいていたけれど、孝雄はそのまま歩き続けた。
街灯のすくない住宅街だった。生温い風に、街路樹と電線がさわさわと揺れていた。色のない夜空のずっと高いところに、白い細い月がかかっていた。左目のまぶたが腫《は》れているせいで、月はじっと見ていると二重になったり三重に見えたりした。それはまるで切り落とされた爪のかけらのようで、あの人が足の爪を切るぱちん、ぱちん、という寂しい音が聞こえてくるような気がした。その光景に自分が含まれていないこと、過去にも含まれず、未来にもきっと含まれることはないだろうということが、どうしようもなく孝雄の気持ちを悲しくさせていた。

教室に駆けつけた担任教師になかば無理矢理病院に連れていかれ、解放された頃にはすっかり夜になっていた。総武線は帰宅の人々で混み合っていて、吊革《つりかわ》を摑《つか》んだ格好で顔を上げると、暗い窓には腫れた顔にガーゼを貼られた自分が映っていた。殴られた頬が、ずきんずきんと別の生き物のように鼓動していた。口の中には血の味のする唾液《だえき》が溜《た》まり続けていた。そのうちに頬の痛みと人混みの不快さに耐えきれなくなり、中野を過ぎたあたりで孝雄は電車を降りた。

そのまま線路に沿うようにして西に歩いた。一時間も歩けば家に着くだろう。風に吹かれながら自分の足を動かしているほうが、まだしも顔の痛みは紛れた。血の混じった唾液を時折アスファルトに吐き出した。

まるで筋書きを知らない舞台の上に、客席から上がり込んでしまったような気分だった。次にどう動けばよいのか見当もつかなかった。誰も自分の登場なんて望んでいなかったし、そのことに今日まで俺は気づきもしなかった。そのくせ勝手に自分が主役のようなつもりでいたのだ。——消えてしまいたいくらい、ただただ恥ずかしかった。

あの人は俺がまだ中学生の頃から、相澤たちと俺の知らない関係を積み重ねていたのだ。それがトラブルだろうがなんだろうが、自分たちの約束のない淡い会合などよりよほど濃い関係だったはずだ。

俺はたった三ヵ月前になって登場した、雨の日に学校をサボるだけの単なる通行人にすぎなかった。

靴を作ってほしいなんて、誰も言っていなかった。会いたいなんて、あの人はひとことも言ってはいなかった。ただ会うかもね、と呟《つぶや》いただけだった。

あの人になにがあったのかと、想像すらしていなかった。俺は本当に、自分のことしか考えていなかったのだ。

住宅街の突きあたりを曲がると、線路に架かった陸橋に出た。橋の真ん中に立ち、自分がいまどこにいるのかを確かめる。左手には、通り過ぎてきた新宿の高層ビルの遠い光が、あたりの闇が濃いぶん大きく膨らんで見えている。とすると右手の暗闇が、これから帰るべき方向だ。住宅街の瓦《かわら》屋根が、ひっそりと濡《ぬ》れたように淡く光っていた。そしてそのずっと上にはあの人の細い爪。それを隠すようにたなびく雲を眺め、明日《あした》は雨が降るだろうか、と孝雄はぼんやりと思う。

翌朝は薄い曇り空だった。

継ぎ目のない灰色の雲が、どこまでもぴったりと東京の空を覆っていた。とてもとても静かな朝だった。あの雲が街中の音を吸い込んでるんだ。普段よりも色褪《いろあ》せたように見える甲州街道を渡りながら、そう孝雄は思う。

　国定公園の新宿門をくぐったところで、年間入園パスを忘れたことに気がついた。孝雄は小さく溜息《ためいき》をつく。

　雨も降らず、パスもない。

　あの人もいるわけがない。

　やっぱり来るべきじゃなかった。そう思いながらも、券売機で二百円を払い入園チケットを買った。今から学校に行ったところでどうせ遅刻なんだ。それに雨だったとしたら、逆に俺はここに来なかったかもしれないし。……じゃあ、いったい俺はなんのためにここに来たんだ？

　──まあ、もう、どうでもいい。あきらめたように自動改札にチケットを差し込む。ガチャン、というゲートの開く金属音が、人影のない公園にやけに大きく響く。

　なにも考えないようにして、園内を歩いた。考えずとも、足は通い慣れた道を勝手に辿《たど》った。ヒマラヤ杉とレバノン杉の立ちならぶ薄暗い一画を通り過ぎる頃、いつもどおり突然に空気が変わる。気温は一度ほども下がり、あたりには水と緑の匂いが満ちる。小さな鳥が、空中の見えない切り込みを裂くようにして、目の前を鋭くよぎる。

傘を差さずに歩くこの公園は妙に広々としていて、自分が無防備な子供になったようで、不安になる。見当違いのことをしているという気持ちが強くなる。

だから、カエデの向こうに見え始めた東屋《あずまや》に誰の姿もなかった時、孝雄はどこかホッとしたのだ。

――別に、ぜんぜん胸も痛まないし。

紙に書きつけるようにして、そう思ってみる。

だって俺は、あの人がもう来ないと分かっていたから。

そのように、孝雄は考える。考えてみた瞬間、うねるような感情の波が足元から喉《のど》元《もと》まで湧き上がった。違う！　と叫びたくなるような衝動が唐突に迫《せ》り上がる。

違う。

そうじゃない。

俺は会いたいんだ。

会いたくて会いたくて、その気持ちが自分でもどうしようもなくて、あの人にちゃんと会うために、俺はかたくなに夏休み中この場所に来なかったんだ。

本当は雨が降らなくても、晴れでも雪でも曇りでも、そんなこととは関係なく、俺はあの人に会いたいんだ。

俺は、こんなふうにあの人と終わるわけにはいかないんだ。

――ふいに、遠くで小さな水音がした。

池で魚が跳ねたのかもしれない。枝が水面に落ちたのかもしれない。でももしかしたら。きっと――。

たっぷりと垂れ下がったカエデのカーテンをくぐって藤棚が見える頃には、どうしてか確信していた。

茂った藤の葉の下、淡い緑色の影の中に、その細い身体はあった。

孝雄の足音に、ゆっくりと振り向く。濃く緑を映した池を背景にして、あの人が目の前にいた。グレイのかっちりとしたスーツを着て、途方に暮れた迷子のような表情をしている。心まで透けて見えそうなくらい黒く透明な瞳《ひとみ》が、孝雄の目をそっと見た。心臓を直接撫《な》でられたように体が震え、この人が夏の雨そのものなんだと、孝雄は知る。雨ふりを止めることなんて、きっと誰にもできない。どこか遠くで雷が鳴っている。言うべき言葉が、自然に孝雄の口をつく。

――なるかみの。

藤棚の下であの人に向きあったまま、孝雄は言う。

鳴神《なるかみ》の　すこし響《とよ》みて　降らずとも　我は留《と》まらん　妹《いも》し留《とど》めば

池をわたってきた風に、藤の葉と水面とあの人の髪が、さわさわと一斉に揺れた。あの人が目を伏せると、微笑が悲しげに深くなった。ずっと前にも、同じような光景を見たことがあるような気がふいにする。水面のさざめきが遠ざかるだけの間があって、あの人が孝雄を見上げて言う。

「……そう。それが正解。私が最初にきみに言った歌の、返し歌」

まるで教師の口調を、子供がふざけて真似ているみたいだった。それがすこしだけおかしくて、こわばった気持ちがゆっくりとほどけていく。

「万葉集、だったんですね。教科書に載ってたのを、昨日見つけました」

相聞歌《そうもんか》、男女で贈りあう恋の歌だった。雨が降ったら、あなたはここに留まってくれるでしょうか。そういう女の歌に対して、きみが望むならば、雨なんて降らなくてもここにいるよ。そう男が答えている。俺は授業でこの歌を聞いたことがあったんだ。三ヵ月も経ってからようやく気づくなんてと孝雄は思わず自分で苦笑して、それから思いきって、あの人の名を呼んでみる。

「……雪野、先生」

そう言って、雪野先生をまっすぐに見る。彼女は困ったような微笑を唇に浮かべる。すこしだけ小首をかしげて、頬にかかった髪を指先でそっとすくう。

「……最初の日、きみの制服の校章を見て、同じ学校だって途中で気づいたの」

彼女はそう言って、息継ぎをするようにゆっくりと息を吸う。

「だから、授業で習ったはずの歌を伝えれば、古典の教師だってきみに気づいてもらえるかなって思ったの。それに私、学校中の人に知られちゃってると思ってたから。……でもきみは、私のこと、最初からずっと知らなかったんだよね」

孝雄は小さく頷《うなず》く。彼女は眩《まぶ》しいものを見るように、ほんのかすかに目を細める。わずかに笑みを含んだ声で言う。

「——きっときみは、違う世界ばっかり見てたのね」

ふいにチィチィというモズの澄んださえずりがすぐ近くで聞こえ、驚いて目で探すと、池の上を二羽が絡み合うように飛んでいた。しばらく二人でそれを眺め、木陰に見えなくなったところで、彼女が心配そうに孝雄に尋ねる。

「……ねえ、その顔、どうしたの？」

なんて答えようか。心配させたくなる。

「先生の真似してビールを飲んで、酔っ払って山手線のホームから落ちました」

言う。

「うそ！」片手を口にあて、彼女が目を見開く。可愛いな。孝雄はにっこりと笑って

「うそです。喧嘩《けんか》くらいします」

その瞬間だった。空が真っ白に発光し、轟音《ごうおん》が響いた。

大気がスピーカーの振動板のようにビリビリと震えた。

雷がどこか近くに落ちたのだ。二人は思わず顔を見合わせ、揃って空を見上げる。いつの間にか灰色の粘土のような積乱雲が湧き上がっていて、内側には血管みたいな光の筋がちらちらと瞬いている。ごろごろごろ、という低いドラム音が雲の上でゆっくりと回っている。冷たい風がにわかに水面を波立たせ、大粒の雫《しずく》がいくつか、ぼちゃぼちゃ音を立てて落下してくる。——ああ、雨が降る。そう思った時には、既にあたりはどしゃぶりで白く霞《かす》んでいる。

藤棚の葉群れでは全く屋根の役目にならず、孝雄は反射的に雪野の手を取って走り出した。白く濁った水の中を走っているみたいだった。前も見えず、どしゃぶりの轟音で自分の足音すら聞こえない。東屋に駆け込んだ時には、髪も服もぐっしょりと濡《ぬ》れそぼっていた。

「私たち、泳いで川を渡ってきたみたいね」

息を弾ませたまま楽しそうに雪野が言った。孝雄も笑う。弾んだ呼吸と一緒に、心もいつの間にか浮き立っていた。雨と葉の混じった横殴りの風が体に吹きつけ、二人は思わず歓声を上げる。清潔で鮮烈な雨の匂いに囲まれ、世界中の空気がすべて入れかわったかのようだ。気づけば、ついさっきまでの会話も感情も、きれいに雨に流されている。学校での出来事も夏休みの孤独も、ぜんぶがきれいに消えている。

「私、夏のどしゃぶりって大好き」

滝のように庇《ひさし》から流れ落ちる雨を見上げ、嬉《うれ》しそうに雪野が言う。

「俺もです。俺は、季節は夏がいちばん好きです」

「暑いのも？」

「暑いのも。湿気も、汗がだらだら流れるのも、喉《のど》が渇くのも、生きてるって感じがして好きです。雪野さんは？」

「私も夏が好き。夏と、それから春。新しいことが始まって、どんどん育っていく季節だから。寒い季節は体が冷えちゃうからきらい」

そんな理由。おかしくなって孝雄は言う。

「雪野って名前なのに、」

「冬はきらい」と言葉をつなげて雪野は笑う。それから濡れた毛先を指で触り、ぱっが悪そうにちらりと孝雄を見る。ひとりごとを言いかけてやめたみたいに、ふっくらとした唇がぴくりと動く。

「なんです?」

「うん……」

言い淀《よど》み、それから思い切ったように雪野は言う。

「ねえ、きみの名前って……?」

孝雄は思わず吹き出す。あたたかい感情が胸に満ちる。

「秋月です。秋月孝雄」

「ふうん。秋月くん」

響きを確かめるように雪野は小さく呟《つぶや》く。秋月くんか、ともう一度口に出す。ふいに、なにかを思いついたような得意げな表情になって、雪野は言う。

「きみだって秋月って名前なのに!」

この人子供みたいだな、と思いながらも答えてあげる。

「夏が好きです」

小さく息をつくようにして、くすくすと二人で笑う。二人だけの秘密がひとつ増えたようで、くすぐったい喜びが東屋《あずまや》にただよう。それからどちらからともなく、お互いのいつもの場所、L字型のベンチに、二人分くらいの距離を空けて腰をおろす。三ヵ月前よりも、お互いの座る位置はいつの間にかすこし近くなっている。

気温が下がっていた。突風は収まったが、どしゃぶりの雨がずっと高空の空気を運んできていて、急に秋めいた冷気が細かな飛沫とともに東屋に吹き込んでいた。

雪野は両肩を自分で抱きしめるようにして背を丸め、ベンチに座っていた。寒いのかな、と孝雄は心配になる。濡れた髪が横顔を隠し、毛先からぽたぽたと雫が滴《したた》っていた。湿ったスーツのパンツが、丸い腰の形を切なげになぞっていた。雪野の後ろでは、池のほとりに群生した黄色い花弁が雨粒に叩《たた》かれて激しく揺れていた。水と花の濃密な匂いが、雪野のかすかな甘い匂いにまじって暗い東屋に満ちていた。彼女のスカイ・グレイのスーツは、まるで東屋の薄闇に合わせて特別にあつらえたみたいに見えた。雨に濡れた雪野は、しっくりとこの場所に馴染《なじ》んでいた。

それは胸を衝《つ》く眺めだった。

雪野のそんな姿を見ていると、孝雄はふいに息苦しくなった。心臓《しん》がどきどきと跳ね、雨の音がどこかに吸い込まれるように遠ざかっていく。顔と体の芯が熱くなっていくのを止められなくて、孝雄は雪野からゆっくりと視線を剝《は》がした。

突然、くしゃみが出た。俺はぜんぜん寒さなんて感じていないのに、と孝雄はなんだか恥ずかしくなる。目を上げると、雪野がこちらを見ていた。ゆっくりと、まるで花の匂いをかぐように雪野は目を細めて、とても優しく言った。このままじゃ、私たち風邪をひいちゃうね、と。

早足で公園から出るうちに、激しかった雨はしだいに柔らかくなり、空気にも九月の気温が戻ってきた。中央線のガード下をくぐり、千駄ケ谷駅を過ぎて外苑西通りに出て、細い路地に入ったところに、雪野のマンションはあった。古い建物で、天井の高いロビーには懐かしい匂いがした。ずっと小さな頃に親戚《しんせき》の家でかいだような、古い空気の匂いだった。エレベーターが保守点検中で、八階にある彼女の部屋まで階段を歩いて昇った。息が切れたが、狭い階段を雪野について歩くと彼女の匂いに包まれたようで、それを後ろから遠慮なく胸に吸い込めることがとても嬉しかった。

部屋に入ると、雪野にすぐにシャワーを浴びるように言われた。着替えにゆったりとしたVネックの絹のシャツと、スウェットのズボンを渡された。続いて雪野も浴びた。シャワーから出た雪野は、あかね色の使い込まれたジーンズをはき、クリーム色のタンクトップの上に淡いピンク色のボレロを羽織っていた。かすかに石鹼《せっけん》の香りがして、裸足《はだし》だった。彼女がフローリングの床を歩くぱたぱたという音を、耳を熱くして孝雄は密《ひそ》かに追った。

　雪野は孝雄の濡れたシャツを洗濯機に入れ、タオルで学生ズボンの水を吸い、どちらにもアイロンをかけてくれた。その間、孝雄は台所を借りて昼食を作った。冷蔵庫にはビールばかりが目立ってすこし呆《あき》れたけれど、野菜入れにはタマネギや人参《にんじん》やレタスなどがいちおう入っていて、茶色く変色したところを除けば食べられそうだった。卵もあったので、オムライスを作ることにした。肉の代わりにツナ缶を開けて、チキンライスの代用とした。調味料にまじってオリーブ漬けの瓶を見つけたので（きっと酒のつまみだ）、輪切りにしてレタスと混ぜ、つけあわせのサラダにした。ドレッシングは瓶の底に五ミリほどしか残っていなかったから、酢と胡椒《こしょう》とオリーブオイルで新しくざっと作った。部屋中に、料理とアイロンの匂いと湯気がたっぷりと満ちた。これって家族の匂いだ。穏やかな気持ちで孝雄は思った。

「おいしい！　私ケチャップ大好きなの！」

「それ、オムライスの褒め言葉としてはどうなのかな」

　孝雄は苦笑する。一枚板の小さなテーブルに、二人は向きあって座っている。

「卵の殻が入ってるかもしれないから、注意して食べてくださいね」

と孝雄が言うと、雪野は不思議そうにまばたきをした。はっと気づいて、楽しそうに笑いながら言う。

「やだなー！　根に持ってるんだ、私の卵焼き」

「ははは。あの卵焼き、俺忘れられません」

「あんまりおいしくなかったんでしょう？」

あんまり？　孝雄はおかしくなる。

「おいしくないっていうか」笑って雪野を見る。

「まずかったです。すごく。正直言って」

「いいのよ。私別に料理上手で売ってないもの」

つんと澄ました顔でそう言ってから、雪野はころりとしあわせそうな表情に切りかわり、オムライスを口に運ぶ。ケチャップが唇にすこしつき、舌で愛《いと》おしそうに舐《な》めとる。

「ケチャップの他には、雪野さんはなにが好きなんですか？」と孝雄は訊《き》く。んー…、雪野はすこし考える。

「醬油《しょうゆ》味よりは、ソース味のもの。あと、コンソメ」

「……なんか、男子高校生みたいですね」

「ふふ、男子高校生に言われたくないなあ」

「ねえ、コンソメスープって、どうやって作るか知ってます？」サラダを食べながら孝雄は訊く。

「え。……小麦とか？　あれ？　大麦？」

「湧いてるんです。北フランスあたりに、大きな池があって。澄んだ琥珀色《こはくいろ》で、すごく綺麗《きれい》なんですって」

雪野は不思議そうな顔をする。

「魚もいるそうです。コンソメポワソンっていう名前で」

「……うそよね？」

「うそに決まってるじゃないですか。雪野さん、本当に先生なの？」

「ひ、ひどい！」雪野はみるみる真っ赤になる。細い首までが赤く染まる。指を丸めた左手で、どんどんとテーブルを叩く。

「秋月くん、きみって意地悪！　よくない！　よくないよその態度！」

本気の抗議がおかしくて、孝雄は声を立てて笑う。

食器は片付けられ、今度はコーヒーのあたたかな香りが部屋にたゆたっている。大きなサッシ窓には緑色のカーテンがかかっていて、そのせいで部屋はうっすらと緑色に染まっている。

なんだかこの部屋は、水の底にあるみたいだ。

雪野が淹《い》れてくれたコーヒーを飲みながら、孝雄はそう思う。孝雄は窓際の床に座っていて、視線を上げると、雪野が台所で自分のぶんのコーヒーを淹れている。それは後ろ姿なのに、彼女も微笑を浮かべていることがはっきりと孝雄には分かる。雪野の素足が床をこする切なくて優しい音や、コーヒーのドリッパーや陶器のカップがたてるカチカチという親しげな音が、まるで水中で聞く音のように妙に耳元で聞こえる。雨と雪野のたてる音に、孝雄は包まれている。今この瞬間は、ばかげた嫉妬《しっと》もどうしようもない焦りも、この数年間ずっと薄い膜のように体を覆っていたぼんやりとした不安さえも、孝雄からすっかり消え失《う》せている。

――今まで生きてきて、今が

ふいに孝雄は思う。心のいちばん深い場所から浮かび上がってきた感情を、崩れてしまわないように大切に、頭の中で言葉にする。

今まで生きてきて、俺は、今が。
今がいちばん、しあわせかもしれない。

雷神《なるかみ》の　しまし響《とよ》もし　降らずとも　我は留《とど》まらむ　妹《いも》し留《とど》めば

（万葉集一一・二五一四）

訳：雷が　ちょっとだけ鳴って　雨なんか降らなくても　わたしはここに留まるよ　あなたが止めるのなら

状況：雨を理由に引きとどめようとした女性に対して、あなたが願うのなら留まるという男性の歌。第二話の女性の歌に対する答えの歌。

第九話　言葉にできず。——雪野百香里と秋月孝雄

今まで生きてきて、今がいちばん、しあわせかもしれない。

雪野はそう思う。

でもこのしあわせはもう長くは続かないことも、雪野は知っている。きっともう遠くないうちに、これは終わる。さっきシャワーを浴びながら、熱い湯に目を覚まされたように、雪野はそれに気づいていた。でも、体はまだしあわせな時間の中にいる。つま先までぽかぽかとしていて、私の唇は嬉《うれ》しくて楽しくて、ずっと微笑の形になっている。コーヒーの粉にそっとお湯を注ぐ。粉がゆっくりと膨らんでいき、ぷつぷつと気泡が囁《ささや》き、香ばしい匂いが立ちのぼる。透明なコーヒーサーバーに落ちていく雫《しずく》の音が、雨の音とまじる。——神さま、と雪野は願う。どうかもうすこしだけ、私と秋月くんのこの時間が続きますように。私たちの雨が、まだもうすこし、やみませんように。

「雪野さん」

と背中で呼ばれる。微笑を唇に残したまま、雪野は振り向く。彼も微笑んで、まっすぐにこちらを見ている。

「俺、雪野さんのことが」と彼が言う。

──ああ。

と雪野は思う。もう、雨がやむ。

「──好きなんだと思う」

そう言って、彼はじっと雪野を見ている。今のいままで、彼だって本当はこんなこと言うつもりはなかったんだと、手に取るように雪野には分かる。ふと口に出してしまったんだ。自然と言わずにはいられなかったんだ。でもずるい。私だって。

頬がどんどん熱くなっていくのを、遠くから眺めるみたいに雪野は自覚する。私が喜んでいる。私の全身が、喜びに震えている。──でも。

遠くで喜んでいる私に、私はなんとか手を伸ばそうとする。手が届くまでにすごく時間がかかる。私の側《がわ》に彼女を引き寄せて、私は正しいことを言わせなくちゃならない。なんとしても。私は手に持ったコーヒーカップを、台所のカウンターに置く。思い出したように、止めていた息を吐く。それが苦笑のように聞こえた気がして、違うの、と言い訳したくなる。でもとにかく、私は正しいことを言わなければ。いかにも教師めいた、優しく諭すような声を出さなければ。

「――雪野さんじゃなくて、先生、でしょ？」

私の言葉を聞いて、彼の口がなにかを言いたそうにすこし開く。でも無言のまま、彼はうつむく。失望というよりは、彼の驚きの気配を私は感じる。楽しくつないでいた手をいきなり振りほどかれてしまったような、そんな驚きの気配。ずきずきと心が痛む。私はコーヒーカップを手に取り、彼の前まで歩く。丸椅子に座ると、キィ、とそれは小さな音で鳴く。床に座った彼を見おろして、私は言う。

「私が学校を辞めたって話は、きっと知ってるよね」

返事はない。私は続ける。

「先生は、来週引っ越すの。四国《しこく》の実家に帰るの」

そう言うと、彼は黙ったまま、しかし真意を問いただすように顔を上げて私を見る。反対に私はうつむいてしまう。言い訳するように、言う。

「……ずっと前から、そう決めてたの。私はね、あの場所で――」

誰もいない東屋《あずまや》がまぶたに浮かぶ。それは雨に黒く濡《ぬ》れ、まるで長く連れ添った妻に出ていかれてしまった老人のように、侘《わび》しげに見える。

「あの場所で、ひとりで歩けるようになる練習をしてたの。ひとりでも、」

最後までちゃんと言いなさい、と小さな子供を叱るように雪野は思う。きみは必要ないのだ、と。足の指に、ぎゅっと力を込める。

「——靴が、なくても」

まるで深い穴に落とした石のように、その言葉が彼に届くまで長い時間がかかる。ことん、と石が底についた気配がそっとして、

「……だから？」と、ひどく乾いた声で彼が言う。こちらが怖《お》じ気《け》づいてしまうくらいまっすぐな視線で、彼が訊《き》いている。

「だから……」

小さく目を逸《そ》らすようにして、雪野は答える。

「今までありがとう、秋月くん」

そして沈黙がおりる。間を埋めるように、雨音がふたたび強くなっていく。ベランダに並んだ鉢植えにはたっぷりと透明な水がたまっていて、それはまるで小さな水槽のように見える。やがて、彼が静かに立ち上がる。衣擦《きぬず》れの音がやけに大きく響く。

雪野を見おろして、彼が言う。

「あの、この服、ありがとうございました」そう言って洗面所に歩いていく。「俺、着替えてきます」

「でもまだ乾いて……！」遠ざかる背中に向かって思わず叫んでしまう。違う。これでいいんだ。雪野は引き剝《は》がすように視線を戻し、手のひらの中のコーヒーカップに目を落とす。彼が脱衣所の扉を閉める音が、小さく聞こえる。まだ口をつけていないコーヒーカップを唇まで持ち上げる。湯気がふわりと立ちのぼり、睫毛《まつげ》をかすかに湿らせる。飲もうとして、でもカップがやけに重すぎて、そのままテーブルに置く。雪野の体の中を、ハリネズミみたいに棘《とげ》の生えた感情の塊がうろうろと不器用に歩き回っている。それは後悔と後ろめたさに似ている。ちくちくと雪野の内側を、無言のまま責め立てている。

じゃあどうすればよかったのよ。ほとんど泣き出しそうな気持ちで、雪野は思う。私には最初から、選択の余地なんて与えられていなかった。ずっとずっと、誰に対しても誠実であろうとしてきたのに。陽菜子先生みたいに、優しく柔らかな大人になりたかったのに。誰かに求められればせいいっぱい、それに応《こた》えようと私はしてきたのに。しだいに薄くなっていくコーヒーの湯気を眺めながら、雪野は思う。世界の外側ではなくて、世界の内側に私は入りたかった。きらきらとした世界の一部に私はなりたかった。大人になるにしたがって、それはだんだん上手《うま》くいきそうに思えた。私はこのままみんなのようにちゃんと生きていけるかもしれない、そう思えた。でも気づけば、雨ふりみたいに避けられないなにかに、私は巻きこまれてしまっていた。伊藤先生がやってきて、牧野くんがやってきて、そして相澤さんがやってきて、ぜんぶがぐちゃぐちゃになってしまって、必死で辿《たど》り着いた屋根の下で雨宿りをしている時に、今度は秋月くんがやってきた。みんなが私の心を乱した。そっとしておいてほしかった。一人で立っているだけで、私はやっとだったのに。ただ毎日うずくまらないようにしているだけで、私はせいいっぱいだったのに。

ゆっくりと、足音が近づいてくる。雪野は顔を上げる。淡い青緑色の影の中に、きっとまだ生乾きであろう制服に着替えて、彼が立っていた。

「――あの、俺。帰ります。いろいろ、ありがとうございました」

静かに彼はそう言って、深く頭を下げる。そして雪野の返事を待たず、玄関に向かって歩き出す。

「あ！」

雪野は思わず椅子から立ち上がる。待って。まだここにいて。傘がないでしょう？　雨がやむまで待ったら？　――違う、そうじゃない。そんなこと言っちゃだめだ。雪野は黙ったまま、もう一度ゆっくりと、体を椅子に座らせる。彼の足音が遠ざかっていく。靴を履く音、ドアノブを下げる音。そして、ばたん。

扉が閉まる音。

その瞬間、猛然と腹が立った。

「――ばかっ！」

大声で怒鳴りながら座っていた椅子を摑《つか》み、投げつけるような勢いで振り上げる。でも、睨《にら》みつけた先にはもう誰もいない。空気が抜けるようにしてゆるゆると椅子を下ろし、また、そこに座る。

……ばか。もう一度小さく呟《つぶや》く。

秋月くんのばか。

一方的にフラれた被害者みたいな顔をして。自分はなにも悪いことはしてないって顔をして。きみが東屋に来ない夏休みを私がどんな気持ちで過ごしていたのか、ぜんぜん知りもしないくせに。きみの高一の夏休みなんて、どうせ楽しいだけの時間だったくせに。毎日家族と一緒にご飯を食べているくせに。同級生の女の子とお茶を飲むようなことだってきっとあるくせに。十二歳年上の女の生活なんて、どうせなにひとつ想像もできないくせに。

鼻の奥がつんとなる。熱い息が喉《のど》につまり、胸が苦しくなり、涙が滲《にじ》む。それを抑え込むように、手のひらでぎゅっと両目を押す。湿ったまぶたの裏側に、白い細かな迷路のような模様がちりちりと浮かび上がる。テーブルに置かれた手つかずのコーヒーは、音もなく冷め続けていく。

――きみがこの時間を終わりにしたのよ。

ほとんど憎々しげに、雪野はそう思う。きみは本当にまだ子供なんだ。きみがあんなことを言わなければ、私たちはまた一緒にご飯を食べることだってできたかもしれないのに。連絡先を交換して、もしかしたら帰郷の日に見送りに来てもらったりして、そしてもっとずっと穏やかで痛みのすくない形で、私たちの関係を静かに終わらせることができたかもしれないのに。

私は我慢したのに。

私は言わなかったのに。

あなたが好きだって、私は言わなかったのに。

――思ってしまった。

雪野は手のひらからゆっくりと顔を上げる。ずっと思わないようにしていたのに、いま、私は――

弾《はじ》かれるように、駆け出していた。

体ごとぶつかるようにして玄関のドアを開け、廊下に飛び出す。点検中の札のかかったエレベーターを素通りし、非常ドアを開ける。外は灰色のどしゃぶりがさらに勢いを増している。外壁に取り付けられた狭い階段を駆け降りる。ひっきりなしに雨が吹き込み、ウレタンゴムの階段にはあちこちに水たまりができている。そこをばしゃばしゃと音を立てながら、雪野は走る。足先が水に滑り、短い階段から転げ落ちてしまう。踊り場にとっさに手をつくが、頬を床に強くこすってしまう。服の前半分がまたびしょ濡《ぬ》れになる。でも、痛みにも冷たさにも雪野は気づかない。立ち上がりふたたび駆け出す。踊り場に飛び出し、はっとして立ち止まる。

ひとつ下の踊り場に、彼がいる。胸の高さの壁に両肘《りょうひじ》をついて、雨に煙る街を見おろしている。雷が、ずっと遠くの空からわざわざこの場所まで運ばれてきたみたいに、二人のすぐ近くで囁《ささや》きのような響き方をする。

なるかみの——

と、他になにも考えられずその言葉だけが頭に浮かぶ。

それが声となって届いてしまったかのように、彼がゆっくりと振り向く。

雪野さんが追ってくるなんて想像もしていなかった。

いや、あるいはそれを期待して、俺はここで待っていたような気もする。よく分からない。

彼女はゆっくりと階段を降りながら、あの、と小さく口を開いた。なにも聞きたくなくて、孝雄はさえぎるように言う。

「雪野さん、さっきのは忘れてください」

まるであらかじめ用意していたセリフみたいに、自然に、きっぱりと孝雄は言うことができる。まっすぐに雪野を見たまま、言わなければいけないこと、言ってあげたほうがいいと思うことを、孝雄は言う。

「俺、やっぱりあなたのこと、嫌いです」

吹き込んだ雨粒が頬にあたる。雪野さんがとても悲しそうに目を細める。そんな顔を今さらするあなたが嫌いだと、孝雄は本当にそう思う。

「最初からあなたは、……なんだか、嫌な人でした。朝っぱらから公園でビールなんか飲んで、わけのわからない短歌なんかふっかけてきて」

そう言いながら、今までこの雨女に味わわされ続けてきた戸惑いや苛立《いらだ》ちや嫉妬《しっと》、憧《あこが》れや願いや祈りや希望や絶望、そういう感情のすべてが、しだいに怒りに変わっていく。言葉を止められなくなっていく。

「あなたは自分のことはなにも話さなかったくせに、俺の話ばかり聞き出して。……俺のこと生徒だって知ってたんですよね？　汚いですよ、そんなのって！」

嫌いだ。俺はこの女が嫌いだ。傷つきましたって顔をして、今にも泣き出しそうな顔をしているこいつが、俺は大嫌いだ。

「あんたが教師だって知ってたら、俺は靴のことなんて絶対に喋《しゃべ》らなかった。どうせできっこない、そんな夢は叶《かな》いっこないって思われるから。そうでしょう？　どうしてあんたはそう言わなかったんですか!?　子供の言うことだって、適当に付き合えばいいって思ってた？」

嫌いだ。こんなことを叫んでいるガキの自分が大嫌いだ。

「俺がなにかに——誰かに憧れたって、そんなの届きっこない、叶うわけないって、あんたは最初から分かってたんだ！」

女の前でみっともなく泣いている自分が大嫌いだ。ずっとずっと大人になろうとしてきたのに、俺をこんなふうにしてしまったあんたが大嫌いだ。

「……だったら最初から言ってくれよ！　邪魔だって！　ガキは学校に行けって！　俺のこと嫌いだって！」

そうじゃないと、俺はあんたのことが一生好きなままだ。好きで好きで好きで、今でも一瞬ごとに好きになっていく。

「あんたは！」

——ふざけんな。どうしてあんたまで泣くんだよ？

「あんたは一生そうやって、自分は関係ないって顔して、」

秋月くんがぽろぽろと泣いている。

叫んでいる。

「――ずっとひとりで、生きてくんだ！」

彼の声に、息が止まる。
私はもう我慢できず、
裸足《はだし》が、駆け出す。

きつく体を抱きしめられたのと、
甘い匂いに心をめちゃくちゃにされたのと、
爆発するような彼女の号泣が聞こえたのは、ぜんぶ同時だ。
どしゃぶりのようなその泣き声に、息が止まる。
激しく体を震わせながら、雪野さんが俺の肩にその顔をうずめている。冷たい鼻先を俺の首に押しつけて、子供のようにわんわんと大泣きしている。俺は驚いて、指一本動かすことすらできずにいる。
――まい……あさ、
と、泣き声の中に絞り出すような言葉がまじる。

毎朝。

雪野さんの湿った息で、右肩が燃えるように熱い。

「毎朝っ……！　ちゃんとスーツ着てっ……私……ちゃんと、学校に行こうとしてたのっ」

肩の熱が全身に広がっていく。その熱でまるで体の中に隠していた氷が溶けてしまったように、俺はだらだらとばかみたいに涙を流し続けている。

「……でも怖くて……どうしても行けなくて……」

滲《にじ》んだ視界の中で、なにかがきらきらと光っている。

雨だ。

夕日にきらきらと光る雨に、俺たちは囲まれている。

あの場所で、と、しゃくり上げながらあの声が言う。甘く湿ったあの声が耳元で言う。

「あの場所で、わたしっ……」

泣きやんでほしくて、泣きやみたくて、涙をせき止めるように俺は強く雪野さんを抱く。雪野さんの小さな頭を、ありったけの力で自分の首に押しつける。壊したくて守りたくて、愛《いと》おしくて悲しくてどうしようもなくなる。抱きあう力に押し出されるように、胸の空気をぜんぶ吐きだすように、雪野さんが叫ぶ。
「わたし、あなたに、救われてたの！」

そしてまた大声で、雪野さんは泣いてしまう。

そしてまた大声で、秋月くんは泣いてしまう。

もうなにも言葉にできず、まるでなにかに凍えたように、二人はきつく抱きあっている。
濡《ぬ》れたビルの隙間、夕日の沈む方向に、緑色に光るあの庭園と、遠い峰のような高層ビルの群れがある。
風に吹かれた炎のように、金色の雨がいっとき、輝きを強く増す。

夏の野の　繁《しげ》みに咲《さ》ける　姫百合《ひめゆり》の　知《し》らえぬ恋は　苦しきものそ

（万葉集八・一五〇〇）

訳：夏の野の　繁みに咲く　姫百合のように　相手に知ってもらえない　秘めた恋は苦しいものです

状況：坂上郎女《さかのうえのいらつめ》の歌。万緑の草原に咲く濃赤色の一輪のヒメユリ。その花のように人知れず思う苦しい恋心の歌。

第十話

大人の追いつけない速度、息子の恋人、色褪せてくれない世界。　——秋月怜美あまりにも気持ちのいい朝だったから、私はいつもと違う角を曲がることにした。

車のハンドルを切ると、さっきまで背中にあった太陽がくるりと右の窓に流れる。低く差し込んだ朝日がゆっくりと体の上を流れ、私の右側をじんわりとあたためる。やっと春が来たのだ、としみじみと私は思った。

それにしても、ずいぶんと寒い冬だった。東京でも二月に大雪が降り、日陰ではいつまでも溶けない根雪がただ黒々と汚れていき、私の車はずっとスタッドレスをはいていた。それでも三月に入り関東が長雨のトンネルを通り過ぎる頃には、かちかちと肌にぶつかるようだった尖《とが》った空気はいつのまにか柔らかくなり、風景には草木の淡い緑がじんわりと染み出しはじめていた。菜種梅雨とはよく言ったものだと思う。

私はスイッチに指を触れ、運転席の窓をすこしだけ開けた。春の匂いがたちまち車内に吹き込む。予感をたっぷりと溶かしこんだ、この季節にしかない特別な冷気だ。あの頃の感情――いくつもの入学式や卒業式の日の、昂《たか》ぶりとか切なさとか恋心とか不安とか期待とかが一気に胸によみがえってくる。息子二人ぶんの様々な学校行事を重ねてもなお、春の匂いが連れてくるのはどうしてか私自身の思春期である。急速に気持ちがわくわくと浮きたち、きゃーもう春物買って美容院行って合コンしてデートして行楽してお酒飲まなきゃ！　と展望やら欲望やらが頭に溢《あふ》れてくる。目の前の信号が赤に変わり、いやいやもう少女時代とは違うのよ、と自分に言い聞かせつつ私はゆっくりとブレーキを踏んだ。すくなくとも合コンはもうない。深呼吸をする。すーはー。ほんとにいいお天気。ハンドルから身を乗りだすようにして、私は視線を上げた。

空は青のインクをたっぷりの水に溶いたように薄く透明で、ちらほらと咲きはじめた桜はピンクというよりは白に近かった。芽吹いたばかりの雑木の若葉は、慎重なお絵かきの最初の一筆のような淡い緑だった。

——あ、そうか。

私は突然に気づく。息子が見せてくれたあの靴は、こんな春の日のための靴だったのだ。こんなふうに予感に満ちた春の朝に、新しい場所に歩きはじめる誰かのための靴だったのだ。どんな人なんだろうな——私は右足をアクセルに移しつつ、ちょっとにやつきながら考える。あの子が恋心を——おそらくは絶望的な恋心を抱いている相手って。春の靴を贈りたくなるような女性って。

＊　＊　＊

「俺のこと、息子だと思わないで」と息子は言った。

雪の舞う夜だったから、二ヵ月近く前だったろうか。遅い時間に帰宅して、息子の用意してくれていた夕食を食べて、お風呂《ふろ》に入って、さてさて寝る前にちょっとだけ晩酌でも、と台所のテーブルに座ったところだった。もう深夜一時を過ぎていた。

「ん?」意味がよく分からず、私は息子の顔を見た。ものすごく真剣な顔をしていた。

「客観的な意見を訊《き》きたいから……ちょっとこれ、見てもらえる?」

そう言って、息子はひと組の女性靴をテーブルに置いた。革と接着剤のかすかな匂いがふわりと立ちのぼった。

「あら、かわいいじゃない」

私は思わず素直な感想を漏らした。五センチほどのヒールのある、小ぶりなパンプスだった。つま先が淡いピンクで、ボディは白に近いくらいの薄い肌色、かかとは陽に晒《さら》したようなレモン色。足首に巻き付けるための長いストラップが付いていて、その先には、アップルグリーンの革が葉っぱの形にカットされて縫い付けてある。ちょっと頼りないくらいの淡い配色で、このまま一晩置いておいたら空気に溶けて消えちゃうんじゃないかと思うくらい、儚《はかな》い印象の靴だった。

「……これ、あなたが作ったの？」

量販店に並んだ光景は想像できない、あったとしても他の華やかな靴たちに埋もれてしまいそうな、明らかに誰かのための靴だ。

「……そうだけど。でも、ひいき目の意見じゃない、女の人から見た客観的な意見を訊きたいんだ」

そう息子は繰り返した。顔を赤くして目を伏せている。泣き出しちゃうんじゃないかと心配になるくらい深刻な声だった。ものすごく必死に作った靴なんだということが、痛いくらい伝わってくる。

「そうねえ……」と言いながら私はその靴を手に取った。見た目通り、とても軽い。しっとりと柔らかい革の手触りが、生まれたばかりの小さくて鼓動の速い動物を連想させた。角度を変えてみたり、ヒールを摑んでみたり、革の縫い目を触ってみたりする。たぶん、彼が完成させることのできた最初の女性靴なのだろう。さて、なんと言うべきかしら。

「私にはちょっと小さくて履けそうもないけれど、好きなデザインだな。目立つわけじゃないのに不思議な存在感があるよ。もし行きつけの工房に飾ってあったら、ちょっと見入っちゃうわね」

私はそう言って息子を見た。怒り出すんじゃないかというくらいに切実な視線で、私に先を促している。お、重い。我が子ながらあなた重いなー。

「……高校生の趣味の手作りにしては、とてもよくできてると私は思うよ。親の欲目じゃなくて」

「高校生の手作りじゃなかったら？」覚悟を決めたように、そう彼は訊く。そうだよねえ、あなたが訊きたいのはこの先よね、と私はあきらめる。これも親の役目だわ。

「——そうだね、売り物にはならないと思うし、実際に履いて歩くのも、もしかしたらちょっと厳しいかもしれない。何日も保《も》たずに、壊れちゃうかもしれない。たぶん」

息子の唇がなにかを言いたそうに開き、また閉じる。ほとんど潤んだ目で私の言葉を待っている。やれやれ。もっと気楽に生きればいいのにと思いながら、私は続ける。

「革にシワがよってたり、細かな傷がいっぱいあったりするのは、ハンドメイドの味だからまあいいと思うのよ。売り物にする靴じゃないならね。でもね、たとえば——ほら、こうやって後ろから見ると、ヒールの付き方が微妙に左右対称じゃないでしょ」

私は息子に靴のかかとを向ける。

「これだと体重のかかり方が左右で変わっちゃうし、使っているうちにヒールがもっと傾いていっちゃうと思う。それから、中底《なかぞこ》の芯《しん》もたぶん柔らかすぎるよね」

「シャンク？」

「うん、シャンクっていうんだっけ？」

そう言って、私は靴の中に指を入れ、土踏まずの部分を力を入れて押してみる。靴全体がくにゃりとたわむ。

「ほら。たぶん、歩くたびに靴が歪《ゆが》むよ。だから……」

「だから、とても実用にはならない」

力の抜けた声で、息子は言葉を継ぐ。

「そうだね」と私も認める。

息子は小さく笑う。

「母さんにこれだけ指摘されるくらいだから、プロに見せたらもうぼろくそに言われるんだろうな。やっぱ独学じゃだめだね」

清々《せいせい》とした顔になる。切り替えの速さは彼の美点だ。私もほっとした気持ちになる。

「いやー、独学でハイヒールを形にする十六歳男子なんて、じゅうぶん変態の域だと私は思うけどなあ」

ははは、と彼は短く笑って言う。

「意見、ありがとう。すごく参考になったよ。母さん晩酌でしょ、つまみ作ろうか？」

「わーい。悪いわね、孝雄」

ああ、やっぱり我が家は居心地がいいなあ。台所でなにやら缶詰を開けている孝雄の背中を眺めながら、私はつくづくとそう思った。昨年末まで私が転がり込んでいた年下の恋人の家では、料理は一切の例外なく私の役目だった。長男の翔太とは、私はどうも喧嘩《けんか》ばかりだった。その翔太が引っ越しをし、私が数ヵ月間の家出から戻って、こんなふうに孝雄との二人だけの生活が始まったわけだけれど、私たち二人だけだと日々はとても穏やかで快適だ。家出以降は掃除も洗濯もなし崩し的に孝雄の役目になっているし。ああ、快適。作っといてよかったなー次男。

「……なに？」

私の視線に気づいたのか、孝雄が振り返る。

「いやあ、あなたのこと作っといてよかったなーと思って」

「……作るとか言うなよ。ほら」

顔を赤くして、ごとん、とすこし乱暴にテーブルに小鉢を置く。童貞（たぶん）をからかうとかわいい。小鉢の中には、缶詰のイワシと梅肉を青紫蘇《あおじそ》の葉で巻いたものが並んでいる。

「それで、誰にあげるの？」と、二杯目の焼酎に口をつけながら、私は孝雄に訊いた。なに？　と孝雄がお茶から顔を上げる。

「だから、誰のための靴なの？　カノジョ？」

「なっ……」この子はすぐに赤くなる。「かっ、彼女なんていないよ」と孝雄は慌てたように言う。

「うわ、じゃああんた片想いの子のために靴なんか作ったの？」

うーん、重すぎる。さすが童貞、十代の恋。孝雄は不機嫌そうにむっつりとうつむいたままだ。ああ、人の恋の話ってつくづく楽しい。私はぐびりと焼酎を飲み、おつまみに箸《はし》をのばす。梅と紫蘇ってなんでこんなにあうのかしら。

「ね、その女の子、年上でしょ」箸で指さしながらにやにやと指摘すると、孝雄はぎくりとして私を見る。

「あの靴、高校生の女の子が履くようなデザインじゃないもの。全く、あなたどこで知りあうのよ。大学生？　いくつ歳上の人なの？」

孝雄は真っ赤になった耳たぶを指で掻《か》き、ずずずとお茶をすすり、私から目を逸《そ》らしながらしどろもどろに言う。

「え、ええと、たしか十八か十九歳くらいだったから、二つ三つ上かな」

嘘だ。孝雄の態度から私は直感する。もしかしたら社会人、もしかしたら十歳近く上なのかも。かわいそうに。それはちょっと叶《かな》わないよ、きみ。私はますます楽しくなってくる。

「ふうん。ねえちょっと、あなたもお酒飲まない？」

「飲まねえよ！　俺もう寝る」

逃げられてしまった。しかし孝雄も大人になったのねえと、私はその晩、やけにしみじみとしながら一人で焼酎を飲んだ。あれ以来、孝雄は靴の話を持ち出してこない。

＊　　＊　　＊

「ねえ、窓口業務は十七時までだって昨日も言ったよね？」

小林さんのきんきんとした声が耳に届く。女子学生の抗議するような声があり、「だから駄目なものは駄目なの！」という小林さんの怒鳴り声があり、受付カウンターのカーテンをシャッと閉める音が続く。カウンターの蛍光灯も乱暴に消して、小林さんが青いティアードスカートをひらりひらりと揺らしながら私の隣のデスクに戻ってくる。

「どうしたの？」

私は書店への発注リスト作成を中断して、小林さんに声をかけた。形のいい眉《まゆ》を忌々しげに寄せて、彼女は言う。

「あの子、後期の授業料を今頃になって持ってきたんです」

「後期の？　納付期限は一ヵ月も前じゃない」

「だから、今まで二回も督促《とくそく》してて。しかも口座振り込みじゃなきゃ駄目だって何度も伝えたのに、あの子現金で持ってきたんですよ！　もう収入課だって閉まってるのに」

憤懣《ふんまん》やるかたなし、といった勢いで彼女は帰り支度をはじめる。定時までまだ三十分あるんだけどという言葉を飲み込んで、私は言う。

「ねえ、ちょっとその子のファイル見せてくれる？」

返事を待たずに彼女のパソコンを覗《のぞ》き込む。「どの子？」鬱陶《うっとう》しそうに、それでも彼女は指をさす。「これ、ナカジマ・モモカ」

並んだ数字を目で追って、私は思わず声を上げる。

「ちょっとちょっと、今日が最終期限じゃない！」

私は慌てて事務室を出て、ナカジマさん！　と叫びながら廊下を歩く後ろ姿に駆け寄った。ナカジマ・モモカが振り向く。バニラの香水が強く匂う。

「なんですか？」

「あのね、あなた今日中に授業料払わないと除籍処分なのよ！」

はあ？　と不機嫌そうなだけで事の重要さをまるで理解していなさそうなナカジマ・モモカを、私は事務室に連れ戻し説明をする。大学というものは、授業料を納付しないままでいると除籍されてしまうのだということ。除籍とはつまりクビなのだということ。本来の納付期限はひと月も前に過ぎており、さらに猶予期間も今日までで、あなたは本当は今日の十五時までに銀行に所定の金額を振り込まなければならなかったのだということ。だから、十七時を過ぎてから現金を持ってきても駄目なのだということ。

可愛い顔に完璧《かんぺき》な清楚《せいそ》メイクをしたナカジマ・モモカは、じゃあどうすればいいんですか、と怒ったように訊《き》き、あんたそんなに完璧なメイクができるんだったら銀行に行く時間だってあったでしょうがと私は思いつつも、やむを得ないので今回だけ特別に現金で受け付けます、と彼女に告げた。彼女が差し出した封筒を受け取り、財務部にする言い訳を考えながら、私は金額を数える。あれ？　三度数えなおす。

「……二万円足りないんですけど」

「マジ？　どうしよう、私今日これしかないんだけど……」そう言って、ナカジマ・モモカは困り顔メイクを私に向ける。私が首から下げたネームプレートをちらりと見る。

「秋月さん、立て替えてもらえません？　明日《あした》、じゃなくて来週、絶対に返すから！」

思わず封筒を投げつけたくなるのをこらえ、五分間の問答の末、彼女の実家の住所と電話番号を預かることを条件に、私は財布から二万円を出した。

「ばかみたい」

ナカジマ・モモカを帰した私がデスクに戻ると、小林さんにそう言われた。

「除籍になったって、全部自業自得じゃないですか。もう子供じゃないんだから、こっちがあそこまでしてあげる必要ないと思いますけど」

「……小林さん、気づいてたの？」

「は？」

「今日があの子の最終期限だって」

小林さんはそれには答えず、苛々《いらいら》とした口調で言う。

「こういう機会に社会のルールを教えてやったほうが、最後にはあの子のためですよ」

「それは違うと思う」と私は言う。私の目にはさっきのナカジマ・モモカと同級生のようにしか見えない、この新卒の可愛らしい女の子の、とても綺麗《きれい》に飾られたネイルを眺めながら言う。

「大学は、やっぱりお役所や銀行の窓口とは違うと思うのよ。もちろん大学だって企業ではあるけれど、その前に教育機関なんだから。つまり私たち大学の職員は、教員と同じように学生の成長を支援して、無事に社会に巣立つための業務を遂行することで報酬を得てるんだと思うのよ。経営側より学生の側に立ってあげなきゃ」

「それって甘やかすってこととどう違うんですか？」

呆《あき》れたようにそう言って、小林さんは黄色いモノグラム柄の並んだブランドもののバッグを摑《つか》み、挨拶《あいさつ》もせずにドアに向かって歩きはじめた。思わず背中に鉛筆を投げつけたくなるのを、私はこらえた。

「投げちゃえばよかったじゃない。鉛筆」

面白そうにそう言って、清水くんはウーロン茶を飲んだ。

「そうもいかないわよ、同僚なんだから」

　狭い店の中には、肉の焼ける煙と喧騒《けんそう》が充満している。

「でもやっぱり腹が立つ。今の若い子って、なんだか妙に他罰的なのよ。自分を差し置いて他人にはやけに厳しいの。自分がどれだけ他人から許されて生きてきたかは省みないで、それなのに道徳とか倫理とか、へんに常識的な振る舞いを人には要求するの。プライドは高いくせに承認欲求に飢えてて、そのくせ他人の価値は認めたがらないの」

　そう一息に言って、私はごくごくとビールを飲んだ。溜《た》まってんだねえ、と楽しそうに清水くんが言う。

「でもその小林さんって子の言いぶんも、僕は分かるような気がするな」

　そう言われて、思わず私は彼を睨《にら》みつける。まあまあ、というかんじで彼は笑って続ける。

「今時の学生って傲慢《ごうまん》でしょ。自分は客なんだって意識でさ、こらしめたくもなるんじゃない」

「あのねえ、他人をこらしめる権利なんて、誰にもないのよ」

　私がテーブルに身を乗りだしてそう言ったところで、大皿に載った肉が届いた。

「まあいいじゃない怜美《れいみ》さん。カルビ、焼いてあげる」

清水くんの骨張った手が、せっせと七輪にカルビを並べていく。私の苛立《いらだ》ちはそれだけでしゅるしゅると溶けてしまう。ほらほらミノもおいしいよ怜美さん、清水くんこのハラミ食べられるよ。ご飯はまだいいよね、じゃあじゃあサンチュもらおうか。肉を頬張る清水くんを前にしていると、まるで子供の食事を見守るような気持ちになってくる。うんうんたんとお食べ、そんな気持ちが湧き出てくる。実際、三十六歳の彼は年齢的にはもう中年なのだろうけど、いつも私服姿ということもあってか学生のような印象がある。短く切った髪にセルフレームの眼鏡で痩《や》せ形《がた》。今年二十七になる長男の翔太よりも、下手をしたら子供っぽく見えることさえある。

「そういえばさ、怜美さんが大学に就職したのって、なんか理由があるの?」

私は清水くんのためにサンチュに肉を包んであげながら、答える。

「うーんとね、私は大学生の時に長男を産んだって言ったでしょ。前後に一年間休学したのね。その後は子育てしながら復学して卒業もしたんだけど、就職先を探している時にね」

「あ、そうだったね。教授の紹介で大学に」

「うん、研究室の学務助手の仕事を紹介してもらって。結婚しても仕事はしたかったし、国文学っていうか、学問の世界も好きだったし」

「ふうん」

「あの頃はまだ世間もだいぶ堅苦しかったし、学生のうちに結婚とか出産とかってまだまだ珍しかったからね。雇均法の改正直後だったんだけど、実際は私の立場で一般企業への就職って難しかったと思うのよ」

私はジョッキに残ったビールを一息に飲み干す。

「だから、その教授や大学の対応には感謝してるの。学問の自由はこれを保証する。学府は多様性の鎮守たるべしってね」

そう言って、私は通りかかった店員に生ビールを頼む。清水くんは？　うん、じゃあ同じものを。じゃあ生ひとつにウーロン茶ひとつください。清水くんはお酒を飲まない。飲めないわけじゃないんだけどさと、以前お酒を飲まずにいったいどうやって気分転換するのかと詰め寄った私に答えていた。なんていうか、必要を感じないんだよね。

向かいの席ではカップルが肉をつついている。やっぱりナカジマ・モモカや小林さんによく似た今風メイクの女の子と、会社帰りのスーツを着た二十代半ばの男の子。二人の発する雰囲気から言って、付き合って半年くらいなんだろうなと私は推測する。

この後コンビニに寄ってスナックや明日の朝食を買って、どっちかのアパートに行っておんなじベッドで眠るんだろうな。くだらないことでケンカをしたり嫉妬《しっと》をしたりしながら付き合い続けて、一年くらいしたらきっとターニングポイントがやってきて。別れるのか結婚か、あるいは曖昧《あいまい》な関係を続けるのか。ふいに、私たちは人からどういうふうに見えるんだろうと私は思う。十二歳年下のボーイフレンドと一緒にそう高級でもない焼き肉屋にいる、四十八歳の女。

「怜美さんの下の男の子って、そういえばもうすぐ大学生じゃない？」

網に置かれたミノが、炎にあぶられてちりちりと縮む。まるで進捗《しんちょく》状況を慎重にチェックするように箸《はし》を使ってミノの裏側をじっと見つめながら、清水くんが私に訊《き》く。

「うん、高校三年生」

私は答える。清水くんは嫉妬をしない。だから私は遠慮なく、別れた旦那《だんな》や子供たちの話を彼に聞かせる。私が在学中に五つ年上の商社マンの子供を予定外に身籠《ご》もり出産したことも、彼と結婚したことも、旦那の名前が孝志《たかし》で、だから翔太、孝雄、としりとりで子供たちの名前を決めたことも、旦那の海外勤務が長引き徐々に互いの気持ちが離れ、次男が中学に上がったタイミングで離婚をした話も、清水くんはいつも穏やかな顔のまま聞いている。太陽光が海水を蒸発させそれが雲になり偏西風に運ばれて、やがて雨となって日本に降るのです。まるでそういう自然現象の話を聞くように、ふうん、と面白そうに聞いている。僕、人間関係の嫉妬感情ってよくわかんないんだよね。以前そんなふうに言っていた。

それにしても――と、私も焼ける肉をじっと見つめながら思う。酒も飲まず、嫉妬もせず、怒りもしない。この人は果たして本当に私のことが好きなのだろうか。彼が私に抱いているのは深い愛情なのか、それとも単なる無関心ということはないのだろうか。一緒に飲んでいると必ず浮かんでくるこの疑問に、しかし私は今日も蓋《ふた》をして、息子の話を続けてしまう。

「それがね、次男は進学せずに、靴作りの勉強をしたいなんて言うのよ」

「靴？　靴作りって、靴職人になりたいってこと？」

「たぶん」

清水くんは考え込むようにして言う。

「……それはちょっと珍しいな。デザイナー以上に食えない仕事だと思うよ。工場勤務とかじゃなくて、きっともっとクリエイティブにやりたいんでしょ？　工房を持つのが夢とかさ」

「たぶんね」

「こんなこと言ったら失礼かもしれないけど、大学受験から逃避してるってわけじゃないの？」

「それは違うと思う。実際になん足か作ってるもの、二年くらい前から」

「え？　家で、一人で？」

「うん。道具とかもバイト代で揃えてるみたい」

私がそう答えると、清水くんは目の色を変えた。どんな靴を作っているのか、怜美さんは母親としてどう思うのか、彼にしては珍しく熱心に質問してくる。グラフィックデザイナーとして共感するものがあるのかしら、と私は思う。これは本物だね、と彼は言う。

「孝雄くん、だったよね。彼、すくなくとも気持ちは本物だね。なにかになりたいって気持ちを持った若い子は、それはいっぱいいるんだよ。そういう子はネットでもやたら質問してきたり、ひたすら批評家めいた言葉を覚えたり、他人の作品に攻撃的になったりしがちなんだ。それはまあ気持ちは分からなくもないけどさ」

清水くんは網の上の肉をじっと見つめたまま、まるで自分に言い聞かせるように静かに言う。

「でも本当に、本当に心の底からなにかを創りたい人は、誰かになにかを訊いたり言ったりする前に、もう創ってるんだ」

家に着いたのは深夜の十二時を回っていて、ドアを開けると、おかえり、という長男の声が台所から聞こえてきた。

「遅かったじゃん。飲んできたの？」

翔太が一人でテーブルについて私の焼酎を飲んでいる。ネクタイを外した淡いシアンのワイシャツ姿で、コンビニで買ってきたらしい漬け物と彼の会社の扱っているスマートフォンがテーブルの上に並んでいる。古い公団住宅の薄暗い電灯に照らされて、彼はまるで通勤電車の中で見かける知らない男のように見えた。

「うん、清水さんとご飯食べてきたの。久しぶりじゃない翔太、どうしたの？」

「夏物取りに来た」

ふうん、と私は答えてから自室に行ってスーツを脱ぎ、ピンク色のパーカーに着替えてから台所に戻った。お酒なんて特にもう飲みたくはなかったけれどなんとなく手持ち無沙汰《ぶさた》で、冷蔵庫から缶ビールを取り出し、プルタブを開けながら翔太の向かいに座った。お互いに不機嫌なのが手に取るように分かる。お酒をすするだけの不自然な沈黙がしばらく流れて、いやしかしこの子より私のほうが大人なのだからと、「最近どう？」と水を向けた。

「まあ、変わらずにやってるよ。それよりおふくろはどうなの」

「元気よ、変わらずに。孝雄は？　夕食一緒だったの？」

「いや、オレが来たのも夕飯後だったから。食器洗って洗濯物たたんで寝たよ」

「そう」

話はすぐに途切れる。翔太は私の恋人の話を嫌がるし、私は翔太の同棲《どうせい》相手の話は聞きたくない。私たちは、お互いにそれをよく知っている。

「……この台所暗いよね。築何年だっけ？」と翔太が言う。

「四十年くらいじゃない」と私は答える。

「オレ、この家に来るとなんとなく気が滅入《めい》るんだよね。暗いし建付は悪いし、なんとなくしみったれてるっていうかさ。古い食器とか柱に残ったシールの跡とかさ、いいかげん一度綺麗《きれい》にしたら？」

「このままでいいの。触んないでよ」

「触んねえよ」

あなたなにしに来たのよ。その言葉を私はビールと一緒に飲み込む。ここでこんなふうに不機嫌に翔太と向きあっていると、藤沢孝志と離婚を話し合った長く暗い夜に自分が今もいるような気がしてくる。私と結婚をした頃の孝志よりも、今の翔太は年上なのだ。

「あいつももう高二だよね」

すこしだけ語気を緩めて、翔太が言う。孝雄のことだ。

「そうだね」

「進路相談とか始まる頃だろ？　孝雄、どうするつもりなのか、話した？」

私はようやく気づく。翔太はこの話がしたくて、私を待っていたのだ。私は目の前のビール缶を手に取り、既に空になっていることに気づき、立ち上がり焼酎用のグラスを取る。

「あの子、大学には行かないって。専門学校か留学か迷ってるみたい」

「はあ？」翔太の声のボリュームが上がる。

「なんだそれ？　留学？　はあ？」

私はグラスを持って椅子に座る。翔太が焼酎を注いでくれないかなと期待して待つがそのそぶりもなく、私は自分でお湯割りを作る。

「いや靴作りを目指すのも別にいいけどさ、なんにせよまずは大学に行っておくべきだろ？　おふくろはどう思ってるの？」

「分かんないわよ。これからゆっくり話し合っていこうと思ってるけど、でも結局は孝雄の人生でしょ？」

ああ、また喧嘩《けんか》になる。うんざりと私はそう思う。私と翔太は、孝雄をめぐっていつも言い合いになる。まるで、息子に対して異なった教育方針を抱いた夫婦のように。

こんな当たり前のこと言いたくないけどさ、と呆《あき》れたような調子で翔太が言う。

「孝雄はまだ十六歳で、おふくろは唯一の親なんだぜ。頼むから親の役割を果たしてくれよ。孝雄を便利な家政婦扱いしてないでさ」

「家政婦扱いなんてしてない」

私の抗議を無視して翔太は言う。

「たとえば高卒と大卒の平均年収にどれだけ差が出るかとか、履歴書が途切れた後の就職がどれほど難しいかとか、まずはそういうことをちゃんと話してやれよ」

「これから話すわよ」

「売れないデザイナーに焼き肉をおごってる暇があれば、孝雄を連れてってそういう話をしてやれよ」

私はかちんとくる。思わずビールの空き缶を翔太に投げつける。ぱかん、と間抜けな音を立てて、それは翔太の肩にあたる。

「うわ、ちょっと、危ねえな！」

「なによ、そっちこそ売れない役者と中途半端に同棲なんかしてるくせに！」

「関係ねえだろ！」

怒気を含んだ声で翔太が言う。ほらすぐ怒る。あなた私から出てきたくせに。私のおっぱい飲んでたくせに。

「関係あるわよ！　人生どう生きるかって話でしょう。あなたくらいの歳にはね、私なんか働きながら小学生の息子を育ててたわよ！」

急に自分がかわいそうになって、涙が迫《せ》り上がってくる。

「いや、それオレだよね」

「そうよ！　あなたあんなに小《ち》っちゃくて素直だったのに、いつの間にか知らない男みたいになっちゃって。あなた私の敵なの味方なの!?」

自分の言葉に涙がぽたぽたとこぼれる。頭がぼーっとしてきて、どこか甘やかな心地好《よ》さがじんわりと胸に広がる。私は焼酎をぐびぐびとあおる。あーもうまたかよ。翔太が呟《つぶや》く。

「ほら、オレが悪かったから。だいの大人が簡単に泣くなよな。そんな飲み方するなって。風呂《ふろ》入ってもう寝ろよ」

「やだ。まだ飲む」

そう言って私はグラスに焼酎を注ぐ。かんべんしてくれよ、という翔太の声がさっきより遠ざかって聞こえてくる。いつの間に、と私はまた思う。

いつの間に、みんな遠くに行っちゃったのかしら。

いつの間に、私を置いて。

＊　＊　＊

私の決して追いつけない速度で、子供は大人になっていく。

学校での三者面談を終え、隣を歩く息子の背の高さを感じながら、私はそんなふうに思う。

「孝雄、あなた来月でいくつになるんだっけ？」

「十八」

ということは、私は次は五十一歳になるのだ。鮮やかな黄色に染まった銀杏《いちょう》並木と、その上のアッシュグレイの低い空を見上げながら、私は白い息を吐いた。あっという間だ。そりゃナカジマ・モモカも変わるかもね。

一年半前に除籍を免れたナカジマ・モモカは今では大学三年生で、学内ですれ違うと今でも丁寧に頭を下げてくれる。競争率の高いゼミに入るために、最近は熱心に図書館に通っているのだそうだ。同僚の小林さんは、今やベテラン顔で新人職員に日々小言を言っている。翔太は今でも発展性のない（と私は思っている）同棲をだらだらと続けている。私はこの一年半の間に車検を迎えた車を買い換え、胃カメラを二回飲み、スーツ二着と靴三足を馴染《なじ》みのお店で新調し、適切なのか不適切なのか判断しかねるお酒の場を何度か経て、二度と思い出さないと決めた出来事をいくつか記憶の底に封印した。清水くんとは別れた。そうやって日々沸き起こる気持ちの波を、私はお酒にくるみ文庫本にくるみ古くなったスカートにくるみ、この街の湿った土の下にそっと埋め続けてきた。

そしてまた冬が来る。

クリスマスを来月に控えた街は、カラフルに飾り付けられてそわそわと浮きたって見える。隣を歩く息子の瞳《ひとみ》は、それなのにそういうものを全然映していない。お正月も高校卒業も飛び越えて、その先にあるはずの場所を見ている。――イタリアかあ、と私は思う。行ったことないな。それどころかそういえば、私は海外に行ったことが一度もない。

自分でも、なんだか意外だ。

どちらかと言えば孝雄よりも、私のほうが遠くに行くタイプだと思っていた。小さな頃からたくさん本を読んで、たくさん外国に憧《あこが》れた。大人になったらどこか遠い国に住むんだと思っていた。でも二十一歳で翔太を産んでからは、生活に追われるうちにあっという間に時間が経ってしまった。結局私は生まれてからずっと東京に住み続けている。私の人生のほとんどすべては、せいぜいが車で一時間程度の輪の中で行われている。

あっけなく簡単に、息子はその輪から飛び出てしまう。

生徒指導室に呼び込まれると、息子の担任の伊藤先生はすこし戸惑うようなそぶりを見せた。

「ええと、お母さま？」

「はい」

「どうぞ、こちらにおかけください」

あ、もしかしてお姉さんに見えたのかしらと思い、やった、と私は嬉《うれ》しくなった。

無難なＰＴＡ的スーツにするかどうか迷ったのだけれど、思い切って膝上《ひざうえ》のプリーツスカートをはいてきて正解だった。チャコールグレイで裾《すそ》にはレース、ウェストは焦げ茶のベルトリボン、大ぶりのボーカラーが襟を飾る白のブラウス。久しぶりに高校に行くのが嬉しくて、でもちょっと気合いを入れ過ぎちゃったかしらと心配していたのだ。懐かしい学校椅子に座ると、孝雄が愕然《がくぜん》とした表情でこちらを見ている。

「……コスプレ？」

小声で囁《ささや》かれる。

「違うわよ！」思わず声を出してしまう。

「それで、秋月さん」

遠慮がちな咳払《せきばら》いとともに伊藤先生が口を開いた。

「ご存じかと思いますが、孝雄くんは大学受験はしないと言っています。靴作りを学ぶため、フィレンツェの大学に留学したいと。春までの残りの高校生活は、そのための学費を貯めるためにできるだけアルバイトをしたいのだと。このことは、ご家庭で十分に話し合った末のご結論ですか？」

おお、まさに三者面談！　わくわくしてくる。私は真剣な声を作って、言う。

「はい。息子が最初にそういうことを言い出したのはもうずいぶん前のことです。二年前、高一の時でした。当時は驚きましたが、あれからずいぶん話し合って、今では納得しています」

　伊藤先生の表情が厳しくなる。失礼ですが、と説教めいたニュアンスを隠しもせず彼は言う。

「失礼ですが、私には靴職人もイタリア留学も、現実的な選択肢だとはあまり思えません。我が校には前例がありませんし、留学を望むのであれば大学在学中にいくらでも機会を見つけることができるはずです」

　ああ、こういう先生っていたなあと、いかにも体育教師然とした太い声を聴きながら私は妙に懐かしい気持ちになる。今でこそ生真面目さが可愛らしくも思えるけど、当時は相当にコワイ存在だった。隣の孝雄をちらりと見ると、涼しい表情でうつむいている。まあ、たいしたものかもね。私が学生だったら、このゴツいジャージ姿の先生と対面するだけで涙目だったな。

「秋月さん。私もすこし調べてみましたが、メーカーでの企画やデザインならともかくとして、靴職人を必要とする製造業自体が、日本では斜陽産業なんです。製造の拠点はアジアの新興国に完全に移っていますし、かといって個人を相手としたオーダーメイドの文化が日本にあるわけでもありません。それを承知でそれでも志すのだとするならば、もちろん素晴らしい覚悟です。でも孝雄くんにそれだけの気持ちがあるならばなおさら、日本で大学生活を送りながらでも道を探すことはできるでしょう。高卒直後の留学、それも非英語圏というのは、大きなリスクです。語学学校までは誰でも入学できるでしょう。でも現地の大学に合格できないこともありますし、入学できても卒業できないこともあります。卒業できたとしても、帰国後の就職は新卒者に比べてずっと困難になります。それは統計的にそうなんです」

つま先まで響くような低音で伊藤先生はそう言ってから、視線を孝雄に移した。孝雄も顔を上げる。

「秋月。すこしでも可能性を多く残しておくために、日本の大学に進学すべきだと俺は思う。お前の意見は？」

孝雄は口を開き、また閉じる。どこか深い場所にしまっている言葉を、ゆっくりと探しているような顔をしている。窓の外から、放課後のざわめきが薄められた汗の匂いのように染み込んできている。ふいに、自分の体が今も制服に包まれているような気持ちになる。紺色の冬服の厚い生地の手触りと匂いが、まるで今朝も袖《そで》を通したかのようにありありと蘇《よみがえ》る。あれからもう三十年が経ったのに、この世界がちっとも色《いろ》褪《あ》せていないことに私は今さらに驚く。

「先生方や家族に心配していただけるのは心から嬉しいです」と、ゆっくりと孝雄が口を開いた。

「先生がおっしゃるように、靴職人というのはとても狭い門だと思います。だからこそ、全力で求めなければ届くわけがないと、俺は考えました。あれもこれも欲しいとか、リスクを避けるとか、可能性を残すとか、そういう言い訳をしたくないんです」

伊藤先生がなにかを言いたそうなそぶりを見せたが、孝雄は言葉を続ける。

「俺は、靴を趣味じゃなくて職業にしたいからこそ、フィレンツェに行きたいんです。靴は、特に女性靴は、モードです。はっきりとした流行があって、その流れの中でなければ職として成り立ちません。モードも技術も、中心はヨーロッパです。材料ですら、ヨーロッパでの見本市でその年のモードが決まります。靴作りに関わるすべての技術と資材が、フィレンツェには集まっています。だから俺は、海外に行きたい行きたくないではなく、単純に、留学する必要があるんです」

駅に続く坂道を下っているところで小雨が降りはじめ、私はちょうど目についたパブに孝雄を連れて入った。ちょっと俺制服だよと抗議されたが、あんたヨーロッパ行くんでしょその練習よ飲まなきゃ平気なのよと半ば無理矢理連れ込み、奥のテーブルの端に座った。私は気分を出してモレッティを、孝雄にはコーラを渡した。

「なかなか可愛い先生だったわね」と私は言う。

「はあ？　可愛い？　誰が？　伊藤先生が？」

「最後まで不機嫌だったじゃない。あれ、あなたのこと本気で心配してんのよ」

「……一年の時も担任だったけど、あれだけ話したのは今日が初めてだよ。よく知らない人だ」

それからしばらく、私たちは黙って窓の外を眺めた。店の中は薄暗く、通りに面した大きな窓は、まるで水族館の巨大な水槽のように見えた。人々の色とりどりの傘が、ひらひらと泳ぐようにガラスの向こうを行き交っていた。

三者面談があろうとなかろうと、孝雄の留学への決意は変わらなかっただろうと、私は思う。小さな頃から、私の靴で遊んでいるような子供だった。私は道楽でわりと多くの靴を持っていて、その整理やメンテナンスはいつの間にか孝雄の役目となっていた。中学生になった頃から、私の履かなくなった靴を彼は分解するようになった。興味が形から構造に移ったのだ。ドライヤーや電気コンロで女性靴の糊《のり》をはがし、シャンクを取り出したりヒールを割ったり、それをまた組み立てたりしていた。高校二年の終わりあたりから、孝雄は自力で卒業後の進路を探りはじめた。国内の靴専門学校の説明会にいくつも参加し、実際の靴職人にも会いに行って話を聞いていた。私も頼まれて、馴染《なじ》みの靴工房を一つ紹介した。多くのプロに話を聞くほどに、留学への意志は固まっていくようだった。フィレンツェ市内の大学に入っているイタリア語学学校にいくつかあたりをつけ、イタリア語で資料を請求して吟味し一校に絞り、アルバイトで貯めた入学金を送金して、既に来年からの入学許可証を手に入れていた。半年間その語学学校に通った後、アートカレッジを受験するつもりなのだという。そういう手続きすべてを、彼は高校に通い中華料理屋でアルバイトを続けラジオ講座でイタリア語を勉強しながら、一人で淡々と続けていた。

「そういえばさ」

私は二杯目のモレッティをカウンターで受け取り、テーブルに戻って座りながら、ふと思いついた疑問を口に出した。

「あなた、春の靴の君《きみ》、どうなったの？」

「は？」

すこしの間を置いて、孝雄の顔がみるみる赤くなる。私はにやにやしてしまう。

「ほら、あの、片想いしてた年上の女の子」

「どっ、どうもしないよ、別に」

「まだ片想いなの？」

不機嫌そうに黙ったまま答えない。ふうん。

「まだ好きなんだ。ふーん。へえー」

「……」彼はコーラの瓶を口につけるが、中身は空だ。

「留学のこと、話したの？」

「……まだ」

「ふうん。まあ、あれもこれも欲しいってわけにはいかないかもね」

私は生徒指導室での孝雄の言葉を思い出しながら言う。年上の君《きみ》も、靴職人の夢も、どちらも同時に手に入るほど簡単なものではないのだろう。今度こそ彼女が履いて歩ける靴を、彼は作れるようになりたいのかもしれない。

雨が上がり店を出ると、街全体がうっすらとしたレモン色の光に包まれていた。西の空を見ると、灰色の雲の隙間から夕日の筋が差し込んでいる。

――ああ、そうだ。

私は突然に思い出した。

ああ、そうだ。私もそうだった。私も同じだった。ちょうどこんな季節で、こんな日だった。私も一人で決めて、ここまで一人で旅をしてきたのだ。

二十歳の、秋の終わりだった。一人で行った婦人科で翔太の妊娠を告げられて、途方に暮れながら駅まで歩いた。冷たい雨の日で、私は傘を差していた。アスファルトに積もった濡《ぬ》れた銀杏《いちょう》の葉が、地面を歩いているという手応《てごた》えを私から失わせていた。しばらく歩いてからふと気づくと、雨はやんでいた。私は坂道で立ち止まり、明るい方向の空を見た。遠くの雑居ビルの屋上が夕日を浴びて光っていた。カラスが何羽か、きらきらと輝くアンテナの周囲を舞っていた。

産もう、と私は思った。

たとえ誰も賛成してくれなくとも、一人でも、私は産もう。遠くの光を眺めながら、そう思った。まるで気まぐれにいつもと違う角を曲がるみたいに、なんの気負いも覚悟も準備もなく、私はただそう思ったのだ。リスクを避けるとか、人生の可能性を残すとか、そういう考えは気づけば消えていた。そしてあれからずっと、私は旅を続けている。飛行機にも船にも乗らないけれど、市営バスの座席で、病院の待合室で、大学の食堂で、国産のワンボックスの運転席で、誰もいない高架下で、私の旅は続いている。そうやってずいぶん遠くまで、私も来たのだ。

「母さん？」

ぼんやりと空を見ていた私を、孝雄が呼ぶ。

私は息子を見て、歩きはじめる。あの日に見た光が、今でもずっと消えない。

ぴーぴーぴーと、炊飯器が電子音を立てた。

「あ、米が炊けた」と、翔太が間抜けな声を出す。

言われなくても分かるわよ的なつっこみを込めて、んーという生返事を私は返す。

梨花、という名前の若い女が曖昧《あいまい》に笑う。テレビではどこかの公園の花見の様子が中継されている。脳天気なばか騒ぎが、静まりかえった我が家の台所にむなしく響く。

「梨花、お茶いる？」取り繕うように翔太がまた口を開く。

「あ、ううん、もう大丈夫。ありがとう翔ちゃん」と彼女は答える。ふうん。翔ちゃんねえ、と私は思う。

「お母さまは、お茶いかがですか？」

「ありがとう、大丈夫」

フェミニンなフリルブラウスを着た彼女に、私はにっこりと笑いかけた。色こそ違うけれど、彼女の服は今日の私のファッションとかぶっている。「それからね、」とオリーブグリーンのブラウスに向かって私は柔らかく言う。

「私、まだあなたのお母さんじゃないから」

彼女の笑顔が一瞬こわばり、翔太が私を睨《にら》み、「あ、そうですよね、秋月さん」と、即座に明るい声になって彼女が返す。翔太が頭を抱えるようにして眼鏡を持ち上げ、指で目頭を揉《も》む。

ぴろりん。テーブルに置いた私の携帯が牧歌的な音を立て、三人の期待に満ちた眼《ま》差《な》しが注《ざ》がれる。

「孝雄から？　なんだって？」

私はメールを見る。「これから帰るから、家に着くまでまだ一時間くらいかかるって」

全員が、音を立てずに深くため息をつく。

今日は孝雄のためのパーティなのだけれど、本人が遅れているのだ。イタリア大使館に学生ビザの取得に行っているのだが、三月末の週末のせいか予想よりずいぶん混んでいたのだという。

昨日が孝雄の高校の卒業式だった。来月にはイタリアに出発である。だから一度家族で集まってご飯でも食べようという話になり、翔太の恋人である梨花さんとも孝雄はなぜか親しいそうで、じゃあ四人でやろうかということになってしまったのだ。私と梨花さんは今日が初対面である。私と翔太は喧嘩《けんか》ばかりだし、その息子の恋人なんてなおさらに会いたくはなかったけれど、でもまあ孝雄がいれば場は保《も》つだろう。全員がその目算のもとに集まった会なのだ。それなのに、肝心の主役かつ緩衝材役の孝雄がまだ来ない。

「先に始めててほしいけど、全員飲み過ぎないようにだって」

私はメールの続きを読み上げながら、そうか、と気づく。さっさと酔っちゃえばいいのだ。

「じゃあ、まあ孝雄もそう言ってるんだしさ」と翔太も同じ考えなのか、私を見てホッとしたように言う。

「そうだね。ちょっとずつ始めてましょう」と私も言う。私たちはいそいそと冷蔵庫から缶ビールを取り出し、テーブルに並べる。そうですよね、ちょっとずつ、なんて繰り返しつつ梨花さんも持ってきたタッパーを電子レンジに入れたりしている。かんぱーい。がちん、と三人で缶をぶつける。

「孝雄、来るな、来ちゃだめだ！」

台所の扉を開いてようやく戻ってきた次男に向かって、翔太が悲痛な声を上げた。

「なによ、殺人現場みたいな言いかたしないでよ」

「そうよ翔ちゃん、失礼ねー。きゃー孝雄くん久しぶりー！」

「いらっしゃい梨花さん」

孝雄は梨花ちゃんにそう言って笑顔を向けた後、私と翔太を交互に見ながら呆《あき》れたように言う。

「ああもう、飲み過ぎんなって言っただろ」

飲み過ぎてなんていないと、梨花ちゃんの手土産の芋焼酎《いもじょうちゅう》を飲みながら私は抗議する。ろれつは確かにちょっと怪しくなってきたけれど。

「それでね梨花ちゃん、翔太の初恋の続きだけどね、彼は小学五年にして初めてラブレターを書いたわけね」

「うんうん」

梨花ちゃんは目を輝かせ、翔太はぶすっとしながらひっきりなしに焼酎を飲み、孝雄は冷蔵庫からコーラを出してテーブルに加わる。

「この子ったら、まず私にラブレターを渡したのよ。問題ないかチェックしてくれって」

「ちょっとおふくろ、やめてくれよ！」

「私まだ文面覚えてるもの。一行目に結婚してくださいって書いてあって、私が頭抱えたわよ」

「ぎゃー！」と翔太が叫び、「きゃー！」と梨花ちゃんが嬌声《きょうせい》を上げる。これはホントに虐殺現場だね、と気の毒そうに孝雄が呟《つぶや》く。それにしてもお母さま、とふいに深刻そうな表情になりながら、やはりろれつの回らない口調で梨花ちゃんが言う。

「小学生にして求婚をした翔ちゃんは、なぜ今はそれに類する言葉を一切口にしないのでしょうか？」

オレ酒買ってくるね。そう小さく言って翔太が家を出て、逃げた逃げた、と梨花ちゃんと私は二人で笑った。ひとしきり翔太の恥部を披露してすっとした。

「このシールって、翔ちゃんや孝雄くんが貼ったんですか？」

孝雄と並んで台所に立っていた梨花ちゃんが、柱に並んだシールの跡を見ながら私に訊《き》いた。確かに、びっしりと重なって貼られている色褪《いろあ》せたシールはちょっと目立つ。大部分は剝《は》がれているけれど、ハートやフルーツの絵柄が今でも残っているものもある。私のエプロンをつけた彼女の後ろ姿を眺め、娘がいたらこんな光景もあったのかもねと想像しながら、私は答える。

「そうねえ。孝雄、あなた覚えてる？」

「なんとなくね」手元でなにやら刻みながら、背中を向けたまま孝雄が答える。「兄貴から引き継いだんだよ」

「引き継いだ？」

「母さんが仕事から帰ってきて夕食作ってくれたときに、今日も一日がんばりました、ってご褒美シールを貼る役目」

「わあ、かわいい兄弟！」

「翔太はぜったい忘れてると思うけどね」と私は笑う。「あの子記憶力ないから」

貝と旬菜の酢の物の入った小鉢をテーブルに置く梨花ちゃんに、私は言う。

「でも私は昨日のことみたいに思い出せるな。声変わりする前のあの子たちの声も」

がちゃん、と鉄のドアを開ける音がして、両手に買い物袋を提げた翔太が戻ってきた。食材やらビールやらを冷蔵庫に詰めながら、梨花ちゃんと楽しそうに言葉を交わしている。ちっ、復活しやがったと私は思う。

「そうそう、もう一人ゲストが来るぜ」

翔太がにやにやとしながら、私に向かって言う。え、本当に来るって？　と孝雄が意外そうに言い、ああ、電話して誘ったら、迷惑じゃなければぜひお邪魔させてくださいだって、と翔太が答える。なんかすげー緊張してたよ。

「ゲスト？　誰？」

私と梨花ちゃんが声を揃えて訊く。ゲスト？

「誰だと思う？」と翔太がもったいぶる。孝雄が苦笑する。見当もつかない。

「じゃーん、清水さんです！」

してやったり、というふうに翔太が言う。ん？　清水さん？　誰？　……ええ！

「ええ！　清水くん!?　なんでどうして？　ちょっと、どうしてあなたたちが連絡先知ってるのよ」

「母さんが家出したときに教えてくれたんだよ」

「私たち別れたのよ！」

「さんざん聞かされたから知ってるよ。未練たらたらだっただろ」

孝雄が梨花ちゃんに説明している。母さんが付き合ってた十二歳年下のデザイナーで。えー、十二歳!?　梨花ちゃんが驚いた声を上げる。

「ちょっと！　そこ！　勝手に話さない！」

「まあまあ。おかげで酔いも醒《さ》めただろ？」と楽しそうに翔太が言う。

醒めた。翔太に仕返しされた。ああ、とにかくもお化粧を直さなくちゃ。

「あれ、お母さまどこに」と台所を出ようとした私を梨花ちゃんが呼び止め、

「ちょっとメイクを」と混乱して私は言う。翔太が笑う。

「そんなにすぐには現れないよ。まあ一度落ちついて座ろうぜ。孝雄のお祝いだろ、まずは乾杯しなきゃ」

「今さらいいよ」孝雄が呆れ顔で言う。

「ていうかさ、俺をダシにしてあんたたち飲む口実が欲しいだけなんじゃないの?」

梨花ちゃんが楽しそうに「仕切り直しましょうよ」と言ってテーブルに様々な種類のお酒を並べる。孝雄くんは? じゃあジンジャーエールを。私たちは四人でテーブルにつく。私は焼酎の入ったグラスを持ち、翔太は缶ビール、梨花ちゃんは白ワインをかかげる。おめでとう! それぞればらばらの飲みもので乾杯をする。私はふと、いつまでも、一瞬の光が道を照らしている。あの光が、いつまでも色褪せない。光に照らされたアンテナの風景を思い出す。

「——ありがとう。行ってきます」

意志に満ちた声で、息子が言う。

石走《いわばし》る　垂水《たるみ》の上の　さわらびの　萌《も》え出《い》づる春に　なりにけるかも

（万葉集八・一四一八）

訳：岩の上をほとばしる　滝のほとりの　ワラビの新芽が　萌え出る春に　なったのだなあ

状況：志貴皇子《しきのみこ》の喜びの歌。ワラビの芽ぶきに春の訪れを感じて詠んでいる。

エピローグ

もっと遠くまで歩けるようになったら。

——秋月孝雄と雪野百香里

東京に行くのは、考えてみれば四年と半年ぶりだ。

あれ以来一度も行っていなかったのだと、予讃線の窓から早朝の海を眺めながら、雪野百香里はそう気づく。

海の上には、重々しい積雲が低く並んでいる。まるで巨大な魚が空を覆っているみたいに見えて、そのスケールにわくわくとする。雪野は地上に向けられたそれらの腹の、灰色の微細なグラデーションを沖に向かって目で辿《たど》っていく。沖合の雲の色は、海にぽとりと浮かんだ小さな島々と区別がつかない。閉じられた空の下で、今朝の海は広大な砂場のようだ。ぴたりと静止していて、とても水には見えない。その砂場を走る自分を想像して、こんなに広い！　とまたわくわくする。海は本当に、まいにち違う。

——風景が、人の心を作るのかもしれない。雪野はふとそんなふうに思う。そんな考えが、四年半前の眺めを雪野に思い出させる。あの年の九月、東京から故郷に戻ってきた日。松山《まつやま》空港から地元の今治《いまばり》へと向かう電車から見た景色。日が暮れていく時間帯で、暗くなるほどに住宅の灯《あか》りが増えていった。家々の台所には夕餉《ゆうげ》の準備をする人影がちらちらと見えた。そのあたたかそうな黄色い光が、しかしそれぞれずいぶん離れていることに雪野は驚いたのだ。家と家との、他人との物理的な距離が、東京に比べるとずっと離れている。これが寂しさの正体なんだ、と雪野は思った。日が暮れるとそれが明確になる。心細くなる。だから、ここでは人は自然に人を求めることができるのだ。雪野は大切なことに気づいたような心持ちで、そう思ったのだった。

地元に戻ってから一ヵ月が経つ頃、雪野は市内の私立高校に臨時教員の職を得た。そこで二年半働いた。働きながら県の教員採用試験を受けた。今は公立高校の古典教師として、小さな島の高校で働いている。すこしずつ年老いていく両親とともに実家で暮らし、自分で小さな国産車を運転し、毎朝、高く吊《つ》るされた巨大な橋をわたって出勤する生活。最初の頃は、ゆったりと海を舞うトンビを海道から眺めるたびに不思議な気持ちになっていたが、今では東京で働いていた日々のほうが遠く不思議なものに思える。

がしゃんがしゃんと金属が鳴る音が車体を包み、雪野は顔を上げる。瀬戸《せと》大橋を、特急列車は走っている。流れる鉄柱のずっと向こうの雲が、朝日を隠して光っている。その雲の下の海も、太い光の帯のようになって輝いている。

ああ、どきどきする。

雪野はそう思う。私はどきどきしている。あの場所にすぐに着いてしまうのがなんだか怖くて、私は電車で行くことにしたのに。失敗だったかな、この緊張があと四時間も続くのかな。あの場所に着くまでに、この調子でちゃんと体がもつのかな。

あの光の庭に着くまでに――。

＊　＊　＊

東京までのなるべく安いフライトを探したら、フィンランド経由だった。

大阪便が機体トラブルでキャンセルになったとかで、ヘルシンキ・ヴァンター空港のロビーには日本人の姿を多く見かける。頻繁に耳に届く日本語の響きが、秋月孝雄の緊張を高める。孝雄が二年間暮らしたフィレンツェのオルトラルノあたりでは、どこに行ってもほとんど日本人の姿を見かけなかった。最初の二ヵ月ほどはそれがたまらなく寂しかったが、そのうちに逆に心地好《よ》くなった。自分はまだ何者でもなく、どこにも所属しておらず、ただ途上にいるのだと実感することができた。東京では未熟な自分にあれほど苛立《いらだ》っていたのに、フィレンツェではそれがすこしも嫌ではなかった。未熟で当たり前なのだと、何人もの職人の技を前にして泣きたくなるほど痛感してきた。しかし自分は彼らに続く道の上にいるのだと、今では孝雄は知っている。

成田《なりた》行きのフライトまで、まだ三時間もある。孝雄は空港の小さなカフェバーに入って、ストロングボウを半分《ハーフパイント》注文した。酒でも飲んで緊張を解こうと思った。ハーフパイントのはずが、しかしウェイターに渡された酒はワンパイントグラスに七割ほども注がれていた。いいかげんなのだ。でも多いほうがいい。飲んで酔って、飛行機では寝てしまおう。東京までまだ半日以上、ずっと緊張し続けていたら体がもたない。

高校卒業までの二年間、あの人とは時々手紙のやりとりをした。メールアドレスはなんだか馴々《なれなれ》しい気がして訊《き》けなかった。最初に手紙をくれたのは、あの人からだった。私立高校で教えていると書いてあった。またお便りします、という最後の行の横に、小さな靴のイラストが描いてあった。あの人がまた教師になったことがとても嬉《うれ》しかったし、靴作りを応援してくれているように思えたことも、孝雄には本当に嬉しかった。イタリア留学を報告する手紙で、思い切って自分のメールアドレスを書いた。次に受け取った手紙は、フィレンツェに届いたEメールだった。二ヵ月に一度ほどのペースで、孝雄はそんなふうにあの人とメールを交換した。交換するのは互いに短い近況だった。プライベートな出来事——たとえば恋人の有無——を書くのは、互いに慎重に避けていた。もっとも孝雄は勉強と生活とに忙しくて、報告できるプライベートもたいしてなかったのだけれど。

二杯目はペローニをワンパイント注文し、出てきたのはグラスに八割だった。孝雄は苦笑して口をつける。すこしずつ体を慣らしていこうと思い、日本を出る時に兄からもらったディーゼルの時計の針を、くるくると七時間ぶん進ませた。――だから俺は、あの人にいま恋人がいるのか、もしかしたら結婚をしているのか、そういうことを全く知らない。ビールを飲み、時計をぼんやりと眺めながら、孝雄は考える。独身だったとしても、プロポーズくらいは何度かされているんじゃないか、そんな気がする。だって俺が二十歳だということは――あの人は三十二歳だ。

でも、いい。あの人が一人でもそうじゃなくても、どちらでもいい。時間が巻き戻せるわけじゃないのだ。それよりも俺はあの場所であの人にした約束を、今度こそ果たすのだ。あの時のことを、あの人が約束だと思っているかどうかは知らない。覚えているかどうかも分からない。でも、俺にとっては、あれは約束だったのだ。

あの光の庭で、俺は雪野さんの足に触れた。

もう五年近くも前、彼女の靴を作るために。

俺、靴を作ってるんです。

光る雨に囲まれたあの東屋《あずまや》で、秋月くんはそう言った。誰のかは決めてないけど、女性の靴です。そう言って、私の足の形を紙に写した。

彼がそれを覚えているかどうかは分からないけれど、私にとってはあれは約束だった。だから、彼がいつか本当に靴職人になったら、私は靴を注文したいと思っている。あの頃の私たちの心がそのまま形になったような靴を、秋月くんならばきっと作ってくれる、そんな気がする。

＊　　＊　　＊

まもなく、なごやー。名古屋《なごや》に到着します。

車掌さんののんびりした声がスピーカーから響く。ああ、ちょっともう東日本じゃない！　缶ビールを三本空けたけれど、緊張は逆に増すばかりだ。新幹線の窓からは、視界の果てまで並んだ鉄塔がパースペクティブの見本のように滑らかに後ろに流れていく。五月の空は灰色に塗り込められている。車内販売のお姉さんが近づいてくる。ビールをもうすこし買おうかどうか、雪野は迷う。

＊　＊　＊

成田エクスプレスを新宿駅で降りると、小雨が舞っていた。

東京の五月の湿気が懐かしくて、プラットフォームで思い切り息を吸い込む。高校時代、満員電車を降りた朝もそういえばこうして息を吸っていたことを、孝雄はふいに思い出す。

フィレンツェで二年をがむしゃらに過ごし、ふと気づけばイタリア語はそれなりに喋《しゃべ》れるようになっており、まだ学生ではあったが通いつめた靴工房でアシスタント的な仕事をさせてもらえるようにもなっていた。一時帰国を決めた時、思い切って雪野さんにそれを知らせた。同じ時期に上京する用事がある、と彼女から返信が来た。だから、帰国までにあの靴を仕上げることが、ここ三ヵ月ほどの孝雄の目標だった。

孝雄は改札を出て、コインロッカーにスーツケースを預けた。バックパックだけを背負い、キオスクに行きビニール傘を買う。店員の対応があまりに丁寧で驚く。自分の財布から取り出した日本円のデザインが、ずいぶん奇妙なものに見える。

総武線を、千駄ケ谷駅で降りた。

キャリーバッグをコインロッカーに預け、あかね色の折りたたみ傘を開き、駅を出る。傘が全天のスピーカーのようになって、雨音を耳に届ける。雨脚が増したのだと、雪野はその音で気づく。

ああ、結局ちょっと飲み過ぎてしまった。酔いを醒《さ》まさなきゃと思い、まるで今でも毎日通っているかのように、雪野は自然に駅の隣のカフェに入る。こちらをご利用ですか？　と訊かれ、あ、持ち帰りでお願いします、と答える。あの、ふたつ、と付け加える。

＊　　＊　　＊

日本庭園の木橋をわたり終えると、雨の音がまたすこし変わった。

雨粒が水面を叩《たた》く音よりも葉を揺らす音のほうが強くなる。自作のウィングチップブーツがゆっくりと土を踏む音に、メジロの澄んださえずりが絡む。クロマツ越しに見える水面、そこに映るツツジのピンク色、多行松の樹皮の赤さ、カエデの葉のまばゆい緑。

孝雄の背のバックパックには、あの人のための靴が入っている。五センチほどのヒールのある小ぶりなパンプスだ。つま先が淡いピンクで、ボディは白に近いくらいの薄い肌色、かかとは陽に晒《さら》したようなレモン色。足首に巻き付けるための長いストラップには、カエデの葉の形が縫い付けられている。あの人のための、今度こそ長く歩けるはずの靴だ。

ハシブトガラスがどこかで力強くひと鳴きし、空のずっと向こうから、かすかに遠雷が響く。

――なるかみの。

そういう言葉がふいに孝雄の唇に浮かぶ。

予感が、身に満ちる。

濡《ぬ》れたカエデの葉の奥に、東屋が見えてくる。そこには人影が座っている。雨の匂いを吸い込んで気持ちを鎮め、そのまま孝雄は東屋に近づいていく。葉群れを過ぎて、東屋の全体が目に入る。

淡い緑色のスカートをはいた、女性だ。

　孝雄は立ち止まる。

　コーヒーを口の位置に持ち、柔らかそうな髪を肩より上で切り揃えた彼女が、ふわりと彼を見る。

　泣き出しそうに緊張した雪野の表情がゆっくりと笑顔に変わるのを、まるで雨がやむみたいだと思いながら、孝雄は眺めた。

あとがき

小説に、ずっと片想いをしている。

小説だけではない。漫画にも映画にもアニメーションにも、現実の風景にも、片想いをしているような気がずっとしている。つまり、自分は相手のことが好きなのに、相手は自分のことにそれほど興味もない、という状態。いい歳をした大人が詮《せん》もないことをとは思うが、どうしても、そういう気持ちがずっと抜けない。

僕の仕事はアニメーション監督であるから、すくなくともアニメーションに対しては、自分はあなたがこれほど好きなのだ、と告白らしきことをする機会はある。でも小説相手にはそうもいかない。日々の空き時間、電車の中やレンダリング待ちの時間で(デジタルアニメーションは映像をパソコンに計算させる待ち時間がけっこう発生するのです)、ちょこちょこと文庫をめくりながら、ああ、小説ってなんて面白いのだろうと、じりじり感動し続けるのがせいぜいである。

雑誌『ダ・ヴィンチ』に『小説 言の葉の庭』の連載を始めさせていただいたとき

は、だからとても幸せだった。書くことが楽しかった。アニメーションでは出来ないこと、難しいことを、存分にやろうと思った。たとえば、「彼女は迷子のような微笑を浮かべた」という文章を書く。そのたびに、どうだ！　と僕は（アニメーション監督である自分に向けて）思った。どうだ、これは映像では表現困難だろう。役者は適切に「迷子のような表情」ができるだろうか。アニメーターは、誰が見ても「迷子のように」見える顔を描けるだろうか。まず無理である。不安そうな表情にはなるだろうが、「迷子のような」という簡潔な直喩《ちょくゆ》に届く映像を作ることはたいへんに難しい。あるいは、「ドアの向こうのざわめきがイヤフォンの音漏れのように……」と書いて、これもおまえ（映像）には無理だろう、とにやにやと思う。観客は教室の環境音から、イヤフォンの音漏れなど連想しない。文字の連なりそのものが小説の快楽なのだと、書きながら実感する。こうやって振り返ると一人で勝手に興奮していただけだと気づいてしまうけれど、とにかくもそういう幸せな時間だった。

話が前後してしまうが、本書『言の葉の庭』は、僕が監督をして二〇一三年に公開されたアニメーション映画「言の葉の庭」の小説版である。自分の監督作を自分でノベライズさせていただいた、ということになる。ただし、原作となる映画は孝雄と雪野ふたりの視線のみからなる四十六分の中編だったが、本小説版では語り手を増やし、映画であったとしたらおそらくはとても二時間に収まらないボリュームで、新たに組み立てなおした。原作映画をご覧いただいた方もそうでない方にも、お楽しみいただける本にしたつもりである。

さて、そのようにうきうきと取りかかっていた執筆作業であるが、当たり前にというかなんというか、楽しさは持続はしなかった。映像のほうがどうしたって優れている、または適している表現もあることに、すぐに気づくからである。

たとえば「情緒」のようなもの。街の夜景の絵を描くとする。そこに、切なさを含んだ音楽をかぶせる。どのタイミングでも良いので、どこかの窓の光をひとつ灯《とも》す、あるいはふいに消す。それだけで、情緒としか呼びようのない感情を観客に抱かせることが、映像ならばできる。情緒とは要するに「人の営みがかもしだす感情」だから、窓の灯《あか》りひとつで、映像ならばそれを喚起させることができるのだ。では小説でこれに比する表現はどうすればよいのだろうと、頭を抱えることになる。

長くなるので詳しくは書かないけれど、他にもメタファー（暗喩）の類は、映像のほうが雄弁たり得ることも多い。１カットの波紋のアニメーションだけで、原稿数枚を費やしても足りない感情を伝えることが、時にはできる。

　さらに最終的には技術的な部分とは関係なく、なにを書くのかという至極当たり前のことがらに悩み続けることになる。脱稿する頃には、ああ小説って、小説家ってすごいなと、なんかぜんぜん近づけなかったなと、いささかがっくりと思ったのである。

　本を一冊書き上げて得たものは結局のところ、小説とアニメーションに対してのより深い片想い、ということになる。でもまあ、最初から両想いになれることを期待してもいないのだ。孝雄の雪野に対する想いにも、それと似たものがあったのだろうかとふと思ったりもする。そういえば本書の登場人物たちもまた、多かれすくなかれ皆が片想いをしている。書きたかったのは人々のそういう気持ちだと、あらためて思う。孤独に誰かを、なにかを希求する気持ちが、この世界を織り上げているのだ。本書で描きたかったのは、そういうことだ。

〝愛〟よりも昔、〝孤悲《こい》〟のものがたり。

　というのが本作の映画版のキャッチコピーだが、千三百年以上も昔の、万葉時代の「孤悲（恋）」という表記に納得してしまう人は、きっと現代にもたくさんいるのだろうと思う。

本書を書くにあたり、さまざまな方にお話を聞かせていただいた。本書掲載の万葉集の歌を選んでくださった倉住薫先生をはじめ、靴職人の方、高校や大学の先生、現役の高校生、メーカーの営業職の方などなど。皆さんのお話が物語に厚みを与えてくださいました。深く感謝いたします。

また、深い愛情と見識で映画版から作品を支え続けてくれた担当の落合千春さんにも、格別の謝意を伝えたい。

本書の執筆中は映画「言の葉の庭」の公開中だったこともあり、原稿の多くを外出先で書くこととなった。内容とはあまり関係ないけれど、振り返ってみるとけっこうたくさんの場所で書いていたので、これも一興として記しておく。アメリカ、上海、韓国、スリランカ、台湾、ロシア、スコットランド、フランス、ベトナム。ほとんどが映画祭やアニメーションのイベントへの出席で、別の仕事のためのロケハンで行った場所もあるが、各地でのホテルや行き帰りの飛行機は執筆のための貴重な時間だった。またエピローグは、実際に瀬戸内海をわたる電車の中で書いた。それぞれの窓の風景が、文章に彩りを与えてくれたこともあったかもしれない。

本書を手にとってくださり、読んでくださって、ほんとうにありがとうございました。

二〇一四年二月　新海　誠

解説

神田法子

小説ってこちらの憧《あこが》れている気持ちを見透かしてるくせに、なかなかすべてを見せてくれない意地悪な年上の恋人みたいだ。誰も考えたことのない素晴らしいストーリーを思いついたと思っても、実はすでに誰かによって描かれているなんてよくあること。この世には「大きな物語」なるものが存在して、私たちが考えたことも、今生きて体験することすらその中に含まれているような気分になってしまう。でも絶望することはない。大きな物語の一部を下敷きにして新たな物語を書くというのも、小説の立派な手法の一つ。作家の金井美恵子《かないみえこ》氏が、下敷きに落書きをするのに夢中になったように小説を書くというようなことを言われていたが、下敷きの隙間をどう魅力的に埋めていくかというのが小説の試みであるのかもしれない、と思う。

アニメーション監督・新海誠《しんかいまこと》による『小説 言の葉の庭』は、自らが制作・監督したアニメーション作品を下敷きにして書かれた作品だ。靴職人を目指す高校生・孝雄《たかお》と謎の女性・雪野《ゆきの》が雨の公園で会うことによって繰り広げられる基本のストーリーラインはそのままだが、具体的にどのように下敷きの隙間を埋めていったかは、作家自身の「あとがき」に詳しい。登場人物それぞれの視点から語られていくことにより、読者は孝雄や雪野の過去や気持ちの動きを知るだけでなく、アニメーションの方にはちらっとしか登場しない、一見余裕がありそうな大人である兄・翔太《しょうた》の悩みや葛藤《かっとう》を知り、ジャージ姿で強面《こわもて》の伊藤《いとう》先生と雪野の隠された関係を知り、派手でわがままなだけに見える相澤祥子《あいざわしょうこ》の驚くような過去を知り、若作りでちょっと子供っぽい孝雄の母親の意外な職業と遍歴を知ることになる。それぞれの背景が書き込まれたことにより、人物と物語が立体的に浮かび上がってくるのだ。

しかし、描写は詳細ではあるが絶妙に抑制されている。小説の言葉は、饒舌《じょうぜつ》になりすぎると「説明」になってしまい、読者の想像を制限してしまう（本作品のように作家の頭の中に明確な絵があると、特に行きすぎてしまいがちだ）。だが、言葉少ななな主人公たちのように、多くを語らず描き出されて、読者の想像力を刺戟《しげき》する。

たとえば主人公の孝雄の靴への興味のきっかけは、母との関係からさりげなくほのめかされている。母のたくさんの靴は女性でありつづけたい母の武装のようなものであり、つまり自分を守るための手段である。だから雪野に贈ろうとしたパンプスの色彩は彼女を守るかのようなやさしい色合いであり、かつふたりですごした時間の象徴になっているので、そのニュアンスを感じ取ってほしい。

書き込んであるのは人物の背景だけでなく、舞台である東京の街や日本庭園も、まるでこの物語の登場人物の一人であるかのように繊細に書き込まれている。緑がざわめき、光があふれる庭のシーンの美しさは筆舌に尽くしがたい。

下敷きの隙間を埋めるように、登場人物を立体的に書き込んだ小説を読んだ後に、元の下敷きの絵＝アニメーション作品を観たとしても薄っぺらに感じることはないだろう。むしろ46分というアニメーションにしては短めの『言の葉の庭』という作品が、いかに物語の上澄みの透明で美しい部分を繊細にすくい取ってつくられたものであるかが実感できるにちがいない。

この小説には、もう一つ下敷きになっているものがある。『万葉集』である。言わずと知れたこの日本最古の歌集は、物語全体を通して、繊細な意味を張り巡らせる役割を担っている。

まず、各章の結びとして万葉集の歌が一首付されており、話の流れや登場人物の心の動きを象徴しているのは見ての通りだ。それぞれの歌を読んでいくと、万葉時代の歌の特徴を実感することになる。実に素朴に率直に、その時の状況や気持ちを歌い上げているのだ。時代独特の古語は使われているものの、基本的にはそのまま読み下していけば、意味を把握するのはそんなに難しくない。掛詞《かけことば》や倒置、本歌取りなどの技巧を凝らした後の時代の歌とは違い、上から下へまっすぐ力強く流れていく言葉の連なりが章の最後に登場することにより、物語を次に動かしていく「推進力」となる。

また、孝雄と雪野が初めて出会うシーンで雪野がまるで空に向かってつぶやくように投げかける歌「なるかみの　すこしとよみて　さしくもり　あめもふらんか　きみをとどめん」は、相聞歌と呼ばれる恋の歌である。相聞とは、文字通り相手の様子をうかがう意味だったが、男女の恋の手段として、一方が投げかけた歌に他方が返すというやりとりが万葉集にも数多く収められている。それは、雪野の職業につながるヒントでもあるのだが、この歌に対する「返し」がどのような形でなされるか、というのが、自らを十五歳のただのガキと思っている少年の、謎に包まれた大人の女性への想いの行方を指し示す。古代から繰り返されてきた相聞の「引力」に注目したい。

「あかねさす　紫野行《むらさきのゆ》き　標野行《しめのゆ》き　野守《のもり》は見ずや　君が袖《そで》振る」という歌を詠んだ額田女王《ぬかたのおおきみ》の女性としての生き方も物語に色濃く反映されている。額田女王は皇族の娘として生まれ、大海人皇子《おおあまのみこ》（のちの天武天皇《てんむ》）の妻となるが、大海人皇子の兄である中大兄皇子《なかのおおえのみこ》（のちの天智天皇《てんじ》）からも寵愛《ちょうあい》を受け、そのふたりが鉢合わせたときに詠んだのがこの歌だと言われている。細かい学説による異論もあるが、皇族で、しかも歴史に名を残す天皇二人を相手にした三角関係をこんなに大らかにのびやかに表現した額田女王の人間的魅力は後世の人々を多くひきつけ、本文中に登場する井上靖《いのうえやすし》の『額田女王』をはじめ多くのフィクションが書かれた。雪野の思春期に大きな影響を与えた陽菜子《ひなこ》先生の言う「人間なんて、みんなどっかちょっとずつおかしい」という言葉は、万葉集から読み取れるこんな恋のあり方からきているのかもしれない。また「あかねさす」という歌の言葉は、そのまま、雪野が雨の日にさすあかね色の傘のイメージにつながっている。

万葉集を下敷きにすることで、時空を超えた豊かなイメージが広がり、「千年たっても人はかわらない」というメッセージが浮かび上がってくる。千年でもかわらないんだから、十年くらいではかわるはずもなく、雪野は自分が陽菜子先生を慕って失った経験を、相澤祥子に慕われなきものにされる経験で繰り返してしまうし、秋月怜美《あきづきれいみ》は三十年前の自分と同じ決意を息子の孝雄に見いだしてはっとするのだ。それは、ほろ苦く愚かなことなのかもしれないけれど、どうしようもなく切なく愛《いと》おしい人の生きる姿で、きっと千年後、今よりさらに文明が発達した社会でも、人は同じことを繰り返しているのだと思えてくる。

作家としての新海誠が持つ他にない素晴らしい文章の描き方についても触れておきたい。それは一言で表すなら「浮遊感」と呼ぶべきものだ。彼の描く視点は、時折ふわっと浮いて俯瞰《ふかん》的な眼差《まなざ》しになる、その瞬間にはかなく美しいずれが生じ、文章を魅力的に輝かせるのだ。

たとえば、高いビルの上から見下ろす街並み。夢の中で鳥になって滑るように飛びながら捉《とら》えるビル群、あるいは、水の底にいるみたいな感覚で眺める風景。浮遊感は空間的なものだけでなく、時間的な軸においても発揮されている。少女の視点で語られていた物語を、一瞬現在の自分から見つめ直している描写。それはアニメーション映像を制作する際に培った視点なのかもしれないが、言葉で表現するとなると、かなり新鮮な印象を醸し出す。

特筆すべきは、第九話の語りだ。雪野と孝雄ふたりの視点が平行しながら進むこのパートは、単に語り手が変わるだけでなく、かなり実験的な試みがなされている。ふたりの会話の合間に、一人称の心内文と三人称の地の文が境目もなく入り混じり、ものすごいスピードでふたりの視点が入れ替わり、さらには改行の空間も変化しながら、「言葉にできず」ぶつかり合う思いを表現している。光の乱反射を見ているかのようなめくるめく感覚にクラクラしそうだ。

言うならばストーリーラインや背景や古典文学といった下敷きに、もう一枚、透明な下敷きを重ねたかのように。その透明な下敷きは、言葉と背景をうまくつなぎ、視点を浮遊させ、光を乱反射させる。

幾枚もの下敷きを重ねてパラパラとめくっていくかのように、物語が動き始めていく。

（書評ライター）

この作品は『ダ・ヴィンチ』二〇一三年九月号～二〇一四年四月号に掲載され、書き下ろしを加えて二〇一四年四月に単行本化されました。本書はそれを文庫化したものです。

連載時挿絵
四宮義俊

取材協力
hosoiri works・壹岐まどか／池田哲／木越仁一／黒田秀明／篠原美香／鈴木翔／髙橋晶子／武田千侑希／中川恵美子／三坂知絵子／黄倩／呉泽湖

万葉集監修
倉住薫

小説《しょうせつ》 言《こと》の葉《は》の庭《にわ》

新海《しんかい》 誠《まこと》

平成28年 2月25日 初版発行
令和7年 4月5日 46版発行

発行者●山下直久

発行●株式会社KADOKAWA
〒102-8177 東京都千代田区富士見2-13-3
電話 0570-002-301（ナビダイヤル）

角川文庫 19609

印刷所●株式会社KADOKAWA
製本所●株式会社KADOKAWA

表紙画●和田三造

ISBN978-4-04-102615-1 C0193

◆◇◇

角川文庫発刊に際して

角川源義

第二次世界大戦の敗北は、軍事力の敗北であった以上に、私たちの若い文化力の敗退であった。私たちの文化が戦争に対して如何に無力であり、単なるあだ花に過ぎなかったかを、私たちは身を以て体験し痛感した。西洋近代文化の摂取にとって、明治以後八十年の歳月は決して短かすぎたとは言えない。にもかかわらず、近代文化の伝統を確立し、自由な批判と柔軟な良識に富む文化層として自らを形成することに私たちは失敗して来た。そしてこれは、各層への文化の普及滲透を任務とする出版人の責任でもあった。

一九四五年以来、私たちは再び振出しに戻り、第一歩から踏み出すことを余儀なくされた。これは大きな不幸ではあるが、反面、これまでの混沌・未熟・歪曲の中にあった我が国の文化に秩序と確たる基礎を齎らすためには絶好の機会でもある。角川書店は、このような祖国の文化的危機にあたり、微力をも顧みず再建の礎石たるべき抱負と決意とをもって出発したが、ここに創立以来の念願を果すべく角川文庫を発刊する。これまで刊行されたあらゆる全集叢書文庫類の長所と短所とを検討し、古今東西の不朽の典籍を、良心的編集のもとに、廉価に、そして書架にふさわしい美本として、多くのひとびとに提供しようとする。しかし私たちは徒らに百科全書的な知識のジレッタントを作ることを目的とせず、あくまで祖国の文化に秩序と再建への道を示し、この文庫を角川書店の栄ある事業として、今後永久に継続発展せしめ、学芸と教養との殿堂として大成せんことを期したい。多くの読書子の愛情ある忠言と支持とによって、この希望と抱負とを完遂せしめられんことを願う。

一九四九年五月三日